JN411692

Contents

543 곰 씨, 유파리아를 산책하다 9
544 곰 씨, 소녀에게 붙잡히다 19
545 곰 씨, 유파리아 학원에 다다르다 31
546 곰 씨, 세레이유와 시합을 하다 43
547 곰 씨, 승부에서 이기다 55
548 곰 씨, 세레이유의 집에 가다 65
549 곰 씨, 목욕하다 77
550 곰 씨, 곰을 좋아한다는 것을 들키다 87
551 곰 씨, 시아와 합류하다 99
552 곰 씨, 교류회를 보러 가다 111
553 곰 씨, 노아의 부탁을 들어주다 121
554 곰 씨, 시아를 응원하다 1 133
555 곰 씨, 시아를 응원하다 2 143
556 곰 씨, 시아를 응원하다 3 153
557 곰 씨, 곰이 만들어지다 165
558 곰 씨, 교류회에 참가하다 179
559 곰 씨, 마지막 깃발을 지키다 191
560 곰 씨, 안절부절못하다 203
561 곰 씨, 호수에서 무언가 줍다 215
562 세레이유, 달려가다 227
563 곰 씨, 세레이유의 이야기를 듣다 237
564 곰 씨, 순순히 따르다 247
565 곰 씨, 분노를 느끼다 257
566 곰 씨, 준비를 갖추다 267
567 곰 씨, 키스를 구하다 279
568 세레이유, 싸우다 289
569 곰 씨, 세레이유, 각자의 싸움 299
570 곰 씨, 곰 하우스로 향하다 311
571 곰 씨, 대화하다 321
572 곰 씨, 설명하다 331
573 곰 씨, 실패하다 341
574 곰 씨, 세레이유의 집에 이야기를 들으러 가다 351
575 곰 씨, 생일 파티에 참석하다 361
576 곰 씨, 왕도로 돌아가다 373

보너스 그 후 세레이유 편 385
보너스 어린 날의 세레이유 395

후기 404

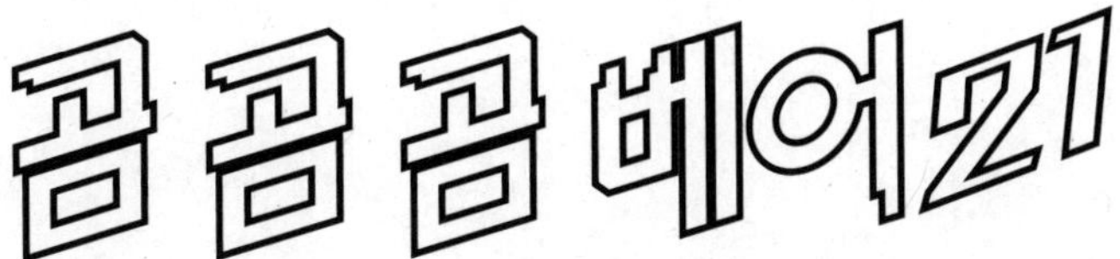

저자 쿠마나노
일러스트 029
옮긴이 이소정

스킬

▶**이세계 언어**
이세계의 언어가 일본어로 들린다.
이야기를 하면 이세계의 언어로 상대방에게 전달된다.

▶**이세계 문자**
이세계의 문자를 읽을 수 있다.
글자를 쓰면 이세계 문자가 된다.

▶**곰의 이차원 박스**
흰 곰의 입은 무한으로 벌어지는 공간이다.
어떤 물건이라도 넣을(먹을) 수 있다.
단, 살아 있는 것을 넣는(먹는) 건 안 됨.
들어가 있는 동안에는 시간이 멈춘다.
이차원 박스에 넣은 물건은 언제든 꺼낼 수 있다.

▶**곰 관찰안**
검은 흰 곰 옷의 후드에 달려있는 곰 눈을 통해서 무기나 도구의 효과를 볼 수 있다.
후드를 쓰지 않으면 효과는 발동되지 않는다.

▶**곰 탐지**
곰의 야생의 힘으로 마물이나 사람을 탐지할 수 있다.

▶**곰 소환수**
곰 장갑에서 곰이 소환된다.
검은 곰 장갑에서는 검은 곰이 소환된다.
흰 곰 장갑에서는 흰 곰이 소환된다.
소환수 꼬맹이화 : 소환수인 곰을 꼬맹이화 할 수 있다.

▶**곰 지도 ver.2.0**
곰의 눈이 본 장소를 지도로 만들 수 있다.

▶**곰 이동문**
문을 설치하여 서로의 문을 왔다 갔다 할 수 있게 된다.
3개 이상의 문을 설치할 경우는 행선지를 상상하는 것으로 이동할 곳을 정할 수 있다.
이 문은 곰 장갑을 사용하지 않으면 열리지 않는다.

▶**곰 폰**
먼 곳에 있는 사람과 대화할 수 있다.
곰 폰을 만든 후, 술자가 없앨 때까지 존재한다. 물리적으로 망가뜨릴 수 없다.
곰 폰을 건넨 상대를 상상하면 연결된다.
곰의 울음소리로 착신을 알린다. 소지자가 마력을 보내는 것으로 껐다 켤 수 있게 되어 통화가 가능하다.

▶**곰 수상 보행**
물 위를 이동하는 것이 가능해진다.
소환수는 물 위를 이동하는 것이 가능해진다.

▶**곰 텔레파시**
떨어져 있는 소환수를 불러들일 수 있다.

마법

▶**곰 라이트**
곰 장갑에 모은 마력으로 곰 형태의 빛을 생성한다.

▶**곰 신체 강화**
곰 장비에 마력을 보내는 것으로 신체강화를 실시할 수 있다.

▶**곰 불 속성 마법**
곰 장갑에 모은 마력으로 불 속성의 마법을 사용할 수 있다.
위력은 마력, 상상에 비례한다.
곰을 상상하면 위력이 더욱 올라간다.

▶**곰 물 속성 마법**
곰 장갑에 모은 마력으로 물 속성의 마법을 사용할 수 있다.
위력은 마력, 상상에 비례한다.
곰을 상상하면 위력이 더욱 올라간다.

▶**곰 바람 속성 마법**
곰 장갑에 모은 마력으로 바람 속성의 마법을 사용할 수 있다.
위력은 마력, 상상에 비례한다.
곰을 상상하면 위력이 더욱 올라간다.

▶**곰 땅 속성 마법**
곰 장갑에 모은 마력으로 땅 속성의 마법을 사용할 수 있다.
위력은 마력, 상상에 비례한다.
곰을 상상하면 위력이 더욱 올라간다.

▶**곰 전격 마법**
곰 장갑에 모은 마력으로 전격 마법을 사용할 수 있게 된다.
위력은 마력, 상상에 비례한다.
곰을 상상하면 위력이 더욱 올라간다.

▶**곰 치유 마법**
곰의 따뜻한 마음에 의해 치료가 가능해진다.

이름 : 유나
연령 : 15세
성별 : 여자

▶곰 후드(양도 불가)
후드에 있는 곰 눈을 통해 무기나 도구의 효과를 볼 수 있다.

▶흰 곰 장갑(양도 불가)
방어 장갑. 사용자 레벨에 따라 위력 UP.
흰 곰 소환수인 곰순이를 소환할 수 있다.

▶검은 곰 장갑(양도 불가)
공격 장갑. 사용자 레벨에 따라 위력 UP.
검은 곰 소환수인 곰돌이를 소환할 수 있다.

▶흑백 곰 옷(양도 불가)
겉보기엔 인형 옷. 양면 기능 있음.
겉면 : 검은 곰 옷
사용자 레벨에 따라 물리, 마법의 내성이 UP.
내열, 내한 기능 있음.
속면 : 흰 곰 옷
입으면 체력, 마력이 자동 회복된다.
회복량, 회복 속도는 사용자의 레벨에 따라 변한다.
내열, 내한 기능 있음.

▶검은 곰 신발(양도 불가)
▶흰 곰 신발(양도 불가)
사용자 레벨에 따라 속도 UP.
사용자 레벨에 따라 장시간 걸어도 지치지 않는다.
내열, 내한 기능 있음.

◀곰돌이 (꼬맹이화)
▼곰순이

▶곰 속옷(양도 불가)
아무리 입어도 더러워지지 않는다.
땀과 냄새도 배지 않는 훌륭한 아이템.
장비자의 성장에 따라 크기도 변한다.

▶곰 소환수
곰 장갑에서 소환되는 소환수.
꼬맹이화 할 수 있다.

▶ CHARACTERS Vol. 21

크리모니아

피나
유나가 이 세계에서 처음으로 만난 소녀. 10살. 유나가 어머니를 구해준 인연으로 유나가 무찌른 마물의 해체를 맡고 있다. 유나에게 이리저리 끌려다닌다.

슈리
피나의 여동생. 7살. 모친인 티루미나를 따라 「곰 씨 쉼터」등에서도 일을 돕는 매우 씩씩한 여자아이. 곰 님을 매우 좋아한다.

티루미나
피나와 슈리의 어머니. 병에 걸린 것을 유나가 도와줬다. 그 후 겐츠와 재혼. 「곰 씨 식당」과 「곰 씨 쉼터」의 관리를 유나에게 위임받았다.

느와르 포슈로제
애칭은 노아. 10살. 포슈로제 가문의 차녀. 『곰 님』을 사랑하는 활발한 소녀.

클리프 포슈로제
노아의 아버지. 크리모니아 마을의 영주. 유나의 돌발적인 행동에 휘둘려 고생하는 인물. 담백한 성격으로 영주민들이 흠모하고 있다.

왕도

엘레로라 포슈로제
노아와 시아의 어머니. 35살. 평소엔 국왕 폐하 아래에서 일하고 있으며 왕도에 살고 있다. 어쩐지 발이 넓고 유나에게 여러 가지로 도움을 주고 있다.

시아 포슈로제
노아의 언니. 15살. 트윈 테일을 한 조금 활기찬 여자아이. 왕도의 학원에 다닌다. 학원에서의 성적은 우수하지만 실전은 아직 멀었다.

유파리아

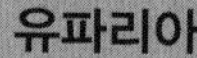

세레이유
유파리아 마을 영주의 딸로 시아와도 안면이 있다. 문무 양도에 우수한 학생이지만 그 실력에는 깊은 사정이 있는데…….

줄거리

시아가 다른 마을 학생들과의 교류회에 참가하게 되어, 노아와 함께 개최지인 유파리아 마을로 향한 유나. 그곳에서 열릴 마법 대회를 기대에 부푼 마음으로 기다리던 유나가 만난 이는 유포리아 영주의 딸, 세레이유였다. 마법과 검술 모두 뛰어나고 훈련을 게을리하지 않는 그녀였지만, 그 배경에는 과거의 어떤 큰 사건이 얽혀 있었는데…….

543 곰 씨, 유파리아를 산책하다

시아가 학원의 마법 교류회에 참가하는 것을 알게 된 나와 노아는 응원을 위해 유파리아에 왔다.

마을에 도착한 우리는 고급 숙소에 머물며 이제부터 시아를 만나러 갈 예정이었다.

아침 식사를 마치고 나갈 준비를 했다.

자, 이제 어떻게 할까.

지금, 나는 고민 중이었다. 오랜만에 고민을 했다. 다시 한 번 말한다, 나는 고민 중이었다.

"유나 씨, 무슨 일 있어요? 언니 만나러 안 가실 거예요?"

고민하는 나를 보고 노아가 말을 걸어왔다.

"응, 만나러 가긴 할 건데……."

"뭔가 고민 중이신 것 같은데요."

"오늘 학원 앞에서 시아를 만나기로 했지?"

"네, 그때까지는 시간이 있으니까 마을을 산책하기로 했잖아요?"

"그렇긴 한데. 사실 시아를 만날 때는 교복을 입어달라는 부탁을 받았거든. 학원생으로 보이면 학원 안에 들어가기도 편하니까."

시아가 돌아오는 길에 말했던 것이다.

그때는 유파리아 학원 안에 곰 옷을 입고 들어가긴 어려울 거라 생각해서 고개를 끄덕이고 말았다.

학원제 때 교복을 한번 입은 적이 있어서 괜찮을 거라 생각했는데, 막상 옷을 갈아입으려니 망설임이 들었다.

"그래서 고민하고 있었던 거예요?"

"응."

"전 곰 옷차림을 한 유나 씨도 귀엽다고 생각하지만, 교복을 입은 모습도 잘 어울릴 거라 생각해요."

노아는 한 점 부끄러움 없이 또박또박 말했다.

"게다가 여기는 크리모니아나 왕도가 아니까 교복이 나을지도 몰라요."

하긴 어제도 숙소로 향하는 동안 꽤나 주목을 받았다.

"무슨 일이 있을 때 크리모니아라면 아버님이, 왕도라면 어머님이 도와주시겠지만, 여기라면……."

노아의 말이 맞았다.

크리모니아나 왕도, 엘프 마을이나 화의 나라처럼 아는 사람도 없었다.

나 혼자라면 신경 쓰지 않을 텐데, 이번에는 노아도 함께였다. 섣불리 눈에 띄어 노아를 휘말리게 하고 싶지는 않았다. 곰 옷은 몸을 보호하기에는 최적이지만, 트러블을 불러오는 원인이 되기도 했다.

나는 고민 끝에, 이번만큼은 개인의 문제가 아니라는 생각에 교복으로 갈아입기로 했다.

게다가 곰 신발과 곰 장갑만 있으면, 갑자기 습격당하지 않는 이상 대처할 수 있었다.

"유나 씨, 잘 어울려요. 하지만 다리와 손이 여전히 곰 씨 모습이네요."

노아가 내 발밑과 손을 바라보았다. 이것만은 뺄 수 없었다.

"장갑은 아이템 봉투로 쓰이니까."

그리고 마음속으로는 곰돌이와 곰순이를 소환할 수 없으니까, 라는 혼잣말을 덧붙였다.

"이 신발도 마도구의 일종이라서 긴급할 땐 빨리 움직일 수 있고, 난 노아의 호위이기도 하니까."

"마을 안이라면 그렇게 위험하지 않으니까 괜찮아요."

"그건 장담할 수 없지. 노아가 귀엽다는 이유로 다가오는 남자가 있을지도 모르잖아?"

"그렇게 말하자면, 제가 아니라 유나 씨에게 접근할 것 같은데요."

나?

그것이야말로 있을 수 없는 일이다.

원래 세계를 포함해 이 세계에 와서도 남자가 말을 걸어온 적은 한 번도 없었다.

뭐, 원래 세계에서는 제대로 학교도 가지 않고 집에만 틀어박혀 있었고, 이쪽 세계에서는 곰이었으니 어쩔 수 없지만. 그런 요소를 전부 뺀다고 해도 누군가가 나에게 말을 걸어 올 것 같지는 않았다.

걸어오는 것은 싸움 정도가 아닐까.

교복으로 갈아입은 나와 노아는 시아와의 약속 시간까지 마을을 둘러보았다.

교복으로 갈아입은 것까지는 좋지만, 다리가 허전해서 마음이 좀 불안했다. 허벅지 쪽이 서늘했다.

곰 인형 옷은 온도 조절을 해 줘서 기온을 신경 쓸 필요가 없었는데, 허벅지에 바람이 닿으니 자꾸 신경이 쓰였다.

곰 인형 차림으로 걷는 것보다 교복 차림으로 걷는 것이 더 부끄럽게 느껴지는 이유는 뭘까?

교복이 더 일반적인 옷일 텐데. 역시 낯선 옷은 부끄럽다.

만화에 나오는 여자 캐릭터가 낯선 옷을 입는 장면에서 부끄러워하는 때가 있는데, 지금의 내가 딱 그런 심정이었다.

"역시 그냥 평소 모습으로 돌아가도 될까?"

"안 돼요. 유나 씨, 가죠."

노아는 내 손을 잡고 걷기 시작했다.

"그렇게 잡아당기지 않아도 갈 거야."

언제까지 신경 쓰고 있어봐야 소용없으니, 기분을 바꾸기로 했다.

"그럼 어디로 갈까?"

"호수는 꼭 보고 싶어요. 그 외에는 적당히 걸으면서 마을 풍경이나 가게도 보고 싶고요."

노아는 클리프에게서 마을의 모습을 보고 오라는 말을 들었다.

귀족으로서 공부가 될 것이라면서.

"그럼 우선 호수 쪽을 걸어볼까?"

그 길로 동네를 둘러보고, 마음에 드는 가게가 있으면 들르면 되겠지.

"네."

우리는 호수를 향해 걷기 시작했다.

"크리모니아랑은 다르네요."

"그리고 사람도 많네."

호수로 가는 길은 폭도 넓고 마차가 오가고 있었다. 길가에 있는 건물들도 큰 것들이 많았다. 왕도도 큰 길가의 건물일수록 규모가 큰 편이었다. 크리모니아도 큰 마을이긴 하지만, 유파리아 쪽이 사람은 더 많았다.

"사람이 많은 건 유파리아를 중심으로 몇몇 마을과 촌락이 모여 있고, 유통의 중심지이기 때문이라고 생각해요."

"와 본 적도 없는데 잘 알고 있네."

"왕도 주변의 중요한 마을에 대해서는 공부하고 있거든요. 하지만 최근에는 크리모니아도 지지 않았어요. 미릴러와 연결된 덕분에 사람들의 왕래도 늘고 있고요. 그만큼 아버님 일이 엄청 늘어났지만요."

"미안해."

일단 표면상으로는 내가 미릴러 마을로 통하는 터널을 발견한 것으로 되어 있었다.

실제로는 내가 터널을 만든 일로 교류를 할 수 있게 되었고, 사람이나 화물의 이동이 늘어나며 클리프는 상당히 바빠졌다.

"유나 씨 잘못이 아니에요. 요즘은 좀 안정되었다고 들었으니 괜찮아요. 마을에 사람들이 모인다는 건 그만큼 돈이 돈다는 뜻이기도 하고요. 영주로서 유나 씨에게 감사할 일은 있어도 사과받을 일은 없어요."

역시, 어려도 영주의 딸이었다.

마을에 들어오는 이익을 제대로 이해하고 있었다.

"다만 사람이 늘면 나쁜 사람도 늘어나기 때문에 일이 복잡해진다는 말씀도 하셨어요. 하지만 그걸 처리하는 게 영주, 그러니까 아버님의 일이죠."

노아의 모습이 눈부셔 보였다.

내가 열 살 때의 기억이 떠올랐다. 게임기와 컴퓨터를 갖고 놀았던 기억밖에 없었다.

다만 할아버지에게 주식 공부를 배우기 시작했을 무렵이었던 것 같기도 했다.

우리는 동네를 둘러보며 재미있을 것 같은 가게가 있으면 구경도 하면서 다녔다.

노아는 즐거워 보였다. 나는 사람들이 쳐다보지 않아서 좋긴 한데 마음이 편치 않았다.

갑자기 등에서 공격받을 일은 없을 거라고 생각하지만, 방어력이 0인 상태는 역시나 불안했다.

꼬맹이화한 곰돌이나 곰순이를 소환할까도 생각했지만, 눈에 띌 것 같아서 그만두었다. 그러면 교복으로 갈아입은 의미가 없어지니까.

"유나 씨, 호수예요. 호수가 보여요!"

노아가 달려 나갔다.

나는 걸으면서 그 뒤를 따랐다.

"유나 씨, 엄청 커요."

노아의 말대로 호수는 컸다.

그리고 호수의 중심에 섬이 있었고, 그 섬으로 이어진 다리 너머로 큰 건물이 보였다.

"저게 유파리아 학원이군요."

시아로부터 호수의 중심에 있는 섬에 학원이 있다고 듣긴 했는데, 저게 바로 그 학원인 건가.

시아와는 다리를 건넌 곳에서 만나기로 약속했다. 아직 만날 때까지는 시간이 조금 남아 있었다.

"호수 주변을 한바퀴 걸어볼까?"

"네!"

노아는 대답하고는 씩씩하게 달려나갔다.

즐거워하는 노아의 모습을 보자 데려오길 잘했다는 생각이 들었다.

이제 시아가 활약하는 것까지 볼 수 있다면 최고의 추억이 될 것이다.

내가 교복까지 입고 여기까지 왔으니 시아도 열심히 해 줘야 한다.

만약 시아를 만나면 응원을 해 줘야지.

544 곰 씨, 소녀에게 붙잡히다

나는 노아와 함께 호수를 바라보며 걷고 있었다.

날씨는 좋고 경치도 좋았다. 호수도 예쁘다. 호수에는 보트가 떠 있고, 탈 수도 있는 모양이었다. 밝은 분위기의 마을이었다. 많은 사람이 우리처럼 호수를 보고 있었다. 나를 신경 쓰는 사람은 없었다.

역시 곰 옷이 아니면 아무도 나를 보려 하지 않는다. 곰 장갑과 곰 신발을 신고 있지만 신경 쓰는 사람은 없었다. 하긴 가까이에서 보지 않으면 곰 장갑은 검은색과 흰색의 무언가를 들고 있는 것처럼 보이지 곰 얼굴로는 보이지 않을 테니까.

발밑도 상대의 신발을 자세히 들여다보는 사람은 별로 없으니 눈치채는 사람은 드물었다.

"유나 씨, 왜 그러세요? 빨리 가요."

내가 주위를 신경 쓰면서 걷고 있는데, 앞을 걷는 노아가 뒤를 돌아보며 말을 걸어 왔다.

"노아, 앞을 보고 걸어야지. 위험해."

"괜찮아요…… 으앗."

내가 주의를 주기가 무섭게 뒤를 보며 걷던 노아가 발을 헛디뎠다.

노아는 버티고 자세를 바로잡으려 했다. 내가 급히 손을 뻗었지만, 노아는 내 손에서 멀어지듯 뒤로 넘어갔다.
"위험해!"
노아가 쓰러질 뻔한 타이밍에 교복을 입은 소녀가 있었다. 소녀에게 부딪힌다고 생각한 순간 노아가 그 품에 안겼다. 노아는 소녀 덕분에 넘어지지 않을 수 있었다.
"제대로 앞을 보고 걷지 않으면 위험하죠."
"죄송합니다."
노아는 여자아이의 팔에서 벗어나며 사과했다.
노아를 받아준 것은 나와 시아 정도의 또래로 보이는 소녀였다. 소녀는 왕도와는 다른 교복을 입고 있었다. 어쩌면 유파리아 학원 학생일지도 모른다.
"활발한 건 좋은 일이지만, 여자아이는 얌전하게 있어야죠."
"죄송해요."
노아는 풀이 죽었다.
그런 노아를 교복을 입은 소녀가 바라보았다.
"……혹시 우리 어디서 본 적 없나요?"
그런 질문을 받은 노아는 교복을 입은 소녀를 바라보았다.
서로의 얼굴이 가까워지고 한동안 서로를 바라보길 몇 초. 노아가 먼저 입을 열었다.
"세레이유 님이세요?"
"느와르인가요?"

서로가 이름을 불렀다.

두 사람은 아는 사이였던 모양이다.

"오랜만이에요. 세레이유 님."

"그러네요. 느와르는 왜 여기 온 거죠? 아, 혹시 시아를 응원하러 온 건가요?"

노아가 세레이유라고 부른 소녀는 본인이 묻고 본인이 답을 도출했다.

"네, 학원에서 열리는 마법 교류회에 참가하는 언니를 응원하러 왔어요. 유나 씨, 소개할게요. 이 마을을 다스리는 포린스 가 영애이신 세레이유 님이에요."

노아가 여자에 대해 알려주었다. 이 마을 영주의 딸이었구나.

즉, 귀족 인맥으로 아는 사이였던 모양이다.

"세레이유라고 해요."

"저는 유나예요."

우리는 서로 통성명을 나눴다.

"당신은 마법 교류회로 온 왕도의 학생이죠? 지금쯤 다들 학원에서 연습 중일 텐데 왜 여기 있나요? 그리고 왜 느와르와 함께 있고요?"

"음, 그건……."

나는 순간 당황해 말문이 막혔다.

내가 왕도의 학생복을 입고 있는 탓에 이번 마법 교류회의 참가자라고 오해한 모양이었다. 나는 교류회의 참가 멤버도 아니고 하물며 왕도의 학생도 아니다. 하지만 교복을 입고 있었기에 아니라고도 그렇다고도 말할 수 없어 대답이 곤란했다. 그런 나를 노아가 도와주었다.

"유나 씨는 저와 언니의 친구예요. 교류회에는 참가하지 않지만, 언니를 응원하러 간다고 해서 함께 데려온 거예요."

"데려왔다니, 시아랑 따로 온 건가요? 아니면 엘레로라 님과 함께?"

"아니요, 어머님은 안 계세요. 이번에는 유나 씨와 둘이 왔어요. 유나 씨는 강해서 제 호위도 맡아주고 있거든요."

노아의 대답에 세레이유는 놀란 얼굴로 나를 쳐다보았다.

"실례지만 나이가 몇이죠? 14살? 13살인가요?"

"15살이에요."

"15살?!"

내 말에 세레이유가 놀랐다.

평균적인 15살보다는 작지만 15살이다.

"확인할게요. 당신은 이번 마법 교류회의 멤버가 아닌 거죠?"

"음, 네."

내 대답에 세레이유는 얼굴을 찌푸리며 노아를 바라보았다.

"즉, 마법 실력이 없다는 거군요. 느와르, 위기감을 제대로 가져야죠. 겨우 여자아이 둘이서 왕도에서 여기까지 오다니, 위험하잖아요. 당신은 비록 어리지만 귀족이에요. 귀족이라는 신분을 제대로 자각하지 않으면 곤란해요."

세레이유는 눈살을 찌푸리며 주의를 주었다.

"그 이전에, 엘레로라 님과 클리프 님께서 그녀와 단둘이 이곳에 오는 걸 허락하셨나요?"

"네, 유나 씨와 함께라면 괜찮다고 허락해 주셨어요."

"거짓말은 아니겠죠?"

"언니도 알고 있으니 확인해 보시면 알 거예요."

노아는 거짓말을 하지 않았기에 단호하게 말했다.

엘레로라의 허가는 받지 않았지만, 클리프의 허가는 받은 상태였다.

세레이유는 의아한 눈빛으로 나를 바라보았다.

"하지만 봤으니 그냥 넘어갈 수는 없겠네요. 느와르, 제 쪽에서 호위를 붙여줄 테니 우리 집으로 와주세요. 이대로 혼자 둘 수는 없으니까요."

세레이유는 일방적으로 이야기를 진행했다.

혼자가 아니다. 호위라면 내가 있다. 그런데도 그녀의 눈에는 내가 호위로 보이지 않는 모양이었다. 곰 옷차림은 아니지만, 교복 차림이라고 해도 신용은 얻을 수 없는 것 같았다.

"세레이유 님, 배려해 주셔서 감사합니다. 하지만 호위는 필요 없습니다. 유나 씨는 누구보다 강하고, 누구보다 저를 확실하게 지켜줄 테니까요."

노아가 믿음이 가득한 눈빛으로 나를 바라보았다.

물론 노아는 지킬 것이다.

"느와르가 그녀를 신용하고 있다는 사실은 잘 알겠습니다. 하지만 전 신용할 수 없습니다. 당신은 포슈로제 가문의 영애입니다. 엘레로라 님도 어째서 이런 학생이나 다름없는 여자아이 한 명에게 느와르를 맡기신 것인지."

곰이 아닌데도 심한 말을 들은 기분이었다. 만약 지금 여기서 곰 옷을 입고 있었다면 더더욱 신용을 얻지 못했을 것이다. 지금보다 더 심한 말을 들었을지도 모른다.

"이건 시아에게도 말해야겠네요."

뭔가 일이 귀찮아지고 있었다.

하지만 그녀의 입장에서 생각해 보면, 그녀의 걱정도 일리가 있었다. 귀족인 노아의 호위를 학생이 한다고 하면 믿음이 가지 않는 것은 당연하다.

하물며 왕도에서 두 사람만 왔다고 생각하면 더욱 그렇다.

"세레이유 님, 유나 씨는 정말 강해요."

"엘레로라 님이 맡기셨다면 어느 정도는 강할지도 모르죠. 하지만 그녀보다 강한 사람이 나타나면 어떻게 할 건가요? 왕도에서 오는 동안에 마물이나 도적에게 습격당하면 어떻게 할 생각이었나요? 당신은 자신의 신변을 제대로 생각해야 하는 입장이에요. 일단 왕도까지 돌아가는 길은 시아 일행과 함께라면 괜찮을 테니까, 이 마을 안에 있는 동안만이라도 제 쪽에서 호위를 붙이겠어요."

세레이유는 눈앞에서 나의 존재를 부정했다. 하지만 노아는 이해가 안 간다는 얼굴로 고개를 갸우뚱했다.

"유나 씨보다 더 강한 사람요? 그런 사람은 없을 걸요. 마물이 와도, 도적이 와도, 유나 씨는 저를 지켜 줄 수 있어요."

노아는 내가 미사를 오크에게서 구해 준 일과 도적 토벌을 했던 일을 알고 있었다. 학원제에서 시아를 위해 기사단장(이름은 잊었다)과 싸운 일도 알고 있었고, 블랙 바이퍼에 대한 것도 알고 있었다.

어쩌면 크라켄에 대한 이야기도 클리프에게 들어서 알고 있을지도 모른다.

그러니 어느 정도 강한 사람이나 마물이 나타나도 내가 지켜줄 것이라고 믿고 있는 거겠지.

"게다가 곰돌이랑 곰순이도 있고요."

노아는 세레이유가 들을 수 없을 정도의 목소리로 중얼거렸다.

"느와르의 말대로 그녀가 그렇게 강하다면 이번 멤버로 뽑혔겠죠? 하지만 시아의 응원이라는 건 멤버가 아니라는 뜻이잖아요."

그야 학생이 아니니까.

하지만 교복을 입고 있는 탓에 설득력이 떨어졌다.

곰 인형 옷을 입지 않았으니 트러블에 휘말릴 일은 없을 거라 생각했는데, 이번에는 오히려 교복이 불리하게 작용하고 있었다.
"그……."
노아는 난처한 표정을 지었다.
어떻게 설명해야 할지 몰라 난감해진 모양이었다.
"마법이 아니라 검을 잘 다루는 건가요?"
이대로라면 노아에게 호위가 붙게 된다.
이번에는 나는 클리프와 시아로부터 노아의 호위를 부탁받았다.
게다가 노아도 모르는 사람이 호위로 붙으면 편하게 즐길 수 없을 것이다.
무엇보다 노아의 마음을 배신하고 싶지 않았다.
그래서 나는 세레이유의 말을 부정했다.
"검도 마법도 다 쓸 수 있으니까 노아를 지킬 만한 힘은 있어요. 그러니 호위는 필요 없어요."
내 말에 세레이유는 눈을 크게 뜨며 놀랐다. 내가 반박할 줄은 몰랐던 모양이다.
세레이유가 나를 보며 다가왔다.
"실례지만 팔을 좀 볼 수 있을까요?"
세레이유는 내게 다가와 팔을 잡더니 소매를 걷어올렸다.
"이 하얗고 부드럽고 가느다란 팔로는 검을 휘두를 수 없을 것 같은데요."
내 팔은 하얗고, 근육도 없고, 말랑말랑했다.

"다음은, 손에 끼워져 있는 이상한 걸 벗고 손을 좀 보여 주시겠어요?"

이상한 거라니. 곰 장갑이라고.

나는 일단 거역하지 않고 오른손의 검은 곰 장갑을 풀고 손을 그녀에게 보여주었다. 그녀는 내 손바닥을 꾹꾹 눌러 만져보았다.

"검을 휘두르며 연습해 온 사람의 손은 아니네요."

세레이유는 손을 떼고 단언했다.

뭐, 검을 휘둘렀던 건 게임 속이었으니까. 게임 속에서는 아무리 검을 흔들어도 근육도 붙지 않고 손에 굳은살도 생기지 않는다.

이 세계에서 검을 다룰 수 있는 것은 곰 장갑 덕분이었다. 검을 들어도 무게는 느껴지지 않고 굳은살도 생기지 않는다.

"이번 마법 교류회 멤버에 속하지도 않았고, 검을 잡아본 적도 없어 보이는 손으로는 도저히 느와르의 호위를 할 수 있을 거라는 생각이 들지 않는군요."

이 세레이유라는 여자가 나쁜 사람이 아니라는 것은 알 수 있었다. 진심으로 노아를 걱정하고 있었다. 하지만 그녀는 선의를 강요하는 타입이었다.

그러니 물러설 수는 없었다. 나와 노아의 자유를 위해서라도.

나아가 나에게 호위를 맡겨준 클리프의 체면을 위해서라도.

"노아에게는 호위 이야기를 하면서, 정작 당신도 귀족인데 호위가 없는 것 같은데요."

그녀는 혼자다. 귀족인데 호위는 없었다.

"저희 아버님께서 다스리는 마을은 위험하지 않으니 괜찮습니다."

"그럼 이 마을에 있는 동안은 노아도 괜찮겠네요."

말이 앞뒤가 안 맞는다.

"하지만 만약의 일이라는 게 있으니까요. 만약 제 아버님이 관할하는 마을에서 느와르에게 무슨 일이라도 생긴다면, 엘레로라 님과 클리프 님께 고개를 들 수 없을 겁니다."

그녀도 물러서지 않았다.

"그럼 당신은 본인에게 만약의 일이 생기면 어떻게 할 건데요?"

"저는 강하니까 괜찮습니다. 어릴 때부터 검을 배웠고, 마법에 소질도 있어 어느 정도의 실력을 갖고 있습니다. 이번 마법 교류회 멤버로도 뽑혔고요. 당신과 똑같이 취급하지 말아주세요."

"그럼 당신을 이긴다면 노아의 호위로 인정해 주는 건가요?"

"저를 이긴다는 건 있을 수 없는 일이지만, 그렇게 되겠죠."

"그럼 잠깐 시합을 하죠. 거기서 제가 이기면 이 일에 대해서는 참견하지 말아 줄래요?"

내 제안에 그녀는 잠깐 놀란 표정을 보였지만, 이내 미소를 지었다.

"후후, 좋습니다. 자신의 실력을 아는 것도 좋은 경험이 되겠죠. 제가 이기면 느와르에게 호위를 붙이겠습니다."

"좋아. 제가 이기면 약속은 지켜주세요."

그런 이유로, 조금 귀찮은 일이 됐지만 갑자기 세레이유와 승부를 하게 되었다.

545 곰 씨, 유파리아 학원에 다다르다

"하아."

한숨이 나왔다.

곰 복장이 아닌데도 골치 아픈 일이 생길 줄은 몰랐다. 곰 복장이었다면 늘 있는 일이라고 생각해서 순순히 받아들였을 텐데. 이 정도면 단순히 내가 트러블을 끌어당기는 운명이 아닐까 하는 생각이 들었다.

하지만 이번 시합은 내가 제안한 것이다.

"그래서 어디서 할까요?"

역시 사람의 왕래가 많은 곳에서 하기는 어려웠다.

"그렇네요. 제가 이기면 호위를 붙이게 될 테니 제 집에서 해도 되겠지만, 시아에게 한마디 하고 싶기도 하니 학원에서 하도록 하죠. 부지가 넓으니 다른 사람에게 폐를 끼칠 일도 없을 겁니다."

세레이유는 이미 이겼다고 생각하는 모양이었다.

하긴, 나는 이번 마법 교류회의 멤버로 뽑히지도 않았고, 팔뚝과 손바닥이 말랑하니 검을 한 번도 제대로 잡아본 적이 없다고 여겨지는 것은 어쩔 수 없었다.

세레이유는 학원 쪽을 향해 걷기 시작했다. 나와 노아가 그 여자의 뒤를 따라 이동했다.

"유나 씨, 괜찮아요?"

노아가 조금 걱정스러운 얼굴로 물었다.

"저 때문에 죄송해요."

"사과하지 마, 노아는 아무 잘못 없어. 게다가 내가 강하다는 건 이미 알고 있지?"

"네."

"그러니까 괜찮아. 노아의 호위는 누구에게도 넘기지 않을 거니까."

"유나 씨…… 감사해요."

내 말에 노아는 기뻐했다.

노아는 내 곰 장갑을 잡고 걸어갔다. 그런 노아에게 물었다.

"노아는 저 애랑 아는 사이였구나."

"네, 몇 번 뵌 적이 있어요. 지난번 국왕 폐하 탄신제 때도 뵈었고요. 그때는 예쁜 드레스를 입고 있어서 바로 눈치채지 못했지만요."

사람은 복장이나 머리 모양만으로도 인상이 달라지는 법이라 쉽게 알아보기 어렵다. 나도 곰 인형 옷을 벗으면, 별로 만난 적 없는 사람일 경우엔 눈치채지 못한다.

"그러고 보니 국왕 폐하의 만찬 때 나온 푸딩을 맛있게 드시고 계셨어요."

푸딩을 먹은 적도 있구나.

그때는 국왕이 갑자기 푸딩을 만들어 달라는 부탁을 해서 혼자 만들었었지. 그리운 추억이다.

피나랑 모린 씨는 보기만 하고 도와주지 않았다.

"그래서, 그녀는 강해?"

"죄송해요. 저도 자세히는 몰라요. 뵌 적도 많이 없고 나이대도 달라서 그런 얘기를 할 일도 없었거든요. 아마 언니라면 알고 있을 텐데."

노아가 미안한 얼굴로 말했다.

나이 차도 있고 만날 기회가 적으면 모르는 것도 당연하다.

"신경 안 써도 돼. 내가 이기면 될 문제니까."

"어머, 대단한 자신감이네요. 저도 질 생각은 없습니다."

우리의 이야기를 듣고 있었는지 앞서 걷던 세레이유가 뒤를 돌아 보았다. 세레이유는 자신감에 찬 표정으로 말했다.

하지만 그녀가 저 정도로 자신감 넘칠 수 있는 건 어릴 때부터 꾸준히 쌓아온 연습 덕분이겠지.

그런 그녀에게 신이 주신 힘으로 이겨야 한다고 생각하니 조금 죄책감이 들었다.

그래서 적어도 승부는 게임 속에서 익힌 검으로 승부하기로 했다. 물론 곰 장갑이 없으면 무거운 검을 들 수도 없으니 전부가 내 힘이라고 할 수는 없지만, 마법보다는 나을 것 같았다.

"그러고 보니 세레이유 님은 왜 거기에 계셨나요? 학원 쪽은 괜찮나요?"

"오늘 수업이 끝나서 산책하고 있었을 뿐이에요. 거기서 당신과 부딪친 거고요."

"윽…… 죄송해요."

"신경 쓰지 마세요. 당신과도 만날 수 있었으니까."

"그보다 세레이유 님은 이번 마법 교류회에 뽑히신 거죠? 연습은 안 하시나요?"

"학원 내 연습 공간은 왕도에서 온 학생들에게 개방되어 있기 때문에 저희 학원생은 연습할 수 없어요. 익숙한 장소에서 저희만 당일까지 연습을 하는 건 공정하지 않으니까요."

확실히 홈그라운드와 어웨이의 차이는 크니까. 홈에서 연습한 쪽이 유리하긴 할 것이다.

어떤 스포츠든 홈그라운드에서 하는 것이 승률은 높다. 그렇게 생각하면 공평하다는 생각이 들었다.

"그럼 지금쯤 언니는 연습을 하고 있겠네요."

"네, 연습하고 있을 거예요."

그래서 학원 일 때문에 바로 만날 수 없다고 했던 거구나. 모두가 연습하고 있는 가운데 빠져나와서 우리를 만나러 올 수는 없을 테니까.

하지만 예정된 시간보다 빨리 시아를 만날 수 있을 것 같았다.

우리는 다리까지 다다랐다.

다리는 호수 안에 있는 섬으로 이어져 있었다.

"꽤 기네."

호수의 섬으로 이어지는 다리는 길었고, 그 너머에는 커다란 건물이 보였다.

저게 학원인 듯했다.

"섬에 있는 건 학원뿐인가요?"

"아니요, 일부는 관광용으로 개방되어 있기 때문에 다른 건물도 있어요."

나의 물음에 세레이유는 순순히 알려주었다.

노아는 조금이라도 빨리 시아를 만나고 싶은지 다리를 지나가는 걸음이 빨랐다.

그러니까 혼자 가면 위험하대도. 아까도 그렇게 가다가 걸려 넘어져서 세레이유와 부딪혔잖아.

나와 세레이유는 노아의 뒤를 따라갔다.

그렇게 다리를 끝까지 건넜다.

길었다.

곰 신발이 없었으면 걷기 싫었을지도 모른다. 매일 이 다리를 오가는 학생들이 존경스러웠다.

하지만 경사가 없어서 걷기도 편했고 기분 좋은 바람도 불어왔다. 반대로 말하자면 겨울엔 춥겠지.

다리를 건너 잠시 걸어가자 학원 앞에 도착했다.

왕도에 있는 학원에 뒤지지 않을 만큼 큰 규모였다.

"그나저나 호수 한가운데에 짓다니 멋있네."

마치 게임이나 만화 속 세계 같았다.

"학원을 지을 때 호수 주변에 건물이 있어서 마을 변두리 말고는 지을 장소가 없었다고 해요. 그렇게 되면 반대편에 사는 학생들이 너무 멀어지니까 호수에 있는 섬에 만들어지게 된 거죠. 다리도 4개가 놓여 있어서 어느 지역에 사는 학생이라도 편하게 통학할 수 있게 되어 있답니다."

세레이유는 학원의 유래에 대해 알려주었다.

그녀는 나쁜 사람이 아니다. 노아의 얼굴을 봐도 싫어하는 기색이 전혀 없었다. 대화도 평범하게 하고 있었다. 대화를 나눠본 바로는 나도 별로 싫지는 않았다. 다만 성실하고 좀 귀찮을 것 같은 여자아이라, 되는 대로 살아온 나와는 스타일이 많이 달랐다.

"일단 시아한테 가죠. 느와르도 보고 싶겠죠?"

"네, 언니를 보고 싶어요."

노아는 오랜만에 시아를 볼 수 있다는 생각에 기쁜 표정이었다. 혹시 사람들이 보는 앞에서 시합을 할 생각인 걸까?

그건 그거대로 곤란한데.

그런 말을 전할 새도 없이, 우리는 곧 시아 일행이 연습하고 있는 운동장에 도착했다.

운동장에는 나와 같은 교복을 입은 열 명 안팎의 학생들이 마법을 사용하며 연습하고 있었다.

"언니예요."

노아가 손가락으로 가리킨 끝에는 금색의 트윈테일을 흔들며 움직이고 있는 시아의 모습이 있었다.

"이쪽 운동장에 있어서 다행이네요."

"세레이유 님, 가 봐도 될까요?"

"다른 학생들의 연습을 방해하고 싶지 않으니 시아만 부르죠. 조금만 기다려 주세요."

세레이유는 여기서 기다리라는 말을 남기고 시아 쪽으로 향했다. 그리고 시아와 대화를 나누는가 싶더니 시아가 우리 쪽을 바라보았다. 시아는 선생님처럼 보이는 인물에게 무어라 말을 걸고는 우리에게 다가왔다.

"유나 씨, 노아를 데려와 주셨네요. 감사해요."

"언니, 초대해 주셔서 감사해요."

"인사라면 유나 씨에게 해야지. 유나 씨가 데려가겠다고 해 준 덕분이니까."

"그런가요? 저는 분명 언니가 유나 씨에게 부탁하신 거라고 생각했는데요."

"그건 그렇고, 어째서 노아가 세레이유와 함께 온 거야?"

"그 일에 대해 시아에게 전하고 싶은 말이 있어서 두 사람을 데려왔어요."

시아의 뒤에서 다가온 세레이유가 시아에게 말을 걸었다.

"왜 본인의 여동생을 이런 학생에게 맡기고, 호위도 붙이지 않은 채로 왕도에서 여기까지 오게 한 거죠? 위험하다는 생각은 하지 않으셨나요?"

"호위라면 유나 씨가 있는데."

시아는 나를 바라보았다.

"당신도 그 소리인가요? 어째서 이런 학생에 지나지 않는 여자애를 이렇게나 신뢰하는 거죠? 마을 안이라면 몰라도 왕도에서 유파리아까지 거리가 얼마나 된다고 생각하세요? 만약 마물이나 도적에게 습격을 당했다면 어떻게 할 생각이셨어요?"

"그 경우는 호위인 유나 씨가 지켜줬을 것 같은데."

시아와 세레이유가 나에게 갖고 있는 평가는 180도 다른 듯했다.

"시아도 그녀를 믿고 있는 모양이군요. 그렇게 신뢰할 정도로 그녀가 강한가요?"

"내가 아는 사람 중에서 유나 씨만큼 믿을 만하고 강한 사람은 없어."

시아는 분명하게 말했다.

"하아, 알겠습니다. 그렇게까지 말한다면 시아도 입회인으로 세우도록 하죠. 제가 그녀와 시합을 하겠습니다. 만약 제가 이기면, 이 마을에 있는 동안에는 느와르에게 호위를 붙이겠어요. 그리고 돌아갈 때는 시아 일행과 함께 돌려보낼 거고요."

"응? 도대체 무슨 상황이야?"

상황을 파악하지 못한 시아는 설명을 요구하는 얼굴로 나와 노아를 바라보았다.

나와 노아는 간단히 사정을 설명했다.

"아, 유나 씨가 노아의 호위로 인정받지 못했다는 말이군요."

이제야 납득한 얼굴이다.

"시아도 한마디 해 줘."

"무리 아닐까요?"

시아는 완고하게 자신의 의견을 굽히지 않는 세레이유를 보며 말했다.

역시 이런 성격이구나. 포기하고 승부를 할 수밖에 없는 모양이다.

"그럼, 유나 씨라고 했죠? 당신의 실력을 확인해 보겠습니다. 마법과 검, 어느 쪽이 좋으세요? 당신이 선택하세요."

"그럼 검으로."

미리 생각해 둔 대로 승부는 검으로 했다. 그 편이 이기더라도 마법을 쓴 것보다는 죄책감이 덜할 것 같았다.

"알겠습니다. 검 말이죠. 연습용 검은 갖고 계신가요? 없으시다면 제가 준비해 드리겠습니다. 연습용이라고는 해도 익숙한 게 좋겠죠."

연습용 검? 잠시 고민했다.

이 세상에 왔을 때 주운 나무 막대? 아직 버리지 않은 채 곰 박스에 넣어두었다. 그리고 신입 모험가들을 가르칠 때 썼던 나무로 만든 목검 같은 것도 있었다.

나는 목검을 꺼냈다.

“나무 막대인가요?”

“일반적인 검보다는 안전하잖아요.”

일반적인 연습용 칼은 철제로 되어 있고 날이 없었다. 하지만 철로 되어 있기 때문에 잘못 부딪치면 다칠 수도 있었다.

“좋습니다. 혹시 한 자루 더 갖고 계시다면 저에게도 빌려주시겠어요?”

나는 곰 박스에서 또 하나의 목검을 꺼내 세레이유에게 건네주었다.

“그 이상한 얼굴의 장갑은 아이템 봉투였군요.”

“곰이야.”

나는 세레이유를 향해 곰 장갑을 몇 번 펴 보이며 말했다.

“당신, 신발도 그렇고, 좀 특이하네요.”

아무래도 신발 역시 눈치채고 있었던 모양이다.

“그럼 방해되지 않게 구석 자리를 빌리도록 하죠.”

“혹시 여기서 하는 건가요?”

“무슨 문제라도 있나요?”

문제야 당연히 있다. 시아는 그렇다 쳐도 다른 학생들이 있으니까.

“아니, 귀족인 당신이 지면 입장 상 좀 문제가 되지 않을까 싶어서요.”

“제 걱정은 할 필요 없어요. 설령 진다 해도 부끄러운 일은 아니죠. 게다가 저는 질 생각이 없습니다."

자신 있게 단언한다.

이렇게 된 이상 눈에 띄지 않게 이겨야겠네.

546 곰 씨, 세레이유와 시합을 하다

우리는 시아 일행이 훈련하는 운동장 구석에서 시합을 하게 되었다.

왕도의 학생들도 연습을 멈추고 우리 쪽을 보고 있었다.

윽, 그렇게 보지 마.

그런 소망이 통할 리 없었고, 시선은 우리에게 한껏 집중되어 있었다. 그런데 자세히 보니 그 시선은 모두 세레이유에게 향해 있었다. 그녀의 실력을 보기 위해 견학을 하는 느낌이었다.

이렇게 된 이상 당초의 목적대로 눈에 띄지 않게 이겨야 했다.

나와 세레이유는 약간 거리를 두었다.

"언제든 시작해도 괜찮아요."

세레이유는 목검을 들고 자세를 잡았다.

자, 어쩌지.

나는 난처했다.

이기는 것은 쉬웠다. 하지만 그래서는 안 된다. 교복을 입고 얼굴까지 드러난 상태에서 압승을 하면 또 귀찮은 일이 벌어질 것이다. 여기서는 세레이유와 실력을 비슷하게 맞춰 아슬아슬하게 이기는 편이 이상적이었다.

"안 온다면 제가 먼저 가죠."

내가 먼저 움직이지 않는 것을 보고 세레이유가 먼저 움직였다.

세레이유는 간격을 좁히더니 정면으로 목검을 내리쳤다. 나는 그것을 가볍게 받아냈다. 그 모습에 그녀는 놀란 표정을 지었다.

받아들인 것뿐이다.

세레이유는 얼굴을 굳히고 오른쪽, 왼쪽으로 연속 공격을 걸어왔다. 나는 리듬감 있게 튕겨내거나 피했다.

아름다운 검이었다. 매끄럽다고 해야 할까. 검에 휘둘리지 않고, 스스로 검을 잘 다루고 있었다.

무거운 검인 경우에는 내리치는 것만으로 몸이 휘청거릴 때도 있었다. 쉽게 말하면 큰 망치를 들고 있는 느낌이다. 휘두르면 제어가 어렵다. 힘이 없는 내가 하면 휘둘린다(경험담).

목검은 진검보다 가볍다. 하지만 목검이라도 튕기면 균형을 잃는다. 그런데 세레이유는 목검을 튕겨내도 몸의 균형을 유지한 채 두 번째 공격을 가했다.

세레이유 시점

제 이름은 세레이유.

귀족인 포린스 가의 딸입니다.

어릴 적에는 다툼을 싫어해 검을 잡은 적도 없었고, 검을 쓰는 사람도 무서워서 가까이 가지도 못했습니다. 하지만 한 사건이 저를 바꿨습니다.

어머니가 살해당했을 때입니다. 저는 어머니가 살해당한 것을 계기로 강해지기로 결심했습니다.

검을 배우고, 스스로를 지키는 법을 익혔습니다. 마법에 소질이 있다는 것을 알게 된 뒤에는 마법도 배웠습니다. 물론 학문에도 힘써 포린스 가문의 영애로서 부끄럽지 않게 성장했다고 생각합니다.

이번 마법 교류회에 뽑힌 것도 기뻤습니다.

그에 부끄럽지 않게 마법 연습을 하고 싶었는데, 지금은 왕도에서 온 학생들이 운동장을 쓰고 있어 우리 유파리아 학생들은 쓸 수 없었습니다.

마법 연습을 할 수 없는 저는 동네를 산책하기로 했습니다.

저는 어머니가 좋아하셨던 이 마을을 좋아합니다. 호수는 아름답고 동네는 깨끗해서 자랑할 만한 곳입니다. 그런 마을을 산책하는 것을 전 좋아합니다.

그렇게 호수를 보면서 걷고 있는데, 등을 돌리고 걸어오는 소녀가 보였습니다. 소녀는 저를 눈치채지 못했습니다. 제가 피하려고 할 때, 소녀는 발을 헛디디며 뒤로 쓰러질 뻔했습니다. 순간적으로 소녀를 받아주었습니다.

팔 안에서 10살 정도의 귀여운 여자아이가 놀란 표정을 짓고 있었습니다. 어디선가 본 기억이 있는데, 바로 기억이 나지 않았습니다.

"혹시 어디서 본 적 없나요?"

제가 묻자 소녀는 제 얼굴을 바라보았습니다. 저도 다시 한번 보았습니다.

……아, 생각났습니다.

"세레이유 님이세요?"

"느와르인가요?"

거의 동시에 서로의 이름을 말했습니다.

그렇습니다. 그녀는 포슈로제 가문의 영애인 느와르였습니다.

느와르도 저를 기억하고 있었습니다.

만난 건 몇 번 정도입니다. 전에 만난 것은 국왕 폐하의 탄신제 만찬 때였습니다.

그것도 가볍게 인사를 나눈 정도입니다. 나이 차이가 나는 느와르와는 별로 대화를 나눈 적이 없었습니다. 어느 쪽인가 하면, 나이가 가까운 언니인 시아와 대화한 적이 더 많았습니다.

왜 그 느와르가 여기에 있을까요? 물어보자 시아를 응원하기 위해 왔다고 했습니다.

놀랍게도 귀족인 느와르는 호위도 붙이지 않고 유파리아까지 왔다고 했습니다.

정확히는 학생인 여자아이가 호위로 함께 왔다고 하더군요.

그녀의 이름은 유나.

유나는 15살이라는 나이치고는 키가 작고 머리가 긴 귀여운 여자아이였습니다. 어딜 어떻게 봐도 마물이 덮쳤을 때 느와르를 지킬 수 있을 것 같지는 않았습니다.

혹시 느와르의 가족은 모르는 일인가 생각했습니다만, 부모님이신 클리프 님도 엘레로라 님도 알고 있다고 했습니다. 믿을 수가 없었습니다.

저는 마을에 있는 동안만이라도 느와르에게 호위를 붙이겠다고 제안했습니다. 마을 안은 안전하지만, 만약 포슈로제가의 영애에게 무슨 일이라도 생기면 이 마을의 영주인 아버지의 신용 문제로 이어질 테니까요.

하지만 느와르는 그 호위 소녀가 강하고, 그녀가 자신을 지켜줄 것이니 괜찮다며 제 제안을 거절했습니다.

느와르는 정말 진심으로 그녀를 믿고 있는 것 같았습니다.

하지만 왕도의 학생인데 이번 마법 교류회 멤버로도 뽑히지 않았습니다. 검 실력이 높은 건가 싶었는데 팔도 손바닥도 부드러워, 땀을 흘리며 검을 휘두른 손이 아니었습니다.

느와르에게는 미안하지만 어딜 봐도 강해 보이지 않았습니다.

"이번 마법 교류회 멤버에 속하지도 않았고, 검을 잡아본 적도 없어 보이는 손으로는 도저히 느와르의 호위를 할 수 있을 거라는 생각이 들지 않는군요."

제가 그렇게 말하자 그녀는 반박했습니다.

귀족인 제가 혼자 걷고 있는 것을 지적했습니다.

이 마을은 안전합니다. 하지만 만약의 일을 생각해서 호위를 붙이는 겁니다. 게다가 저는 검도 마법도 어느 정도 다룰 수 있습니다. 이번 마법 교류회에도 선정되었습니다.

그 일을 그녀에게 말하자, 그녀는 저와 승부하고, 저를 이기면 호위로 인정해 달라고 했습니다.

논리적으로는 맞았습니다.

물러설 수 없었기에, 저는 그 제안을 받아들였습니다.

마법 수준은 교류회에 선발되지 않았을 정도의 수준, 그리고 검은 거의 잡아본 적이 없어 보이는 손이었습니다. 조금만 상대해 주면 그녀도 납득하리라 생각했습니다.

그리고 지금 그녀와 시합을 하고 있습니다.

정면에서 조금 강하게 내리치면 그녀의 손에 든 목검이 손에서 떨어지며 승부가 끝날 것이라 생각했습니다. 하지만 그녀는 제 공격을 받아냈습니다.

그것에 저는 놀랐습니다. 검과 검이 부딪치면 충격이 옵니다. 그것은 나무 막대라도 마찬가지입니다. 하지만 그녀는 그 손으로 가볍게 받아냈습니다.

저는 조금 물러나 오른쪽, 왼쪽으로 공격을 속행했습니다. 그러나 그녀는 가볍게 막아냈습니다. 저는 힘과 속도를 더 올렸습니다.

하지만 그녀는 그마저도 막아냈습니다.

받아내기만 하는 것이 아니었습니다. 충격을 줄이기 위해 제 힘을 흘려보내고 있었습니다.

공격하는 쪽과 방어하는 쪽은 보통 공격하는 쪽이 유리하고 방어하는 쪽은 불리합니다.

원하는 장소에 검을 내리찍을 수 있는 것에 비해, 상대가 어디에 내리칠지 모르는 검을 받아내는 것은 실력 차이가 없으면 쉽게 할 수 없는 것입니다.

더욱이 방어하는 쪽은 공격받는다는 공포로 인해 몸이 쉽게 움직이지 않는 경우가 많습니다. 하지만 그녀는 눈 한번 깜빡이지도 않고, 당황하는 기색도 없이 맑은 눈으로 저를 똑바로 바라보았습니다. 마치 모든 것을 꿰뚫어 보고 있는 것 같았습니다.

검을 내리쳤지만 피했습니다.

처음 선생님으로부터 공격을 받았을 때는 무서워서 거의 막을 수 없었습니다. 하지만 반대로 선생님은 제 공격은 막아냈습니다.

막으려면 상대의 움직임을 자세히 봐야 합니다. 검은 물론, 팔, 손, 게다가 상대의 시선. 나아가 위뿐만 아니라 아래도 봐야 합니다. 딛는 발, 그 힘까지.

선생님께 그런 가르침을 받았을 때 저는 「불가능해요」라고 말한 적이 있었습니다. 선생님이 말한 것은 상대의 움직임 전부를 보라는 것이었습니다. 그런 것은 불가능하다고. 어떻게 해도 휘두르는 검을 먼저 보고 말았습니다.

하지만 연습을 거듭하다 보니 점차 할 수 있게 되었습니다.

눈앞의 그녀는 선생님이 말한 것을 실천하고 있었습니다. 제 모든 것을 보고 있는, 그런 눈을 하고 있었습니다.

그럼에도 저는 공격을 걸었습니다. 하지만 그녀는 여유롭게 막아냈습니다.

재미있다. 무심코 웃음이 새어나왔습니다.

학생들 중에서 저와 대등하게 겨룰 수 있는 여자애는 없습니다. 남자들 중에서도 거의 없었습니다.

보통 이 정도로 몰아붙이면 당황하기 마련인데, 그녀는 차분하게, 흥분하지 않고 제 검을 받아냈습니다.

그녀가 일부러 힘을 빼고 있다는 것을 알 수 있었습니다. 그녀가 진심을 냈다면, 제가 공격을 걸었을 때 반격을 했을 겁니다. 하지만 그녀는 반격을 해 오지 않았습니다. 뭔가 고민하고 있는 것처럼 보이기도 합니다. 그런데 모르겠습니다. 그저 제 공격을 막고 있을 뿐입니다.

그렇다면 이건 어떨까요?

저는 페인트로 속이면서 공격을 시도했습니다. 그것 역시 막혔습니다. 그리고 마지막으로 막았을 때 그녀의 검이 오른쪽으로 흘러갔습니다. 비어있는 몸통을 치려 했지만, 곧 검은 다시 돌아와 막혔습니다.

굉장합니다.

저는 거리를 벌린 후, 가볍게 숨을 들이마셨다가 내쉬었습니다.

느와르의 말대로 그녀는 강했습니다. 틀림없이 저보다 더 강했습니다. 이렇게나 작고, 그렇게 연습도 하지 않은 것 같은 손으로 말이죠.

재능이라는 말이 떠올랐습니다.

재능에는 넘을 수 없는 벽이 있습니다.

그렇다고 해도 쉽게 질 수는 없었습니다.

"미안해요. 조금 아플 수도 있어요. 그래도 의무실은 있으니까 안심하세요."

연습 대련에서는 금지되어 있는 찌르기. 찌르기는 피하는 것 말고는 대처할 방법이 없습니다. 검으로 받아내는 것은 어렵죠. 조금 튕겨내는 정도로는 몸 어디에든 닿고 맙니다.

명중시킬 생각은 없었습니다. 그녀 정도의 실력이라면 피하겠죠. 조금 오른쪽으로 찌르자 그녀는 왼쪽으로 피했습니다. 그때가 기회였습니다.

유나 시점

당연하지만, 그 학원제 때에 싸웠던 기사단장(이름도 얼굴도 잊어버렸지만)보다는 강하지 않았다. 그래서 세레이유의 공격을 막는 것은 쉬웠다.

나는 세레이유가 내리치는 목검을 받아냈다.

옆에서 보면 지금의 나는 그녀의 공격에 아무 대처도 하지 못하고 방어로만 일관하는 것으로 보일 것이다.

이제 슬슬 내가 먼저 공격을 걸어 이길 생각이었다.

내가 아주 조금 더 강했다는 연출을 하기 위해서다.

그렇게 생각했을 때, 세레이유가 조금 간격을 벌리고 입을 열었다.

"미안해요. 조금 아플 수도 있어요. 그래도 의무실은 있으니까 안심하세요."

뭔가를 하려는 모양이었다.

그럼 그것을 피하고 끝내자.

세레이유가 목검으로 찌르기를 날렸다. 화의 나라의 쥬베이 씨의 찌르기와 비교하면 느린 편이었다. 나는 세레이유의 찌르기를 피했다. 하지만 피할 것을 예상했는지 세레이유는 그 기세를 이용해 몸을 회전시켰다.

오, 지금 그 찌르기는 페인트였구나.

몸을 회전시키면서, 역방향에서 목검이 날아들었다.

나는 곰 장갑을 펼쳐 세레이유의 오른팔을 잡고, 그녀의 회전하는 몸의 관성을 이용해 다리를 걸어 넘어뜨렸다. 그리고 쓰러진 세레이유의 목덜미에 목검을 갖다 댔다.

"제가 이겼죠?"

"네, 제가 졌습니다."

세레이유는 순순히 패배를 인정했다.

547 곰 씨, 승부에서 이기다

“제가 졌습니다.”

패배를 인정한 세레이유는 몸을 일으켰다.

패배를 애써 부정하거나 원망하는 기색도 없고, 표정만으로도 순순히 패배를 인정하고 있음을 알 수 있었다. 역시 성격이 나쁜 아이는 아니었던 모양이다.

“느와르의 말대로 강하군요.”

“당신도 강했어요.”

“배려해 주지 않아도 괜찮아요. 당신과 저 사이에는 메울 수 없을 정도의 격차가 있었습니다. 그 정도는 알고 있어요.”

“그렇지 않아요. 전 아무것도 못하고 방어하기 급급했는걸요.”

내 말에 세레이유는 놀란 표정을 짓는가 싶더니 곧 미소를 지었다.

“유나, 당신은 재미있는 분이군요.”

재미있다고? 곰 옷을 입고 있지도 않은데? 곰 모습일 때라면 그런 말을 들어도 납득했겠지만, 이 모습으로 들으려니 납득이 가지 않았다.

내가 세레이유의 말에 반박하려고 한 순간, 노아와 시아가 다가왔다.

“유나 씨, 멋있었어요.”

노아가 기쁜 얼굴로 안겨왔다.

“느와르, 좋은 분이 호위를 맡고 있었군요.”

“네, 유나 씨는 굉장히 강해요. 곤란할 때는 언제나 도움을 줘요.”

노아가 환한 웃음을 지으며 대답했다.

“유나 씨, 세레이유를 여유롭게 이기다니 역시 대단하네요.”

“여유롭게?”

시아의 말에 나는 고개를 갸우뚱했다.

세레이유도 그렇고 시아도 그렇고 아까부터 나에 대한 평가가 좀 이상했다.

시아는 내가 강하다는 걸 알고 있으니 지금 시합에서 여유롭게 이긴 것처럼 보인 건가? 아니면 정말 그렇게 보였나?

“보통 그렇게 몰아붙이면 당황하거나 주춤하거나 반격을 시도하는데, 유나 씨는 표정 하나 바꾸지 않고 세레이유의 공격을 전부 받아냈어요.”

“적어도 안색 한 번쯤은 바꾸게 하고 싶었는데, 아무리 공격을 해도 그럴 수 없었어요.”

설마 그렇게 보였던 건가?

나는 방어로만 일관하다가 간신히 역전승을 했다는 연출을 하고 싶었는데, 모두에게는 그렇게 보이지 않았던 모양이다.

잘 생각해 보니 확실히 표정을 바꾼 기억은 없었다.

아무래도 나에게 배우의 재능은 없는 것 같다.

"마지막의 찌르기는 비겁하다는 소리를 들어도 어쩔 수 없다고 각오하고 한 공격이었는데, 그마저도 피하시더군요. 마지막에는 죄송했어요."

"찌르기는 누구나 하는 공격 아닌가요?"

창, 레이피어, 검도 찌른다. 나이프도 찌른다. 찌르기는 공격 중 하나다. 쥬베이 씨도 아무렇지도 않게 사용했었다.

"연습 때는 위험하기 때문에 찌르기는 사용하지 않습니다. 물론 평범한 공격도 위험을 수반하긴 하지만, 찌르기를 할 경우에는 방어구를 착용합니다. 지금 같은 복장으로는 위험하니까 하지 않죠."

세레이유는 서로의 교복을 바라보았다.

듣고 보니 확실히 위험했다. 나는 세레이유를 다치게 할 생각은 없었지만, 곰 옷을 입지 않은 상태에서 목검에 맞기라도 했으면 그냥 끝나지는 않았을 것이다. 어쩌면 내가 너무 게임 속에 빠져 있었던 걸지도 모른다. 게임 속이라면 생명이 위험할 일은 없다. 심지어 이 세계에 온 뒤에도 곰 인형 옷이라는 절대 방어에 의해 보호받고 있었다. 좀 더 위기의식을 가져야 하는 걸까.

"그러니까 그 찌르기는 비겁한 공격이었어요. 하지만 당신이라면 찌르기를 피할 거라고 생각했고요. 그래서 마지막 공격을 시도했던 건데, 허무하게 지고 말았네요."

내가 일부러 봐주고 있다는 걸 알고, 피할 거라 믿고 마지막 공격에 승부를 걸었다는 거구나.

그래서 찌르기를 피하자마자 내 행동을 간파한 것처럼 몸을 회전시켜서 공격을 이어온 것이다. 찌르기 이후에 행동이 빨랐던 것도 납득이 갔다. 처음부터 계획하고 있던 동작이었기 때문이다.

즉, 시아와 마찬가지로 나의 연기는 다 들켜버린 것이다. 다음번에는 조금 더 신경 써야겠다.

"이건 돌려드릴게요. 감사합니다."

세레이유가 목검을 돌려주었고, 나는 내가 들고 있던 목검과 함께 곰 박스에 넣었다.

"그 장갑은 아이템 주머니의 역할뿐만 아니라 당신의 손도 보호해 주고 있었던 거군요. 당신의 손이 부드러웠던 것도 이제 좀 이해가 가네요. 그런데 팔은 왜 이렇게 말랑한 걸까요?"

세레이유는 내 팔뚝을 꾹꾹 눌렀다.

그야 근력 운동도 하지 않고 집에만 틀어박혀 있었기 때문이다. 이 이상 만져지면 정신적으로 대미지를 입을 것 같아 세레이유에게서 도망쳐 시아의 뒤로 이동했다.

"시아, 연습을 방해해서 미안했어."

"저도 다른 사람들도 좋은 구경을 했으니 문제없어요."

시아는 시선을 오른쪽으로 돌렸다. 그런 시아의 시선 앞에는 왕도의 학생들이 우리를 보고 있었다.

학생들의 존재를 잊고 있었다.

혹시 학생들도 내가 봐주고 있었다는 걸 눈치챘을까?

“그렇다면 다행이네요. 하지만 마법은 아니니까 교류회에 참고는 되지 않을 거예요.”

“마법이 아니더라도 멋진 시합이었어요.”

“제가 일방적으로 진 시합이지만요.”

“세레이유의 공격도, 그것을 막아낸 유나 씨의 기술도 대단했다는 건 보면 알 수 있어.”

“감사합니다. 그렇게 말해 주니 조금 위안이 되네요. 다음에 시합을 하게 된다면 조금 더 부끄럽지 않은 시합을 보여드릴게요.”

다음? 다음은 없다.

시합은 이걸로 끝내고 싶었다.

“세레이유 님, 이걸로 호위에 대한 문제는 괜찮겠죠?”

“약속이니까 지키겠습니다.”

무사히 노아의 호위 이야기는 없어졌다.

“노아, 이제 뭘 할래?”

오늘의 일정은 마을을 산책한 뒤 시아를 만나는 것이었다.

산책은 세레이유에게 붙잡힌 탓에 무산되고 말았지만, 덕분에 조금 더 일찍 시아를 만날 수 있었다.

“언니는 연습 중이시죠?

“모레가 교류회니까. 오늘은 같이 있기 어려울 거야.”

노아가 조금 아쉬운 표정을 지었다. 그런 노아를 보고 시아는 노아의 머리에 손을 얹었다.

"오늘은 연습해야 해서 안 되지만, 내일이라면 괜찮아."

"정말요?!"

시아의 말에 기뻐하는 노아.

"모레가 교류회라 두 학원 모두 연습을 쉬거든요."

이야기를 듣고 있던 세레이유가 알려주었다.

"그러니까 내일은 함께할 수 있어. 내일 아침에 학원 앞 다리에서 만나자."

"네, 그럼 저도 언니를 만났고, 연습을 방해하면 안 되니까 돌아갈게요."

내일 약속을 한 노아는 기뻐했다.

일단 나와 노아는 연습을 방해하지 않기 위해 세레이유와 함께 운동장을 떠났다.

뒤에서 학생들이 무어라 말하는 소리가 들리는 것 같지만 신경 쓰지 않기로 했다.

"설마 질 줄은 몰랐어요. 저도 나름대로 강하다고 생각했는데, 위에는 또 위가 있는 법이군요."

옆을 걷는 세레이유가 조금 전 시합의 소감을 밝혔다.

시합에서 이길 수 있었던 것은 곰 장비를 사용해 신체 능력이 올라간 덕분이었다. 곰 장갑이 없었으면 검을 들 수도 없었고 받아낼 수도 없었다. 곰 신발이 없으면 버티지도 못했을 것이다.

내 실력이라고 해 봤자 검을 다루는 기술뿐이었다.

공격이나 방어하는 기술은 내 것이었다.

아무리 곰 장비로 신체 능력이 올라갔다 하더라도 공격을 막지 못하면 지고, 공격을 맞히지 못하면 이길 수 없다.

결국 둘 다 필요하다는 말이었다.

“유나는 누구에게 검을 배우셨나요?”

게임에서요, 라고는 도저히 말할 수 없었다.

“응, 뭐, 여러 사람한테 배웠어요.”

튜토리얼에서 무기를 다루는 방법을 알려주던 NPC가 있었다. 그리고 다른 플레이어의 싸움 방식을 보고 배운 적도 있었다. 인터넷에 나도는 정보들도 사실상 선생님 같은 존재나 마찬가지였다.

그리고 몇 번이고 공격을 받으면서, 최악의 경우는 죽기도 하면서 배워 나갔다.

“그렇군요. 가르침을 받았다 하더라도 그걸 익히려면 오랜 시간이 걸리는 법이죠. 아무리 지나도 못하는 사람도 있어요. 유나 정도의 나이에 그걸 익혔다면 재능이 있었다는 뜻이에요. 부러워요.”

양심에 찔리니까 너무 칭찬하지 마.

“유나 씨도 대단했지만, 세레이유 님도 멋졌어요. 뭐랄까, 아름다웠어요.”

노아가 별로 도움 안 되는 말을 던졌다.

“후후, 고마워요. 하지만, 선생님께는 정형화된 검이라고, 더 강해지고 싶으면 『응용을 익혀라』라는 말을 들었어요."

"하지만 마법을 사용할 수 있잖아요. 마법과 조합하면 여러 가지를 할 수 있을 거예요."

"그렇군요. 유나와도 마법을 섞은 승부를 겨뤄보고 싶었는데."

"시합은 안 해요."

"그건 유감이네요. 유나가 교류회에 참가해 준다면 리벤지 할 수 있었을 텐데."

아쉽게도 내가 참가할 예정은 없었다. 무엇보다 교복을 입고 있지만 학생은 아니니까.

"그건 그렇고, 느와르. 언제부터 마을에 있었던 건가요?"

"어제부터요. 그리고 오늘 언니를 만나기로 약속해서, 그 전까지 유나 씨와 산책을 하고 있었어요."

"그래서 저와 마주쳤던 거군요. 어제 마을에 왔다면, 어디서 묵고 있는 거죠?"

"세레이유 님을 만난 근처 큰길가에 있는 숙소예요. 방에 욕실도 있고 식사도 맛있었어요."

노아는 망설임 없이 숙소의 위치를 알려주었다.

"아, 그 여관 말이군요. 거긴 운영이 탄탄해서 평판이 좋은 숙소죠."

세레이유도 노아의 설명을 듣고 금방 알아차린 모양이었다.

역시 그 숙소는 평이 좋은 곳이었구나.

내 꼴을 보고도 굳이 깊이 캐묻지 않았던 숙소다. 하기야, 내가 어느 귀한 집의 영애였다면 큰일이 벌어졌을 테니 관여하지 않은 것뿐일지도 모르지만.

세레이유는 잠시 고민했다.

"……그렇군요. 느와르, 이 마을에 있는 동안은 그녀와 함께 저희 집에 머물러 주세요."

"그건……."

"오해하지는 마세요. 호위를 붙이겠다는 이야기가 아니에요. 이번 일에 대한 사과를 포함해서 당신들을 대접하고 싶어요."

"……유나 씨."

노아가 「어떻게 하죠?」라는 눈으로 바라보았다.

"고마운 제안이지만, 이미 며칠치 숙박료를 지불했어."

나는 완곡하게 거절했다. 만난 지 얼마 안 된 사람 집에서는 편히 쉴 수 없었다. 가능하면 사양하고 싶었다.

"그렇다면 숙소 대금을 돌려받을 수 있다면 문제없겠죠? 그곳은 지인이 운영하는 숙소이니 제가 이야기해서 처리할 수 있어요."

딱히 돈이 아깝다는 뜻은 아니었는데, 돌려 말하는 방식으로는 통하지 않았던 모양이다.

548 곰 씨, 세레이유의 집에 가다

세레이유의 초대를 완곡하게 거절하지 못했다.

나 혼자라면 신경 쓰지 않고 거절했을 텐데, 귀족인 노아도 있었다. 귀족 간의 관계 문제도 있을 테고, 내 입장은 어디까지나 노아의 호위이자 학생이기도 했다.

그리고 세레이유는 귀족인 노아에게 제안을 했다. 섣불리 내가 끼어들었다가 골치 아픈 일이 생기는 것도 곤란했다.

자, 어떻게 할까.

조금 고민하다가 여기서는 귀족인 노아의 판단에 맡기기로 했다.

"노아가 결정해도 돼."

"저요?"

"난 노아의 호위로 온 거니까."

"그렇다면 하루만 세레이유 님께 신세를 지고 싶어요."

"하루만이 아니라 마을을 나갈 때까지 있어도 돼요."

"그렇게까지 폐를 끼칠 수는 없어요."

"폐라니."

"하지만 세레이유 님의 호의를 거절할 수도 없어요. 그러니 하루만 신세를 질게요. 게다가 너무 오래 머물게 되면 세레이유 님과 언니가 시합을 하게 되었을 때 누구를 응원해야 할지 곤란해질 테니까요."

노아는 은근한 말로 오래 머물 수는 없다는 뜻을 전했다.

이것은, 나와 세레이유 양쪽 모두의 마음을 생각해서 하루로 정한 것일까? 이게 귀족의 대응이라는 건가?

어려도 노아 역시 귀족이라는 거겠지.

"알겠습니다. 그럼 오늘 하루 정성껏 대접하겠습니다."

세레이유도 타협한 기색이었다.

뭐, 나로서도 좋은 타협점이 되었다고 생각한다.

"그럼 동네 산책을 하고 있을 때 폐를 끼쳤으니 제가 마을을 안내해 드리겠습니다."

우리는 세레이유를 가이드 삼아 동네를 산책하게 되었다.

거리를 산책하고, 가게를 들여다보거나, 노점 등에서 군것질을 하기도 했다. 대금은 세레이유가 내주었다.

뭘까. 늘 돈은 내가 내는 입장이었는데, 다른 사람이 내 몫까지 내주는 모습을 보는 건 신선했다.

숙소에는 하룻밤 돌아가지 못한다는 뜻을 전했다. 숙소비는 세레이유의 체면도 있어서 환불을 받았지만, 나는 하루 더 묵는다는 뜻을 전하고 요금은 받지 않았다.

요금은 교류회가 끝난 다음 날 분까지만 지불한 상태였다. 교류회가 끝난 후 하루 더 머물며 여유롭게 놀아도 괜찮을 것 같았다.

그 후 세레이유의 안내를 받아 동네 산책을 즐긴 우리는 해가 질 무렵 돌아가게 되었다.

"아직 둘러보지 못한 곳이 많은데요."

"이미 늦었으니 안 돼요."

노아가 나를 바라보았지만, 이번만큼은 세레이유의 의견에 찬성했다.

"오늘은 이만 돌아가자."

나에게까지 말을 들은 노아는 더 이상 고집을 피우지 않았다.

"유나 말은 순순히 잘 듣네요."

"유나 씨가 아버님이나 어머님께 보고하면 외출을 할 수 없게 되니까요."

노아는 기본적으로 곰을 제외한 일에 대해서는 크게 욕심을 부리지 않는다.

노아가 마지막까지 더 즐길 수 있도록 세레이유는 길을 돌아 집으로 데려가 주었다.

세레이유의 집은 영주의 집이기도 해서 무척 거대했다.

"많이 걷느라 피곤하셨죠. 목욕 준비를 시킬 테니 방에서 쉬고 계세요."

저택 안으로 들어가자 세레이유는 하인 한 명을 불러 우리를 방으로 안내해 달라고 부탁했다.

나와 노아는 세레이유와 헤어져 메이드의 안내에 따라 방으로 갔다.

“넓네.”

방에는 커다란 침대가 두 개 놓여 있었다.

노아가 희망하기도 해서 나와 노아는 같은 방을 쓰게 되었다.

“유나 씨, 죄송해요.”

“갑자기 무슨 일이야?”

“유나 씨가 세레이유 님 저택에 오고 싶지 않았다는 걸 알고 있었거든요.”

“딱히 신경 쓸 필요 없어. 하지만 알게 된지 얼마 되지 않은 사람의 집에 머무르면 정신적으로 피곤할 것 같아서.”

친구가 없었던 나는 친구 집에서 묵어본 적이 없었다. 가장 편안한 곳은 우리 집이다. 지금은 곰 하우스가 가장 편안했다.

“네, 저도 마찬가지예요. 하지만 세레이유 님의 마음도 이해가 가기 때문에 하루만 묵게 해달라고 말씀드렸어요. 저도 세레이유 님이 크리모니아에 오시면 숙소에서 재우지 않고 집으로 초대했을 것 같아요.”

뭐, 단순하게 생각하면 그렇게 되겠지. 아는 귀족이 마을에 있으면 집으로 초대하는 것은 당연한 수순이었다.

노아는 방을 둘러본 뒤 창문을 열었다.

“저건 세레이유 님인가요?”

나는 노아의 말에 창문으로 가 밖을 바라보았다. 그곳에는 조금 전 헤어진 세레이유가 검을 휘두르고 있는 모습이 보였다.

세레이유 시점

졌다. 나보다 키도 작고 힘도 없어 보이는 여자아이에게 졌다.

나는 하인에게 느와르와 유나를 맡기고 정원에서 검을 휘둘렀다.

가만히 있을 수가 없었다.

나는 강하다고 생각했다.

마법은 물론 검으로도 또래 여자아이들에게 지지 않는다고 생각했다.

……그렇게 생각했다. 하지만 나는 졌다.

처음에는 귀족인 느와르가 호위도 없이 왕도의 여학생과 함께 있는 거라 생각했다. 하지만 느와르는 그 여학생이 호위라고 했다.

그 말은 도저히 믿기 어려웠다. 나는 잠시 생각하다가, 혹시라도 위험한 일이 생길지도 모르니 느와르에게 호위를 붙이겠다고 제안했다.

하지만 교복을 입은 그녀가 강하기 때문에 호위는 괜찮다며 사양했다.

그녀는 느와르의 말을 증명하기 위해 나와의 승부를 제안했다.

마법 승부든 검 승부든 질 생각은 없었다. 그만큼 연습을 해

왔다.

하지만 승부의 결과, 나는 졌다.

근소한 차이가 아니었다. 실력은 나보다 압도적으로 위였다.

나는 강해져야 하는데, 졌다.

이제 정말 시간이 없었다.

그 일이 꿈이 아니라면, 곧 그 남자가 내 앞에 나타날 것이다.

나의 어머니는 내가 5살 때 눈앞에서 살해당했다.

하지만 당시의 나는 그때의 일을 거의 기억하지 못한다.

어머니를 죽인 것은 남자였다. 남자는 나와 어머니 앞에 나타나 어머니와 무어라 대화를 나누더니 그녀를 살해했다. 어머니와 남자가 어떤 대화를 나눴는지는 기억나지 않았다. 그저 눈앞에서 어머니가 살해당한 것만 기억한다.

어머니는 딸의 목숨만은 빼앗지 말아달라고 간청했다. 죽기 직전까지 나를 향해 「도망쳐」라고 말했다.

하지만 나는 도망치지 않고 어머니의 몸을 껴안고 있었다. 그런 나에게 남자가 말을 걸어왔다.

"귀여운 딸이군. 어머니를 닮아 분명 아름답게 자라겠군요."

남자가 무슨 말을 하는지 알 수 없었다.

다만 미소 띤 입꼬리만이 기억에 남았다.

"그 남자에 대한 복수는 당신의 목숨으로 대신하면 충분하겠죠. 그럼 당신이 16살이 되었을 때 데리러 오겠습니다. 그때까지 저를 위해 아름답게 성장해 주세요."

그 남자는 어머니를 죽인 피투성이의 손으로 내 뺨을 어루만졌다. 나는 공포로 도망칠 수 없었다.

"하지만 보험은 필요하겠죠. 당신에게는 남동생이 있지요?"

나에게는 남동생이 있었다. 처음 가진 동생. 내가 웃으면 기쁘게 마주 웃어주는 동생.

"지금의 대화는 저와 당신 둘만의 비밀입니다. 만약 다른 사람에게 말하면 귀여운 남동생이 어머니와 같은 꼴이 될지도 모릅니다."

남자의 손이 뻗어와 끈적거리는 어머니의 피를 내 뺨에 문질렀다.

그 감촉은 아직도 꿈에 나올 때가 있었다.

남자는 떠났고 나는 정신을 잃고 쓰러졌다.

다음에 눈을 떴을 때는 침대 위였다.

당시의 나는 정서적으로 상당히 불안정했다. 잠에 들면 악몽에 시달렸고, 혼자 있는 것을 두려워했으며, 그 남자를 생각하면 몸이 떨렸다.

그래도 나는 기억나는 것을 아버님께 말씀드렸다. 그때 아버님이 눈물을 흘리셨던 것을 기억한다. 아버님은 어머님을 죽인 인물을 찾았지만, 결국 찾지 못했다.

하지만 딱 한 가지 아버님께 말씀드리지 않은 것이 있었다. 그것은 내가 16살이 되었을 때 남자가 내 앞에 나타날지도 모른다는 것. 어린아이였지만 동생이 어머니처럼 피투성이가 되어 죽을

지도 모른다고 생각하니 차마 말이 나오지 않았다.

그로부터 10년이 지났다.

지금에 와서는 꿈이었는지, 기억이 잘못됐는지, 정말 있었던 일인지, 10년이나 흐르니 기억은 희미해졌다. 그 후로 남자는 내 앞에 한 번도 나타난 적이 없었다. 더는 안 나타날지도 모른다. 그런 기분이 들기도 했다.

다만 16살이 되었을 때 어머니를 죽인 남자가 눈앞에 나타난다면…….

검을 꽉 쥐었다.

그것을 위해 노력해 왔다. 검을 휘두르고 왔다. 마법도 배웠다.

16세 생일이 되면 좋든 나쁘든 나에게 묶여 있는 저주에서 벗어날 수 있을 것이다.

……나는, 어느 쪽을 바라고 있는 것일까.

그 답은 나오지 않았다.

그저 지금은 16번째 생일을 기다릴 수밖에 없었다.

유나 시점

창밖에서 세레이유를 발견한 나와 노아는 밖으로 향했다.

정원에서는 우리가 온 줄도 모르고 세레이유가 무심하게 검을 휘두르고 있었다.

말을 걸까 말까 망설이고 있는데, 세레이유가 검을 휘두르는 것을 멈추고 우리와 눈을 마주쳤다.

"둘 다 무슨 일이시죠?"

"방에서 세레이유 님의 모습이 보여서요. 세레이유 님은 연습 중이신가요?"

노아가 이곳에 온 이유를 설명했다.

"죄송합니다. 대접한다고 했는데, 유나와의 시합에서 제 스스로의 미력함을 깨닫고 검을 휘두르고 싶어져서요."

"방해했나요?"

"아니요, 신경 쓰지 마세요. 목욕 전에 가볍게 땀을 흘리고 싶었던 것도 이유 중 하나니까요."

세레이유는 나를 바라보았다.

"유나, 가볍게 대련을 해 주실 수 있나요? 물론 시합을 하자는 게 아닙니다. 찌르기도 하지 않을 거고, 변칙적인 공격도 하지 않을 거예요. 단순한 대련입니다."

세레이유가 진지한 눈으로 부탁했다.

"진짜 대련만 할 거예요. 세레이유가 진지해지면 바로 그만둘 거예요."

"감사합니다."

세레이유는 연습용 검을 하나 내게 건네주었다. 시합에서 사용한 목검과는 달리 철제 검이었다. 무거울 텐데, 곰 장갑 덕분에 가볍게 들 수 있었다.

"그럼 잘 부탁드립니다."

세레이유가 검을 겨누더니 가볍게 달려들었다. 나는 그것을 받아냈다. 두세 번 공격하는가 싶더니 세레이유가 조금 뒤로 물러났다.

"다음은 유나가 공격해 주세요."

나는 시키는 대로 검을 내리쳤다. 철과 철이 부딪치는 소리가 울려 퍼졌다.

말없이 교대로 진행했다. 정말로 공격을 주고받기만 할 뿐이었다.

그리고 몇 번인가 서로 주고받은 뒤, 세레이유가 검을 내렸다.

"감사합니다. 그건 그렇고 유나는 역시 대단하네요. 사실 꽤 힘을 많이 실어서 내리쳤거든요. 보통 여자였다면 검을 떨어뜨렸을 거예요."

"뭐, 단련했으니까요."

"이 팔뚝으로 그런 말을 들어도 믿기지가 않네요."

세레이유가 나에게 다가와 내 팔뚝을 꾹꾹 눌렀다.

"후후, 그럼 다 같이 목욕할까요? 느와르, 제가 머리를 감겨줄게요."

"아니요, 세레이유 님께 그런 일을 시킬 수는……."

"전 사실 느와르 같은 여동생을 갖고 싶었거든요."

"세레이유 님께도 동생이 있으시잖아요."

“물론 동생도 귀엽지만 여동생이 더 귀엽잖아요. 요즘 동생은 버릇없이 구는 일이 많아서 여간 골치 아픈 게 아니에요.”

“저도 자주 버릇없이 굴어요.”

“느와르의 응석이라면 용서해 버릴 것 같네요. 아, 이 일은 동생에게는 비밀이에요.”

세레이유는 미소를 지으며 입술에 손가락을 가져갔다.

549 곰 씨, 목욕하다

우리 셋은 함께 목욕을 하게 되었다.

"유나의 몸은 가늘고 하얗고 예쁘네요."

세레이유가 교복을 벗은 내 몸을 바라보았다. 나는 순간적으로 몸을 가렸다. 동성이라도 빤히 바라보는 것은 부끄러웠다. 세레이유의 몸은 나와 달리 탄탄하게 단련되어 있는 탓에 더더욱 그렇게 느껴졌다.

"세레이유, 님도 예뻐요."

나는 세레이유의 호칭을 망설였다. 그러고 보니 속으로는 「세레이유」라고 부르고 있었지만, 실제로 이름을 부르는 것은 처음일지도 모른다. 그 때문에 세레이유의 호칭을 더듬고 말았다.

"후후, 세레이유라고 편하게 불러도 돼요. 느와르도 애칭으로 부르고, 시아에게도 『님』을 붙이지 않잖아요."

"괜찮아요? 다른 사람에게 눈총을 받거나 불평을 듣지 않을까요?"

"괜찮아요. 학원에서도 친한 사람은 다들 세레이유라고 부르니까요. 그리고 말투도 신경 쓰지 않으셔도 돼요. 편하게 말해 줘요."

"알았어. 세레이유."

세레이유의 말에 응해 호칭을 세레이유라고 부르고, 말투도 평소대로 되돌렸다.

"그럼 세레이유 님. 저는 노아라고 불러주세요."

"괜찮아요?"

"네, 저도 그 편이 기뻐요."

"그럼 노아라고 부를게요."

"네."

세레이유는 기뻐했다.

"유나 씨도 예쁘지만 세레이유 씨도 예뻐요."

"고마워요. 하지만 자세히 보지 않으면 잘 안 보이지만, 자잘한 흉터들이 많아요."

세레이유는 나와 노아에게 팔을 보여주었다. 그 예쁜 팔에는 확실히 자잘한 흉터들이 있었다. 어쩌면 검 연습으로 생긴 것일지도 모른다. 노아는 세레이유의 팔을 진지한 표정으로 바라보았다.

"음, 이 정도는 작아서 별로 신경 쓰이지 않아요. 괜찮아요."

노아의 표정을 본 세레이유가 다정하게 미소 지었다.

이야기를 마친 우리는 욕실로 들어갔다.

역시 귀족의 욕실은 넓구나. 나의 곰 하우스에 있는 욕실도 넓지만, 그것보다 더 크다.

"노아, 이리 와서 앉아요."

세레이유는 자신의 앞에 놓인 작은 의자를 보며 노아에게 말을 걸었다. 노아도 무슨 일을 할지 알고 있는지 순순히 세레이유 앞에 놓인 의자에 앉았다.

“시아가 부럽네요. 이런 곳까지 응원하러 와주는 여동생이 있다니.”

“하지만 올 수 있었던 건 유나 씨가 함께 와줬기 때문이에요. 유나 씨가 없었다면 아버님과 어머님이 허락하지 않으셨을 거예요.”

“정말 노아의 부모님은 유나를 믿고 계시는군요.”

세레이유가 옆에서 몸을 씻고 있는 나에게 살짝 시선을 돌렸다.

“네, 신용하고 계세요.”

그렇게 대답하는 노아의 미소가 눈부셨다.

그렇게까지 신용해 주는 건 기쁘지만, 부끄럽기도 하다.

“그럼 머리를 감겨줄게요.”

세레이유는 노아의 긴 머리를 즐겁게 감겨주었다.

노아의 긴 머리가 거품에 감싸였다.

평소엔 내가 씻겨줘서 그런지 좀 서운한 기분이 들었다.

“그럼 헹굴게요.”

세레이유는 뜨거운 물을 노아의 머리에 끼얹었다.

“다음은 등이에요.”

“거기까지는 안 해 주셔도 돼요.”

“좋아서 하는 거니까 신경 쓰지 마세요. 마지막으로 여동생을 가진 기분을 느껴볼 수 있어서 기쁘니까요.”

“마지막?”

“아무것도 아니에요. 신경 쓰지 마세요.”

세레이유는 말을 얼버무리며 노아의 몸을 씻고, 마지막으로 몸

에 뜨거운 물을 뿌려 거품을 없애주었다.

“자, 이제 머리와 몸은 깨끗해졌어요. 이제 천천히 따뜻하게 쉬세요.”

“감사합니다.”

노아와 나는 먼저 몸을 일으켜 욕조에 몸을 담갔다.

기분은 좋지만, 화의 나라에 있는 온천을 알아버린 이상, 목욕은 역시 온천이 최고였다. 물론 평범한 목욕이 나쁘다는 건 아니지만.

“기분 좋네요.”

옆에서는 노아가 기분 좋은 얼굴로 그렇게 말했다. 언젠가 노아에게 곰 이동문에 대해 말할 수 있게 되면 화의 나라 온천에 데려가 주고 싶었다.

그리고 몸을 다 씻은 세레이유도 찾아와 셋이 함께 오늘 하루의 피로를 풀었다.

오늘은 여러 가지 일이 있었다. 마을을 산책하고, 세레이유를 만나고, 그녀와 검 시합을 하고, 그 후에도 마을을 산책하고, 세레이유의 집에 왔다.

오늘 하루 동안의 일을 돌아보면 세레이유는 나쁜 아이가 아니다. 처음에는 귀찮은 아이라고 생각했지만. 아니, 지금도 그렇게 생각하긴 하지만.

그녀는 타인을 잘 보살피고 성실하며 규칙적으로 생활하는 타입이었다. 나는 불성실하고 대충 사는 타입, 정반대다.

만약 함께 살게 된다면 숨이 막힐 것이 분명하다.

"노아에게 한 가지 물어보고 싶은 게 있는데, 괜찮을까요? 답하기 곤란하면 안 해도 괜찮아요."

"네, 뭔가요?"

"르툼 경에게서 시아를 구한 이야기요."

르툼 경? 내가 모르는 이름이 나왔다.

"듣고 보니, 르툼 경이 본인의 아들과 시아를 결혼시키려고 했었죠."

그런 일이 있었어?

"세레이유 님은 알고 계셨나요?"

"귀족이라면 일부 사람들은 알고 있을 거예요. 르툼 롤랜드 백작이 기사단장 직을 박탈당하고 학원의 교관이 되었다고 들었으니까요. 다만 국왕 폐하께서 함구령을 내렸다는 소문이 있어 자세히는 몰라요. 그런데 말투로 보아 노아는 알고 있는 모양이군요."

"음, 네."

노아가 고개를 끄덕이고 나서 내 쪽을 힐끔 바라보았다.

뭐야?

"그 르툼? 이라는 사람이 시아랑 무슨 일이 있었어?"

"유나 씨……."

내 말에 노아가 어이없다는 표정으로 나를 바라보았다.

왜 그런 표정으로 나를 보는지 모르겠는데. 내가 이상한 말이라도 했나? 그냥 궁금해서 물어본 것뿐인데.

"유나도 모르는군요. 저도 자세히는 모르지만, 왕도의 학원제가 열리고 있을 때 르톰 경이 국왕 폐하 앞에서 자신의 아들과 시아를 약혼시키려고 한 모양이에요."

학원제?

시아에게 결혼 신청을?

국왕 폐하?

"끔찍한 이야기죠. 그런데 그 자리에서 한 여학생이 멋지게 나타나 왕 앞에서 기사단장 르톰 경과 시합을 해서 자신이 이기면 그 약혼 이야기는 없던 일로 해달라고 진언했다고 해요. 그리고 부단장인 휴고와 기사단장인 르톰 경 두 사람과 시합을 해서 그 여학생이 이겼다고 하더군요."

부단장과 기사단장과 시합?

여러 퍼즐 조각들이 맞춰졌다.

역시 나도 여기까지 들으니 생각이 났다.

"여학생이 기사단장과 부단장을 이겼다니 믿기지가 않아요. 두 사람이 봐줬을 가능성도 생각해 봤지만, 시아와의 결혼을 건 시합이었잖아요. 일부러 져줄 이유가 없어요. 이득이 없으니까요. 실제로 기사단장의 자리도 박탈당하고 교사가 되었고요."

혹시 그 기사단장과 싸운 여학생은, 나를 말하는 건가?

나는 노아를 보면서 나 자신을 가리켰다.

노아는 작게 고개를 끄덕였다. 그래서 내가 물어봤을 때 어이없다는 표정을 지었던 거구나.

애초에 르툼이라는 이름 자체가 기억나지 않는다. 간신히 아저씨 기사단장과 싸웠다는 정도만 기억에 남아 있었다.

"같은 여자로서, 휴고 경과 르툼 경을 이긴 여학생에 대해 알고 싶어요. 아버님께 여쭤봤더니, 국왕 폐하께 함구령이 내려져서 조사를 못하셨다고 하더군요."

"그래?"

"네. 아버님도 르툼 경이 기사단장 직을 박탈당하고 학원의 교관이 된 경위를 알아보려 하셨지만, 함구령이 내려졌다는 걸 알고 그만두셨다고 해요."

"하지만 귀족이잖아. 조사하려면 쉽게 조사할 수 있지 않을까?"

"물론, 조사할 수는 있죠. 하지만 국왕 폐하께서 함구령을 내렸음에도 그 명을 무시하고 조사했다는 사실이 알려지면 어떤 벌을 받을지 몰라요."

"그렇다면."

굳이 알아보지 않는 편이 낫지 않을까.

"제가 알고 싶은 것은 르툼 경에 관한 것이 아니에요. 제가 관심 있는 건 르툼 경에게 이겼다는 그 여학생이에요. 두 분은 그 여학생에 대해 알고 계신가요?"

"음, 그게……."

노아는 눈을 이리저리 굴리며 고민하기 시작했다. 내 정체를 숨겨주려는 것 같았다.

"왜 그 여학생에 대해 알고 싶어?"

"여성이 남성에게 이긴다는 건 힘든 일이에요. 여러 면에서 여자는 남자에 비해 불리한 부분이 있죠. 보통 노력으로는 남자에게 이길 수 없습니다. 그 여학생이 어떻게 그런 정도로 강해졌는지, 왜 강해지려 했는지 알고 싶었어요."

"강해지는데 이유가 필요해?"

"저는 필요하다고 생각해요. 기사를 목표로 한다 해도, 남성이 더 강하다면 여성이 굳이 피나는 노력을 하면서까지 목표로 할 필요는 없습니다. 목표를 향해 가는 동안 남자와의 차이를 실감하게 되죠. 그럼에도 강해지기 위해서는 마음이 단단해야 해요."

마치 자신에게 하는 말처럼 들렸다.

세레이유가 강해지려는 마음에는 뭔가 이유가 있는 걸까?

사실 내가 강해지려고 했던 것은 게임이 재미있기도 했고, 지는 것이 싫었기 때문이다.

게임에서는 초기 단계의 파라미터는 평등하다.

물론 직업에 따라 차이는 있었지만 남성, 여성 모두 같았다.

출발점은 동일하다.

파라미터를 성장시키는 데 남성과 여성은 관계없었다.

근력을 키우려고 한다면 누구든 키울 수 있었다.

단지 다른 것은 기술뿐이다.

기술에 관해서는 초기 파라미터와는 관계없이 차이가 생긴다.

하지만 그건 남녀가 아니라 경험과 머리 회전 속도, 타고난 개인의 차이에 지나지 않는다.

"이상한 얘기를 꺼냈네요. 함구령이 깔려 있는 걸 알면서도 무리한 질문을 해서 죄송해요."

"세레이유 님……."

"그럼 슬슬 나갈까요."

노아가 걱정스러운 목소리로 말을 걸었지만, 세레이유는 욕조에서 나가 방으로 향했다.

550 곰 씨, 곰을 좋아한다는 것을 들키다

목욕을 마친 나와 노아는 세레이유와 헤어져 우리의 방으로 돌아왔다.

헤어질 때 세레이유의 표정이 신경 쓰였지만, 말을 걸지 못했다.

"그건 그렇고 그 학원제 때 이야기가 나올 줄은 몰랐어."

"유나 씨가 르툼 님의 이름을 들어도 아무 반응이 없어서 놀랐어요."

"기사단장이라는 직함은 기억나는데 이름까지는 기억 안 나."

이름을 들은 것은 그 자리에서 딱 한 번뿐이었다.

게다가 그 이후로는 만나지 않았으니 기억하고 있을 리가 없다.

내 기억에서는 지워져 있었다.

"하지만 세레이유가 그때의 일을 알고 있었다니."

"아무리 함구령이 깔려 있었다고 해도 르툼 경이 학생과 시합을 해서 졌다는 사실은 널리 퍼졌을 거예요. 같은 귀족 사이에서는 그런 정보에 민감하니까요."

그렇지. 기사단장이었던 귀족이 학원의 학생에게 졌으니 화제가 되는 것도 이상하지 않았다.

"그러고 보니, 나에 대해 세레이유에게 비밀로 해 줘서 고마워."

"국왕 폐하의 함구령도 그렇지만, 어머님께도 입 밖에 내지 말라는 말을 들었거든요. 그리고 유나 씨도 알려지기 싫어서 가명을 쓰셨던 거죠?"

"……가명? 무슨 말이야?"

나는 고개를 갸우뚱했다.

"……유나 씨, 그때 유우나라고 자칭했잖아요?"

노아가 확인하듯 물었다.

……유우나?

서서히 그때의 기억이 되살아났다.

탁하고 곰 장갑을 맞췄다.

국왕 폐하가 이름을 물었고, 이름이 알려지는 것이 싫어서 순간적으로 유우나라고 자칭했던 것이 떠올랐다.

"……아, 그런 말을 했던 기억이 희미하게 있어. 노아, 잘 기억하고 있었네."

나는 잊고 있었는데.

"유나 씨가 너무 기억을 못 하시는 거예요. 그런 일이 있었는데 르툼 님의 이름까지 잊다니."

어? 보통 한 번밖에 만난 적 없는 사람의 이름은 기억 못하지 않나? 하물며 관심 없는 사람의 이름이라면 더더욱. 반이 바뀐 뒤 딱 한번 자기소개를 듣는다고 해도 관심 없는 아이의 이름은 기억하지 못한다. 그것과 같은 이치였다.

게다가 노아에게는 미안하지만, 포슈로제라는 이름도 최근에야 겨우 외웠다. 처음에는 기억하지 못해서 클리프에게 혼나기도 했는데, 지금 생각하니 그립네.

나는 창문을 열고 목욕 후의 피부를 식혔다. 기분 좋다. 시원한 바람을 쐬고 있자 세레이유가 방으로 들어왔다.

"식사가 준비되었으니 식당으로 가죠."

"그럼 난 기다리고 있을게."

"무슨 말씀을 하시는 건가요? 유나, 당신도 함께예요."

"가족도 함께 하는 거잖아? 노아의 호위인 내가 귀족인 세레이유나 노아와 함께 식사할 수는 없지 않을까?"

아니면 호위답게 노아의 뒤에 서 있어야 하나?

만화 같은 데서 보면 호위가 방 한 구석에 서 있는 걸 본 적이 있었다.

"유나는 노아와 시아의 친구라고 소개할 거니까 상관없어요. 그리고 제가 말씀드렸잖아요? 당신들에게 대접을 하고 싶다고요. 당연히 그 안에는 유나도 포함되어 있어요."

세레이유가 손을 내밀었다.

"유나 씨, 가요."

노아도 손을 내밀어 내 손을 잡았다.

결국 거절하지 못한 채 두 사람에게 끌려갔다.

"미리 말해 두겠는데 난 매너 같은 거 잘 몰라."

사실 귀족 가족과의 식사는 사양하고 싶었다.

하지만 호의를 무시할 수도 없었다.

"평범하게 식사를 즐기시면 됩니다. 아버님도 그렇게 엄격하시지 않아요. 유나나 노아처럼 예쁜 여자아이와 함께 식사할 수 있어서 오히려 기뻐하실 거예요."

그거, 기뻐해도 되는 건가?

다행히 식사를 무사히 마치고 방으로 돌아올 수 있었다.

"유나 씨. 음식들이 무척 맛있었죠."

"응, 난 좀 불편했지만."

결론부터 말하자면 세레이유의 아버지는 상냥한 분이었다. 가끔씩 시아와 클리프, 그리고 엘레로라 씨에 대해 묻기도 했지만, 즐겁게 식사할 수 있었다.

그리고 식사 자리에는 노아보다 조금 연상인 세레이유의 동생이 있었다. 우리가 함께한 것을 보고 놀라긴 했지만 씩씩하게 인사해 주었다.

다만 가족끼리 모여 식사를 하는 자리였음에도 어머니의 모습은 없었다. 어쩌면 엘레로라 씨처럼 성에서 일하고 계신 걸지도 모른다.

만약 성에서 일하고 있는 거라면 곰 차림을 한 내 정체가 알려질 위험이 있으니 조심해야할 것 같았다.

"그럼 조금 이르긴 한데 잘 준비를 할까?"

"네."

노아는 아이템 봉투에서 잠옷을 꺼내 갈아입기 시작했다. 앙증맞은 흰 프릴이 달린 잠옷이었다. 나한테는 절대로 어울리지 않을 옷이었다.

"유나 씨는 옷 안 갈아입으세요?"

갈아입는다는 건 그걸로 갈아입는다는 걸 말하는 거겠지?

뭐, 이제 자는 것만 남았으니까. 누굴 만날 것도 아니고, 아침 일찍 갈아입으면 괜찮겠지.

나는 곰 박스에서 하얀 곰 옷을 꺼내 갈아입었다.

역시 곰 인형 옷을 입으면 마음이 편안해진다.

곰 인형 옷을 입어야 마음이 편안해진다니, 역시 저주 같은 옷이다.

"역시 유나 씨는 그 모습이 가장 잘 어울리네요."

"노아, 그건 칭찬이 아니야."

나는 내 모습을 바라보았다. 완벽한 백곰이었다. 오늘은 여러모로 피곤한 일이 많았기에 하얀 곰으로 피로를 풀 생각이었다.

"응, 전 칭찬한 건데. 나도 곰 옷을 입고 잘까."

노아는 그렇게 말하고는 아이템 봉투에서 뭔가를 꺼내더니 내게 펼쳐 보였다.

"그거, 가게 옷이야?"

노아가 펼친 것은 「곰 씨 쉼터」에서 입는 곰 유니폼이었다.

노아가 그 곰 유니폼을 갖고 있었다는 것이 떠올랐다.

미사의 생일 파티 때 어떤 사건이 있어서 곰돌이와 곰순이가 마을을 달려갔던 적이 있었다. 그 일로 마을 사람은 곰돌이와 곰순이를 무서워하게 되었다.

그래서 곰돌이와 곰순이가 무섭지 않다는 것을 주민들에게 알리기 위해 노아와 피나, 미사가 내 가게의 곰 유니폼을 입고 곰돌이와 곰순이와 놀았던 적이 있었다.

그때 입었던 옷이었다.

"네, 가끔 잘 때 입거든요. 역시 대낮에 입으면 아버님이나 라라에게 혼나니까요."

그건 그렇지. 귀족 아가씨가 곰 차림을 하고 있으면 당연히 주의를 받을 것이다.

노아는 모처럼 입은 귀여운 잠옷을 벗고 곰 옷을 입기 시작했다.

"색상은 다르지만 같은 곰 옷이네요."

노아는 나와 같은 곰 옷을 입고 기뻐했다.

"유나 씨, 곰돌이와 곰순이는 어떻게 할 건가요?"

위험은 없을 거라 생각한다. 하지만 미사 때와 같은 일이 두 번 다시 없으리라는 보장은 없었다.

게다가 본래 무슨 일이 일어날지 알 수 없는 것이 인생이었다. 게임을 하는 사이에 이세계로 끌려가 곰 옷차림의 인간이 되기도 한다. 잠든 사이에 갑자기 드래곤이 나타난다 해도 이상하지 않았다.

곰돌이와 곰순이가 있으면 위험한 일이 있을 때 알려준다. 게다가 아침에 돌려보내면 세레이유에게 들킬 걱정도 없었다.

나는 꼬맹이화한 곰돌이와 곰순이를 소환했다.

노아는 기쁜 얼굴로 곰돌이를 끌어안았다. 나도 곰순이를 안아 주자 기쁜 얼굴로 「크응~」 하고 울었다.

그때 노크 소리가 들리고 문이 열렸다.

"노아, 유나, 잠깐 실례할게요."

세레이유의 목소리였다.

내가 대답하는 것보다도 먼저 문이 열려 버렸다.

"유나, 그 차림은 뭐죠? 노아까지. 그리고 두 사람이 안고 있는 건 곰인가요?"

세레이유는 내가 안고 있는 곰순이, 노아가 안고 있는 곰돌이를 보고 놀랐다.

이미 모든 게 늦어버렸다.

"그……."

사람은 당황하면 말이 나오지 않는다.

세레이유는 내게 다가오더니 곰순이에게 손을 뻗었다.

"귀, 귀여워요. 어떻게 된 거죠? 아까까지는 없었잖아요?"

세레이유는 내가 안고 있는 곰순이의 머리를 쓰다듬었다.

"곰이죠? 하얀 곰은 처음 봤어요."

세레이유는 함박웃음을 지으며 곰순이의 머리를 쓰다듬거나 노아에게서 곰돌이를 빼앗아 안아보기도 했다. 나와 노아는 멍하니 서서 곰돌이와 곰순이가 세레이유에게 당하는 것을 볼 수밖에 없었다.

"……."

"……."

"죄송합니다. 귀여운 동물을 좋아해서 흥분해 버리고 말았군요. 잊어주시면 감사하겠어요."

정신을 차린 세레이유는 조금 부끄러운 얼굴로 볼을 붉혔다.

"그래서, 설명해 주시겠어요?"

세레이유가 곰돌이와 곰순이에게 눈을 돌리며 물었다.

이미 들킨 이상 숨길 필요도 없었기에, 나는 곰돌이와 곰순이가 소환수이며 언제든 소환할 수 있음을 설명했다. 말하다 보니 귀찮아져서 크게 될 수도 있다는 것도 이야기하고, 곰돌이와 곰순이를 타고 크리모니아에서 왔다는 것도 이야기했다.

"곰을 타고……."

"승차감은 좋은 편이에요. 그리고 굉장히 빨라요."

노아가 자랑하듯 말했다.

시험 삼아 크게 해 보이자 세레이유는 깜짝 놀랐다.

"이렇게 귀여운. 아니, 커지기도 하는 굉장한 소환술을 갖고 있었다면 처음부터 그렇게 말해주지 그랬어요. 그랬다면 저도…….”

그렇게 말하면서 내가 안고 있는 곰순이를 바라보았다.

“그래서 그 곰을 소환한 이유는 뭔가요?”

“밤에는 같이 자고 있으니까 소환한 것뿐이야.”

위험을 우려해서 소환했다는 말은 할 수 없었다.

게다가 평소에는 밤마다 소환해서 함께 자고 있으니 완전히 거짓말도 아니다.

“곰에 대해서는 잘 알겠어요. 그럼 두 분의 복장은 뭐죠?”

“그건…….”

어떻게 대답하지? 사복이라고 해야 하나?

아니면 잠옷이라고 해야 하나?

“곰을 좋아해서 이 옷을 입은 거예요. 저도 유나 씨도 곰을 정말 좋아하거든요.”

노아가 내 대신 대답해 주었다.

“그런가요?”

““크응~.””

세레이유가 확인하듯 나를 바라보았고, 곰돌이와 곰순이도 「어때?」라고 묻는 듯한 동그란 눈동자로 나를 바라보았다.

지금 와서 하는 말이지만, 곰돌이와 곰순이 덕분에 내가 곰을 좋아하게 된 것만은 분명하다. 하지만 오늘, 만난 지 얼마 되지도 않은 세레이유에게 곰을 좋아해서 곰 옷을 입고 있다고 말하는 것도 마음에 타격이 있었다. 하지만 곰돌이와 곰순이가 보고 있으니 농담으로 대충 얼버무릴 수도 없었다. 만약 거짓말을 해서 얼버무린다면 곰돌이와 곰순이가 슬퍼할 것이다.

그러니까 내 대답은 하나밖에 없었다.

"……곰을 좋아하니까."

내 말에 곰돌이와 곰순이는 기쁘게 울었다.

"그래서 곰 장갑을 끼고 있었던 거군요."

세레이유는 내 모습에 수긍한 얼굴로 고개를 끄덕였다.

"하지만 유나의 마음도 알겠어요. 이렇게 가까이에서 곰을 보는 건 저도 처음인데, 정말 귀엽네요."

세레이유가 잠시 곰돌이와 곰순이를 보더니 표정이 누그러졌다.

"노아와 유나가 곰을 좋아해서 그런 차림을 하고 있다는 건 알겠어요. 다만 다른 사람이 보면 놀랄 수도 있으니까 아침이 되면 옷을 갈아입고 곰도 다시 돌려보내주세요."

곰돌이와 곰순이는 처음부터 돌려보낼 생각이었지만, 곰 옷을 입고 있는 것도 안 된다는 건가?

아, 내일 곰 옷을 입으려고 한 내가 있었다.

저주다.

"그나저나 세레이유는 왜 이 방에 온 거죠?"

"그렇죠, 참. 내일 일정에 대해 잠깐 얘기하려고 들렀어요. 저는 수업이 있어서 학원에 갈 거예요. 두 분도 시아를 만나기 위해 학원까지 가겠죠?"

시아와는 학원 입구에서 만나기로 했다.

"그래서 학원으로 함께 가자는 말을 알리러 온 것뿐이에요. 그럼 실례하겠습니다. 두 분도 일찍 주무세요."

"네. 세레이유 님, 안녕히 주무세요."

세레이유는 문을 향해 걸어갔다. 하지만 무언가 떠올랐는지 다시 돌아와서 곰돌이와 곰순이의 머리를 쓰다듬고는 행복한 표정을 지었다.

그리고 아무 일도 없었다는 듯이 방에서 나갔다.

551 곰 씨, 시아와 합류하다

찰싹찰싹 말랑한 무언가가 내 볼을 건드렸다. 눈을 뜨자 곰순이가 내 뺨을 때리고 있었다. 창문 쪽을 바라보니 밝았다.

벌써 아침이었다.

곰순이가 깨워준 모양이다.

나는 곰순이를 안고 몸을 일으켰다.

어제는 여러 가지 일이 있었지만, 하얀 곰 옷 덕분에 푹 잘 수 있었다. 피로도 싹 풀려서 무척 개운한 아침이었다.

옆에서 곰돌이를 끌어안고 잠든 노아를 깨우지 않게 조심하며 침대에서 내려왔다.

무슨 옷으로 갈아입을까 잠시 고민하던 나는 교복 소매에 팔을 넣고 옷을 전부 갈아입었다.

곰순이가 아쉬운 얼굴을 하고 있기에 나는 곰순이의 머리를 쓰다듬어 주었다.

"이 마을에 있는 동안만이야."

다음으로 침대에서 자고 있는 노아를 바라보았다. 노아는 곰돌이를 끌어안고 기분 좋게 자고 있었다.

이제 깨워야겠지.

"곰돌이, 깨워줘."

곰돌이는 노아의 팔에서 살금살금 빠져나와 노아의 얼굴을 찰싹찰싹 때렸다.

이것이 진정한 곰 펀치.

항상 곰돌이와 곰순이가 날 이렇게 깨웠었구나.

처음 보는 광경이다.

내가 당하고 있을 땐 볼 수 없으니까.

"윽, 그만해 주세요."

노아가 곰돌이의 손을 밀어냈다.

"자, 노아, 이제 일어나야지."

"좀 더 자고 싶어요."

안 일어나네.

그럼 다음 수단이다.

나는 곰돌이에게 명령을 내렸다.

"곰돌이, 출동!"

곰돌이는 자고 있는 노아의 몸을 타고 올라갔다. 그리고는 노아의 얼굴에 털썩 엎드렸다.

서서히 숨을 쉬기 힘들어진 노아가 몸을 일으켰다.

"숨 막혀요!"

곰돌이는 노아를 깨우는 데 성공했다.

"유나 씨, 너무해요."

깨운 건 곰돌이인데 내가 타박을 들었다.

"바로 일어나지 않은 노아가 잘못한 거야."

다이빙을 하지 않은 것만으로도 감사하게 생각해. 역시 그건 위험하기 때문에 하지 않았다.

"하지만 곰돌이도 좀 더 상냥하게 깨워줬으면 좋았을 텐데요."

노아는 자신을 깨워준 곰돌이를 바라보았다.

"아니, 처음에는 상냥하게 깨웠어."

가볍게 찰싹찰싹.

"정말요?"

노아의 질문에 곰돌이는 「크응~」 하며 고개를 끄덕였다.

"그래도 일어나지 않길래 강경책을 쓴 거지."

"어제는 여러 가지 일이 있어서 피곤했나 봐요. 하지만 다음에는 좀 더 살살 깨워주세요."

곰돌이가 「크응~」 하고 울었다.

"일단 일어났으니까 옷 먼저 갈아입어."

계속 곰 옷을 입고 있을 수는 없었다. 메이드가 오면 깜짝 놀랄 것이다.

노아는 곰 유니폼을 벗고 옷을 갈아입기 시작했다. 나는 노아가 옷을 갈아입는 동안 곰돌이와 곰순이를 돌려보냈다.

그리고 노아가 옷을 다 갈아입고 조금 지나자 세레이유가 방으로 찾아왔다.

"두 분 다 푹 쉬셨나요?"

힐끔힐끔.

세레이유는 그렇게 물으면서 방을 둘러보았다.

"네, 아침까지 푹 잤어요."

"응, 일단은."

"……곰들은 없군요."

아, 아까부터 곰돌이와 곰순이를 찾고 있었던 거구나.

"소환 해제했어."

"그렇군요……."

세레이유는 조금 아쉬운 표정을 지었다. 어제의 모습으로 보면 만나고 싶었나?

시험 삼아 눈앞에서 곰돌이를 소환해 보았다. 세레이유가 환하게 웃었다. 송환하자 슬픈 표정을 지었다.

처음 만났을 때랑 다르게 표정이 획획 달라지네.

"유나 씨, 그건 좀 잔인한 것 같아요."

세레이유의 반응을 보며 즐기다가 노아에게 혼나고 말았다.

나는 사과의 뜻으로 아침 식사 때까지 곰돌이와 곰순이를 소환해 셋이 함께 시간을 보냈다.

그리고 아침 식사를 마친 우리는 세레이유와 함께 학원으로 향했다.

"항상 걸어 다니는 거야? 마차를 타지는 않는구나."

귀족 아가씨다. 마차로 오갈 것 같은데, 그러고 보니 어제도 혼자 걷고 있었지.

"네, 아침에 걸으면 기분이 상쾌해서 학원은 걸어서 가고 있어요. 게다가 저는 이 마을을 정말 좋아하니까요."

세레이유는 미소 지으며 말했다.

그리고 담소를 나누며 학원에 도착하자, 교복을 입고 있는 시아의 모습이 보였다.

"언니, 기다리게 해서 죄송해요."

노아는 시아를 발견하자 기쁘게 달려나갔다. 그 뒤를 나와 세레이유가 따라갔다.

"왜 세레이유와 함께 왔어?"

노아는 어제의 일을 설명했다.

"그래서 하루만 신세를 졌어요."

"사실은 하루가 아니라 마을에 있는 동안 계속 머무르셔도 좋았겠지만요."

"아뇨, 어제 말한 대로 세레이유 님의 호의를 이 이상 받으면 언니와 세레이유 님이 시합을 할 때 누구 편을 들어야 할지 곤란하니까요."

노아는 어제와 같은 이유를 들어 정중히 거절했다.

"아쉽군요."

세레이유는 어째서인지 노아가 아닌 나를 바라보았다.

곰돌이와 곰순이를 만나고 싶은 걸까?

그 후 우리는 시아와 함께 동네를 산책했다.

"함께 가지 못하는 건 아쉽지만, 여러분은 마을을 즐기고 오세요."

세레이유는 학원 수업이 있지만, 시아는 왕도의 학생이었기 때문에 이 동네에 있는 동안은 수업이 없었다.

교류회를 위해 연습하거나, 그 외의 시간은 자유 시간을 보내고 있다고 한다.

"세레이유, 고마워."

"세레이유 님, 감사합니다."

세레이유는 다시 한번 미소 짓고 학원 안으로 들어갔다.

"그럼 우리도 갈까?"

우리는 세레이유와 반대로 학원에서 멀어지는 방향으로 걸었다.

"그래서, 어디로 갈까?"

"저는 어머님과 아버님께 드릴 기념품을 사고 싶어요."

"그렇다면 어제 세레이유에게 물어볼걸 그랬네."

"아니요, 언니랑 같이 고르고 싶었어요."

"후후, 노아, 고마워. 그럼 함께 아버님과 어머님께 드릴 선물을 골라볼까?"

"네!"

노아는 시아의 손을 잡고, 시아도 기쁘게 손을 맞잡았다.

참 사이좋은 자매다.

나도 피나한테 줄 기념품이라도 사갈까.

"하지만 시아는 교류회에서 활약한 이야기가 가장 좋은 선물이 되지 않을까?"

보통 부모라는 것은 아이의 활약상을 들으면 기뻐하는 법이다.

그것이 가장 좋은 기념품이 되겠지.

"그렇군요. 크리모니아에 돌아가면 언니의 활약을 아버님께 말씀드려야겠어요."

"부담 주지 마."

웃음이 터졌다.

시아가 멋지게 활약했으면 좋겠다.

우리는 여러 장소를 돌아다니며 엘레로라 씨나 클리프에게 줄 기념품을 찾기도 하고 식사를 하기도 했다.

"맛있었어요."

"저번에 학생들이랑 다 같이 먹었는데 맛있어서, 노아에게도 먹여주고 싶었어."

식사를 마친 우리는 8개의 큰길 중 한 곳을 걷고 있었다. 비슷한 길이 많아서 좀 헷갈릴 것 같았다.

"저건 모험가 길드인가?"

커다란 건물에 모험가 길드라는 간판이 걸려 있었다.

"시아는 요즘도 모험가 길드에 가?"

"가끔 마릭스 때문에 가는 정도예요. 하지만 최근 마릭스는 저랑 가지 않고 같은 기사를 목표로 하는 아이랑 가고 있는 것 같아요."

그렇구나.

이 근처의 마물은 크리모니아 부근과 비슷할까?

아니면 본 적 없는 마물이 있을까?

화의 나라에는 역시 다른 마물이 있었다.

전직 게이머로서는 조금 궁금한 부분이었다.

"유나 씨, 들어가 볼래요?"

내가 모험가 길드를 바라보고 있자 노아가 물었다.

"이번에는 노아의 호위로, 시아의 응원으로 온 거니까 괜찮아."

"유나 씨는 모험가니까 신경 쓸 필요 없어요. 게다가 들어가고 싶다는 표정을 하고 있던데요."

그렇게 표정에 다 드러났나?

나는 곰 장갑으로 얼굴을 문질렀다.

"그리고 쉽게 들어갈 수 있는 장소가 아니니까요. 저도 모험가 길드에 들어가 보고 싶어요."

"하지만 위험해. 모험가들이 시비를 걸어올지도 몰라."

"그런가요?"

"처음 크리모니아나 왕도 모험가 길드에 갔을 때 시비가 걸려서 싸움이 있었거든."

나는 아무 짓도 안 했는데.

"그건……."

"그건……."

두 사람이 나를 바라보았다.

"뭐야?"

"곰 옷이라서 그런 거 아닐까?"

"저도 그렇게 생각해요."

확실히 곰 복장 때문에 시비를 걸어온 것 같긴 했다.

그거 말고는 없겠지. 아니면 나이가 어려 보여서 그랬던 걸지도 모른다.

"뭐, 이번에는 교복을 입고 있으니까 괜찮을 거예요."

그런가?

나는 시아에게 이끌리듯 모험가 길드 안으로 들어갔다.

"사람이 적네요."

노아의 말대로 모험가가 별로 없었다. 아예 없는 건 아니지만 구석 쪽 의자에 몇 명이 앉아 있는 정도였다.

"다들 일하러 나간 걸까요?"

시간상 일하러 갔을 시간이긴 했다. 하지만 크리모니아나 왕도의 모험가 길드에서는 쉬고 있거나 정보 수집을 하고 있는 모험가, 내일 할 일을 찾고 있는 모험가도 있어서 적지 않은 인원이 늘 머물러 있었다.

하지만 이곳의 모험가 길드에서는 그런 일을 하고 있는 모험가가 없었다. 게다가 접수 직원도 할 일이 없는 것인지 한가로운 얼굴이었다.

"너희들, 모험가 길드에 볼일이라도 있니?"

접수 직원과 눈이 마주치자 말을 걸어왔다.

"그 교복이라면, 왕도의 학생인가?"

"네, 왕도의 학생이에요. 마법 교류회에 참가하기 위해 왔어요."

"그렇구나. 그래서, 그 학생들이 모험가 길드에는 어쩐 일로?"

"그, 견학하러요."

"어머, 모험가 지망생? 어린 세대들이 모험가가 되어주면 좋지."

"일단 모험가 길드에 등록은 해 뒀어요. 그래서 왕도와 어떻게 다른지 보러 왔고요."

"아, 그랬구나. 견학은 자유니까 천천히 둘러보고 가렴."

반응은 호의적이었다.

역시 시비를 걸어온 것은 곰 차림 때문이었던 것 같다.

"저기, 왜 여긴 모험가가 많이 없나요?"

"일하러 갔다고 해도 사람이 적은 것 같아서요."

아까도 말했지만, 이 정도로 큰 마을에서 모험가 길드에 사람이 적은 것은 이상했다.

"왕도에서 왔으면 모를 수도 있겠네. 이 시기가 되면 주변의 마물 수가 크게 줄어들거든. 그래서 실력 있는 모험가는 모두 다른 마을로 가버려. 그러다 보니 아무래도 이 시기가 되면 모험가 수가 줄어들지."

다시 말해, 모험가들이 돈을 벌러 나간 탓에 인원이 줄어들었다는 건가.

"시기에 따라 마물이 줄어드는 일도 있어?"

나는 시아에게 물었다.

"계절에 따라 자주 출현하는 마물은 달라져요. 하지만 이런 따뜻한 시기라면 보통 그렇지는 않을 텐데요."

"원래라면 그렇지. 하지만 몇 년 전부터인가, 이 시기가 되면 마물의 목격 정보가 눈에 띄게 줄더라고. 강한 마물이 나오면 마물이 도망가거나 해서 사라지기도 하지만, 모험가가 조사한 바로는 평화 그 자체야. 하지만 얼마 후면 마물이 돌아와. 정말 신기하지?"

강한 마물이 나타나면 마치 쫓겨난 것처럼 마물이 사라진다. 그것은 블랙 타이거 때 이미 경험해 본 일이었다.

혹시 작지만 강한 마물이라도 있는 건가?

"그래서 모험가가 없었던 거군요."

"그래, 모험가가 없어서 나도 심심해."

그래서, 이 접수 직원은 마침 좋은 말동무가 왔다는 생각에 말을 걸어온 것이다.

그 후 한가해 보이는 접수 직원의 시간때우기에 잠시 동참해 주기로 했다.

모험가 길드에 대해 물어보려고 했는데, 접수 직원은 왕도의 이야기를 듣고 싶은지 이것저것 물어왔다.

이대로라면 쓸데없이 시간만 낭비하게 되기 때문에, 나는 타이밍을 봐서 이야기를 마무리했다.

"그럼 저희는 이만 실례할게요."

"벌써 가려고? 왕도 이야기를 좀 더 듣고 싶었는데."

"하지만 뒤에서 화를 내고 있는 사람이 있어요."

접수 직원이 뒤를 바라보자 무시무시한 얼굴을 하고 있는 남성이 있었다.

"……길드 마스터."

"땡땡이 치지 말고 일이나 해!"

"하고 있어요. 왕도의 정보 수집 중이잖아요."

우리는 접수 직원이 길드 마스터에게 변명을 하는 사이 모험가 길드를 떠났다.

552 곰 씨, 교류회를 보러 가다

교류회 당일 아침, 나는 교복으로 갈아입었다. 교류회가 끝나면 남은 일정은 돌아가는 것뿐이었으니 교복을 입을 일도 사라진다. 아마 오늘이 교복을 입는 마지막일지도 모른다.

노아도 일어나서 옷을 갈아입고 있었다. 오늘은 살살 깨우는 단계에서 일어날 수 있었던 모양이다.

숙소에서 아침 식사를 마친 우리는 학원으로 향했다.

"후후, 기대돼요."

노아는 깡충깡충 뛰듯 내 앞을 걸었다.

그만큼 기대된다는 뜻이겠지. 물론 나도 기대된다.

"열심히 응원하자."

"네."

긴 다리를 건너 학원 입구에 다다르자 시아의 모습이 보였다.

어? 분명 오늘은 약속을 안 잡은 걸로 기억하는데.

노아가 시아에게 달려갔다.

"언니, 무슨 일인가요?"

"마중 나왔지. 미아가 되면 곤란하니까."

시아가 노아의 머리를 툭툭 두드렸다.

"미아 될 일 없어요."

노아가 볼을 살짝 부풀렸다.

"농담이야. 유나 씨가 곰 옷을 입고 오면 못 들어올까 싶어서."

우리는 걸으면서 대화를 나눴다.

"말한 대로 제대로 교복으로 입고 왔어."

두 팔을 벌려 교복을 입고 있다는 것을 어필했다.

"잘 어울려요. 하지만 유나 씨는 곰 옷을 벗는 걸 싫어하셔서 조금 걱정했어요."

"아, 무슨 말인지 알겠어요. 유나 씨는 미사의 생일 파티 때도 드레스를 입어주지 않았잖아요."

노아까지 동의했다.

"그건 옷이 아니라 드레스니까."

평범한 옷과 드레스는 다르다.

드레스와 교복 중에 고른다면 그나마 교복이 더 나았다.

그리고 피나도 드레스는 싫어했다.

"그래서 교복마저 거부하고 곰 옷을 입고 온다면 강제로라도 교복을 입히려고 기다리고 있었던 거예요."

"약속한 거니까 교복은 입을 거야. 어제도 그저께도 입고 있었잖아?"

"하지만 유나 씨 성격상 어떻게 될지 모르니까요."

신용이 없었다.

뭐, 수영복을 입을 때도 엄청 망설였으니까, 그렇게 생각해도 할 말은 없었다.

"나도 시아를 응원하러 온 거니까 이번에는 시아의 말에 따를 거야. 하지만 내가 이 학원의 학생이 아니라는 건 안 들킬까?"

"학원이 워낙 크기도 하고, 학생 전원의 얼굴을 외우고 있는 사람은 없으니까 괜찮아요."

확실히 학원생 전원의 얼굴과 이름을 기억하고 있는 사람은 없을 것이다. 가끔 만화나 애니메이션에서 전교생의 얼굴과 이름을 기억하는 캐릭터가 나오긴 하지만, 솔직히 내가 보기엔 말도 안 되는 일이었다.

사진이 첨부된 학생 명단이라도 있으면 외울 수 있을지도 모르지만, 사진이 없는 세계에서는 많은 사람의 얼굴과 이름을 동시에 외우는 것은 거의 불가능한 도전에 가깝지 않을까.

"아, 그리고 어제 말하는 걸 깜빡했는데, 유나 씨, 세레이유와의 시합 때문에 조금 유명해졌으니까 조심해 주세요."

세레이유와의 시합을 시아와 다른 학생들에게 보이고 말았다.

"유나 씨. 오늘은 유우나 씨라고 소개할 건가요?"

노아가 농담조로 물었다.

진심으로 한 말이 아니라는 건 표정을 보면 알 수 있었다.

하지만 그 농담을 모르는 인물이 눈앞에 있었다.

"유우나?"

시아 역시 나처럼 잊어버린 모양이었다.

노아가 학원제 때의 이야기를 알려주었다.

"아아, 그런 일도 있었죠. 유나 씨가 절 위해 싸워주셨던 일이. 지금은 좀 가라앉았지만, 그때는 여러 사람들이 질문공세를 퍼부어서 둘러대느라 고생했어요. 하지만 티리아 님도 함께 대처를 도와주셨고, 르툼 선생님이 학원의 교사를 하게 된 뒤로는 아무도 말을 꺼내지 않게 됐어요."

자신의 아들과 시아를 강제로 약혼시키려 했던 귀족의 이름은 르툼.

나에게 진 본인이 학원에 있는데 그런 이야기는 할 수는 없었을 것이다. 게다가 노아의 말로는 국왕에게 함구령이 내려졌다고 하고. 하물며 르툼은 귀족이다. 섣불리 르툼의 귀에라도 들어가면 반감을 살 수도 있었다. 그건 그렇고 그런 르툼의 존재가 나를 지켜줄 줄은 몰랐는데.

아니, 애초에 르툼 때문에 눈에 띄게 된 거였지.

위험했다, 위험했어. 마음속이라고는 해도 아주 조금 르툼에게 감사할 뻔했다.

그건 그렇고, 그 르툼이 선생님이라. 상상도 못 하겠다.

"그럼 모두에게는 유우나라고 소개할까요?"

"아니, 딱히 소개는 필요 없어."

「처음 뵙겠습니다. 저는 유우나입니다. 시아의 친구입니다」라는 자기소개를 할 생각은 없었다.

멀리서 보고만 있을 뿐이라면 굳이 자기소개를 할 필요는 없을 것이다.

나는 어디까지나 평범한 왕도의 학생으로서 교류회를 보러 온 여자아이에 지나지 않았다.

"그러고 보니 교류회에서는 뭘 하는 거야? 서로 공격하는 거야?"

"그렇게 위험한 일은 안 해요. 기본적으로는 과녁을 겨냥하거나 위력을 겨루는 정도예요."

뭐, 그렇겠지. 마법을 서로에게 쏘면 위험하니까. 만약의 일이 생기면 부상으로 끝나지 않을 것이다.

"유나 씨도 참여하실래요?"

"나는 학생이 아니니까 사양할게. 게다가 내가 참가하면 내 독주가 되어버릴 텐데?"

농담 삼아 말했다.

"그렇네요. 르툼 선생님을 이길 수 있는 유나 씨가 참가한다면 확실하게 압도적으로 우승할 거예요."

농담으로 한 말인데 진담으로 받아들이고 있었다.

"하지만 마지막에 시합 비슷한 것도 하긴 해요. 유나 씨가 보기엔 애들 놀이 같겠지만, 분위기가 가장 달아오르는 시간이에요."

"그거 기대되네."

우리는 이야기하면서 운동장에 도착했다. 운동장은 축구장 정도의 크기로, 객석은 보기 쉽도록 절구 모양으로 되어 있어서 조금 위에서 운동장을 내려다 볼 수 있는 구조로 되어 있었다.

그 운동장 중앙에는 왕도 교복과 유파리아 교복을 입은 학생들이 서 있었다.

"꽤 많네."

"학년 합쳐서 남녀 약 25명 정도예요. 유파리아에서도 비슷한 수가 참가하고요."

이야기만 들어서는 많은 것인지 적은 것인지 판단이 애매했다.

"하지만 양쪽 학생들의 실력 향상을 위한 교류회인데, 유파리아에서만 하면 왕도의 학생은 볼 수 없어서 불공평하지 않나?"

시합을 보지 못하면 실력 향상에 도움이 되지 않을 것 같았다.

주위를 둘러보자 우리처럼 이번 교류회를 보러 와 있는 학생들이 있었다. 대부분이 유파리아 교복을 입은 학생들이었다.

"그건 괜찮아요. 내년에는 왕도에서 할 예정이니까요. 해마다 번갈아가면서 왕도와 유파리아에서 개최되고 있거든요."

확실히 그렇게 하지 않으면 왕도 학생들이 성장할 기회는 사라질 것 같았다.

"시아."

누군가 시아를 불렀다.

목소리가 나는 쪽을 보니 세레이유가 다가왔다.

"노아와 유나도 왔군요."

"시아를 응원하기 위해 왔으니까."

“네, 언니를 응원하러 왔어요.”

그래서 크리모니아에서 여기까지 온 것이었다.

“부럽네요.”

“세레이유도 가족들이 응원하러 와주잖아?”

“네, 부끄러운 모습을 가족들에게 보여줄 수는 없죠.”

“그건 나도 마찬가지야.”

“시아에게는 미안하지만, 시아와 시합을 하게 돼도 봐주지 않을 거예요.”

“언니가 이길 거예요!”

노아가 시아를 대신해 힘차게 대답했다.

세레이유는 아버지와 남동생이 보러 오는 모양이었다.

이렇게 된 이상 엘레로라 씨와 클리프를 대신해서 내가 더 열심히 응원해야겠네.

“후후, 시아, 서로 질 수가 없겠네요.”

“노아의 말대로 지지 않을 거야.”

시아도 자신 넘치게 말했다.

기죽는 것보다는 낫다. 승부는 마음먹는 것부터 시작이라고들 하니까. 물론 마음먹기만으로 안 되는 경우도 있지만. 실력 차이가 너무 크게 나거나 치트 보스 같은 경우에는 나도 몇 번이나 패배했는지 모른다.

하지만 실력이 비슷하다면 마음먹기가 중요했다. 마음은 곧 힘이 된다. 승부를 좌우할 때도 있다.

우리가 이야기하고 있는데 멀리서 세레이유를 부르는 소리가 들렸다.

"그럼 전 이만 가볼게요. 시아, 서로 힘내요."

세레이유는 유파리아 학생들에게 돌아갔다.

"그러고 보니 가족이 응원하러 온다고 하지 않았나? 세레이유의 어머니는 집에 안 계셨던 것 같은데, 엘레로라 씨처럼 왕도에서 일하고 계셔?"

"……."

"……."

별생각 없이 세레이유 어머니에 대해 물었더니 노아와 시아가 난처한 표정을 지었다.

혹시 물어보면 안 되는 일이었나?

"……세레이유 님의 어머니는 돌아가셨어요."

노아가 조금 말하기 어려운 얼굴로 알려주었다.

그래서 어제 안 계셨던 거구나.

하지만 나도 이 세계에는 부모가 없었다. 원래의 세계에는 있었지만, 없는 것과 다를 바가 없었다.

피나도 아버지는 돌아가셨고 고아원 아이들도 부모는 없었다.

세레이유에게는 아버지가 있고 생활에도 어려움이 없다. 그래서 그렇게 불쌍하다는 생각은 들지 않았다. 이 세상에는 더 불쌍한 사람들이 많으니까.

"노아의 말대로 돌아가셨는데, 그 돌아가신 이유가 누군가에게 살해당한 거라는 이야기를 들은 적이 있어요."

"그런가요? 전 그 얘기는 처음 들어요."

노아는 세레이유의 어머니가 돌아가셨다는 것까지는 알고 있었지만, 돌아가신 이유는 몰랐던 모양이다.

"뭐, 남에게 떠들고 다닐 일은 아니니까. 그러니까 다른 사람에게는 말하면 안 돼."

"네. 물론이죠."

"나도 말하지 않을게."

애초에 나는 말할 상대가 없고 말할 생각도 없었다.

"하지만 정작 시아가 우리에게 알려주면 안 될 걸 알려준 것 같은데."

"노아도 귀족이니까 알아두는 편이 좋다고 생각했어요. 그리고 유나 씨가 세레이유 본인에게 어머니에 대해 물어도 곤란할 것 같았고요."

확실히. 무심코 대화가 흘러갔다면 물어버렸을지도 모른다.

그녀의 집에서 식사를 했을 때 묻지 않기를 잘했다.

"이제 저도 가봐야겠어요."

"언니, 힘내세요."

"응원할게."

시아는 손을 흔들며 학생들이 모여 있는 장소로 달려갔다.

553 곰 씨, 노아의 부탁을 들어주다

나와 노아는 시아가 보이는 곳으로 자리를 옮겼다.

운동장 주변에는 유파리아의 학생이나 선생님, 그리고 학생의 가족으로 보이는 사람도 있었다.

완전 어웨이네. 시아와 왕도의 학생들이 더 힘을 내주길 바랄 뿐이었다.

그 유파리아 학생들과 선생님들은 운동장 끝에 놓인 의자에 앉아 있었다.

"모두가 앉을 의자 정도는 준비해 줬어도 됐을 텐데."

"본래 일반인에게는 개방하지 않는다고 하니 어쩔 수 없죠. 게다가 일반인에게 개방하면 일방적인 응원이 되어 버릴 테니까요."

그것도 그런가. 내 원래 세계에서도 올림픽 개최지에 자국 선수를 응원하기 위해 많은 사람이 모여들었다.

먼 나라에 응원하러 가는 것은 힘든 일이었다.

"뭐, 의자가 없으면 내가 준비하면 되지."

나는 곰 박스에서 두 사람 분의 의자를 꺼내 노아에게 앉을 것을 권했다.

"감사합니다."

의자에 앉아 운동장을 보고 있으니 개회식 같은 것이 시작되었다. 선생님이 학생을 향해 말을 건넸다.

힘내서 실력을 발휘하길 바란다거나, 서로서로 절차탁마하라거나, 설사 힘이 닿지 않아 진다고 해도 내년에 더 노력하길 바란다거나, 쓸데없이 말이 길었다.

내년이나 올해 졸업하는 사람은 없나? 라고 속으로 태클을 날렸다. 당연하지만 시아보다 나이가 많은 사람도 있었다.

연상이겠지.

저 발육 좋은 몸을 보면.

무심코 자신과 비교하게 된다.

그리고 마침내 선생님의 긴 이야기가 끝나고 교류회가 시작되었다.

한 선생님이 운동장 중앙으로 이동해 마법을 쓰자 땅에서 흙이 솟아올라 막대 같은 것이 나왔다. 이어서 막대 위에 네모난 과녁 같은 것도 만들어졌다.

“저걸 향해 마법을 쏘는 것 같아요.”

확실히 흙 마법으로 만든 과녁이라면 만들기도 쉽다. 마법으로 부순다고 해도, 흙 마법 과녁은 마력만 있으면 몇 번이든 다시 만들 수 있었다.

선생님은 동일한 간격으로 과녁을 만들어 나갔고, 곧 거리도 높이도 제각각인 과녁이 완성되었다.

그리고 준비가 끝나자 선생님이 「이제부터 바람 마법으로 과녁 맞히기를 시작하겠습니다」라며 설명을 했다. 제한 시간 내에 앞쪽 과녁부터 맞혀 나가면서 얼마나 먼 과녁까지 명중시키는가를 겨루는 모양이었다.

"위력, 명중률, 거리를 경쟁하는 거네요."

노아가 경기의 내용을 간단히 알려주었다.

우선은 유파리아 여학생이 바람 마법을 날렸다.

바람의 칼날을 날린 것인지 흙의 과녁이 두 동강났다. 주위에서 작은 함성이 터져 나왔다. 여학생은 1장, 2장 차례차례 순조롭게 명중시켜 나갔지만, 5장 째에서 실수를 했다. 하지만 제한 시간 내에 몇 번이든 다시 도전할 수 있었다. 여학생은 다시 한번 바람 마법을 사용해 베어나갔다. 하지만 멀어질수록 명중률이 떨어지고 위력도 떨어졌다. 결국 시간 내에 명중할 수 있었던 것은 5장까지였다.

첫 번째 과녁까지의 거리가 10미터 정도이고, 다음 과녁은 대략 2미터 간격으로 놓여 있었다. 유파리아의 여학생은 바람 마법으로 약 18미터 정도의 과녁까지 명중시킨 셈이었다.

다음으로 왕도의 여학생이 나왔다. 번갈아가면서 하는 모양이었다. 왕도의 여학생은 6장까지 맞췄을 때 시간이 다 됐다.

여학생은 기뻐 보였다.

선생님이 부서진 과녁을 다시 만들었고, 그다음 유파리아의 남학생이 시작했다.

"아아, 빨리 저도 마법을 쓰고 싶어요."

마법을 쓰는 학생을 부러운 얼굴로 바라보며 노아가 말했다.

"그러고 보니, 노아는 마법 연습은 안 해? 원래 열 살 정도부터 배우는 거 아냐?"

학원제 때 그런 이야기를 나눈 기억이 떠올랐다.

이 세계에서는 마력이 열 살 전후로 안정되기 때문에 마법을 배우기 시작하는 것은 열 살 이후라고 들었다. 안정되지 않은 상태에서 마력을 운용하거나 마법을 사용하면 장래에 마법을 쓸 수 없게 될 위험이 있어서 그렇다나 뭐라나.

"네, 저도 빨리 배우고 싶은데 아버님은 11살이 될 때까지는 안 된다고 하셨어요. 마력을 완전히 안정시키기 위해서라고요."

"즉 나이가 많을수록 마력이 안정된다는 거야?"

"맞아요. 유나 씨도 마법을 쓰고 계시잖아요? 왜 그런 걸 물어보시는 거예요?"

"윽…… 그건……."

나의 질문은 초보적인 내용이었던 모양이다. 게다가 마법을 쓰고 있는 내가 모른다는 것도 이상하게 여겨진 듯했다.

"그, 나는 스스로 마법을 배워서 그런 기초 상식에 대한 건 전혀 모르거든."

"그런가요? 아버님이나 어머님께 배우지 않으셨나요?"

"부모님도 없었고 마법을 알려주는 사람도 없었으니까."

거짓말은 하지 않았다. 이 세상에 부모는 없었다. 게다가 원래의 세계에 부모님이 있긴 했지만 마법을 가르쳐주지는 않았다. 마법의 사용법을 가르쳐 준 것은 게임 속의 NPC였다.

그러니까 모른다는 것은 사실이었다.

"미안해요. 유나 씨에게 부모님이 안 계시다는 건 몰랐어요."

"아, 신경 쓰지 마. 그리고 말한 적이 없으니까 어쩔 수 없지."

노아가 슬픈 표정을 지은 것을 보고 곧장 대답했다. 오해를 하게 만든 것 같았다.

하지만 역시 여기와는 다른 세상에 부모님이 있다는 말을 할 수도 없었기에 애매하게 둘러댈 수밖에 없었다.

"하지만 그런 거라면 유나 씨는 정말 대단해요. 누구에게도 배우지 않았다는 뜻이잖아요?"

양심에 조금 찔리긴 하지만 어쩔 수 없었다.

나는 화제를 돌리기 위해 오랜만에 비기인 화제 전환 기술을 발동했다.

"그러고 보니, 노아의 생일이 언제였더라?"

내가 묻자 노아의 얼굴이 환해졌다.

"사실 생일이 얼마 남지 않았어요."

"정말!?"

"네, 그래서 기대돼요."

"그럼 선물을 준비해야겠네. 뭐 갖고 싶은 거 있어? 아, 하지만 불가능한 건 안 돼. 곰돌이가 갖고 싶다거나, 곰순이가 갖고 싶다거나."

아무리 곰돌이랑 곰순이를 갖고 싶다고 해도 그 아이들을 선물할 수는 없었다.

"그런 부탁은 안 해요. 물론 곰돌이와 곰순이는 갖고 싶지만요. 그런 부탁을 하면 유나 씨가 싫어할 거라는 것 정도는 알고 있어요."

노아가 볼을 부풀리며 말했다.

"미안, 농담이야."

반은 진담이었지만. 노아라면 진짜로 말할지도 모른다는 생각이 들었기 때문이다.

"하지만 유나 씨가 그렇게 말해 주신다면 부탁이 있어요. 저에게 마법을 알려주실 수 있나요?"

노아는 잠시 고민하더니 그런 말을 꺼냈다.

"마법?"

"네, 물론 아버님께서 허락해 주신다면요. 매일은 아니에요. 유나 씨가 한가할 때만 가르쳐 주시면 돼요."

마법이라. 일단 신참 모험가인 여자아이에게 마법을 가르쳐 본 적은 있었다. 하지만 그 여자아이는 이미 기본기가 갖춰져 있었고, 나는 그저 마법이 더 강해지는 방법만 알려주었을 뿐이다.

여자아이는 마법이 강해져서 기뻐했으니, 그걸 보면 가르치는 방법이 잘못되지는 않았을 것이다.

하지만 완전히 처음부터 가르친다고 하면 자신이 없었다. 괜히 어설프게 알려줬다가 노아가 마법을 쓸 수 없게 되기라도 하면 곤란했다. 마법을 사용해 본 적이 없는 노아를 가르치는 것은 불안했다.

"미안. 확답은 못할 것 같아."

"그런가요?"

노아가 금세 풀이 죽었다.

"딱히 알려주고 싶지 않아서 그런 게 아니야. 다만 내가 잘 가르칠 수 있을지 확신이 안 서서 그래. 마법을 알려달라는 거 말고 다른 부탁은 없어?"

"으윽…… 그럼 또 하나 부탁하고 싶은 게 있어요. 커다란 곰돌이와 곰순이 인형이 갖고 싶어요."

"큰 인형이라면, 이 정도 크기?"

나는 꼬맹이 곰 사이즈보다 조금 큰 정도의 사이즈를 손으로 나타내며 물어보았다.

"아니요, 실물 크기의 곰돌이와 곰순이 인형이요."

노아가 크게 손을 벌리며 자신의 몸 전체를 사용해 크기를 표현했다.

아무래도 등신대 사이즈의 곰돌이와 곰순이 봉제인형을 갖고 싶은 모양이었다.

"그건 너무 크지 않을까?"

실제로 상상해 보니, 정말 컸다. 미사에게 선물한 곰돌이와 곰

순이 인형의 몇 배는 되지 않을까?

천과 솜도 엄청나게 들 것 같은데.

게다가 그렇게 큰 봉제인형을 만들어봤자 부피만 차지해서 걸리적거릴 것 같았다.

평범한 집에 산다면 「크면 걸리적거려」라고 말할 수 있었다. 그러나 귀족인 노아의 집은 평범한 집보다, 심지어 영주인 만큼 다른 귀족의 집보다 훨씬 더 컸다. 따라서 당연히 노아의 방 또한 넓었다. 노아의 방이라면 등신대 곰돌이와 곰순이 봉제인형을 놓을 공간 정도는 충분할 것이다.

"미사의 생일 파티 때 유나 씨가 인형을 선물하는 걸 보고, 큰 곰돌이랑 곰순이 인형을 갖고 싶다는 생각이 들었어요. 돈이 필요하시면 제 용돈에서 드릴 테니까 만들어 주세요."

"용돈이라니, 귀족인데도 받고 있는 거야?"

귀족은 용돈을 받는다기보단 갖고 싶은 걸 부모님께 말하면 사주는 이미지였는데.

"저희 마을에서 팔고 있는 물건 가격을 파악하는 것도 공부의 일환이라고 해서, 일정한 금액의 용돈을 받아 마을에서 직접 사고 있어요."

그리고 작은 소리로 「요즘에는 유나 씨의 가게에서 빵만 사먹고 있지만요……」라고 눈을 피하면서 말하는 소리가 들렸다.

아, 그러고 보니 혼자 가게에 와서 빵을 먹고 있었다.

그건 용돈을 받아서 가게에 먹으러 왔었던 거구나.
듣고 보니 짚이는 구석이 있었다.
이 마을에 온 뒤에도 여러 가지 물건의 가격을 확인하는 모습도 봤었다.
"그래서 이 마을에서도 가격에 신경을 쓰고 있었던 거구나."
"아버님께 유파리아에서 보고 들은 것을 보고해야 하니까요. 그렇지 않으면 다음 외출 허가가 나오지 않을 거예요."
나는 나도 모르게 노아의 머리를 쓰다듬고 있었다.
"뭐, 뭔가요?"
"기특한 것 같아서."
"유나 씨나 피나와 외출을 하기 위해서예요."
그래도 기특하다고 생각했다.
"그러니까 돈이 필요하면 말해 주세요."
"인형의 돈은 문제가 아니지만, 만드는 것 자체가 좀 힘들 것 같아서."
주로 부탁할 예정인 셰리가.
"그렇군요…… 그럼 저도 만드는 걸 도울게요!"
노아는 잠시 고민하더니 좋은 생각이 떠올랐다는 표정으로 그렇게 말했다.
"도와주면 선물이 안 되잖아."
"그래도 괜찮아요."

노아가 단호하게 말했다.

등신대의 곰돌이와 곰순이 인형에 대해서는 잠시 보류다.

나 혼자서는 판단을 내릴 수 없었다.

우선은 셰리와 상의해 봐야겠지.

그래도 함께 만드는 건 좋은 추억도 될 것이고 애착도 생길 것이다. 나쁜 일은 아니었다.

노아에게 줄 생일 선물 후보 중 하나로 큰 곰돌이와 곰순이 인형을 남겨두기로 했다.

그러고 보니 피나의 생일은 언제일까?

554 곰 씨, 시아를 응원하다 1

노아의 생일 이야기를 하는 동안에도 바람 마법 과녁 맞히기는 계속되었다. 바람의 칼날로 베는 것뿐만 아니라 공기탄처럼 날려서 과녁을 부수는 학생도 있었다. 사람마다 이미지하기 쉬운 방식이 다른 모양이었다.

바람의 칼날을 사용할 경우 날카로운 바람을 이미지하지 않으면 과녁을 자를 수 없었다. 칼날처럼 만들지 못하면 바람이 스쳐 지나가기만 할 뿐이니까. 그래서는 적을 쓰러트릴 수 없었다.

지금 과녁 맞히기를 하고 있는 남학생은 주먹에 휘감긴 공기탄을 날려 과녁을 파괴했다. 공기탄은 상대에게 상처를 입히지 않고 제압할 때 유용한 바람 마법이었다.

참고로 과녁 맞히기는 남녀의 구별 없이 진행되고 있었다.

마법에 남녀 차이는 없었다. 있는 것은 마력과 상상하는 힘의 차이였다. 완력과는 상관이 없었기 때문에 여자라도 남자를 이길 수 있었다.

마력과 마법을 구성하는 이미지만 있으면 누구든 마법을 쓸 수 있었다.

반대로 말하면 일정한 마력량이 없으면 마법을 쓸 수 없다는 뜻이었다. 그것이 가장 불합리한 점이었다.

"그건 그렇고, 지팡이를 들고 있는 아이가 적네."

지팡이를 가지고 있는 아이도 있지만, 가지고 있지 않은 아이도 있었다.

마법을 쓸 때 매개체로 삼는 물건이 있으면 마력이 잘 모여서 마법을 쓰기 훨씬 더 수월해진다. 모험가의 경우, 후방에 있다고는 하지만 자신의 몸을 지켜야 하기 때문에 지팡이를 든 마법사가 많았다. 하지만 몸이 가벼운 걸 선호하는 마법사는 단검이나 반지 같은 액세서리를 매개체로 삼기도 했다.

물론 지팡이 같은 매개체가 없어도 마법은 쓸 수 있었다. 이는 어디까지나 마력을 모으기 쉽게 만들어주는 도구일 뿐이었다.

"그렇군요. 겉으로 봐서는 반지나 팔찌, 펜던트를 사용하는 것 같네요."

여기서는 잘 보이지 않지만 확실히 반지나 팔찌가 보였다. 그리고 펜던트를 움켜쥐고 마법을 쓰는 아이도 있었다.

참고로 나도 곰 장비를 벗고 지팡이 같은 걸 들고 시험해 본 적이 있었는데, 마법은 사용할 수 없었다.

나는 곰 장갑을 뻐끔뻐끔 움직였다.

"아, 세레이유 님이에요."

노아가 가리키는 끝에는 과녁 맞히기에 도전하는 세레이유의 모습이 있었다.

인기가 많은 것인지, 세레이유의 등장과 동시에 지금까지 중 가장 큰 함성이 터졌다. 뭐, 이 마을 영주의 딸이니까. 성격도 남의 일에 잘 참견하기는 하지만 괴롭히거나 권력을 휘두르는 귀족은 아니다. 그래서 인기가 있는 것일지도 모른다.

게다가 나와 달리 몸매도 좋고 미인이다. 나올 곳은 나와 있고 들어갈 곳은 들어가 있다.

뭐지. 내가 말하고 내가 슬퍼지네.

세레이유는 관중석을 향해 가볍게 손을 들어 환호에 답했다.

“세레이유 님은 인기가 많으시네요. 왕도라면 언니 쪽도 분명 지지 않았을 텐데요.”

시아도 귀족 영애다. 왕도에서는 인기가 있을지도 모른다.

하지만 학원제 때의 티리아를 생각하면 그녀에게 인기를 다 빼앗기는 게 아닌가 하는 생각이 들 정도였다. 티리아는 그 정도로 인기가 많았다.

세레이유는 진지한 표정으로 과녁과 마주했다.

오른손에 든 팔찌에 마력을 모아 확실하게 과녁을 베어나갔다. 오랜 시간 연습해 왔다는 것을 알 수 있는 실력이었다.

물론 다른 학생들도 연습은 많이 했을 것이다.

그리고 마지막으로 등장한 세레이유가 바람 과녁 맞히기에서 최고 점수를 얻었다.

바람 시합이 끝나고, 다음은 불 마법 과녁 맞히기가 진행되었다.

"끝? 아직 참가하지 않은 학생도 있을 것 같은데. 시아도 안 나왔고."

각 학원에서 5, 6명 정도 나왔다.

"바람, 불, 물, 흙으로 나눠서 하는 모양이에요. 언니는 불과 흙 마법을 잘하니까 그중 하나에 나오지 않을까요?"

처음 시아와 만났을 때를 떠올려보자, 확실히 불 마법을 쓰고 있었다.

"불은 알겠는데, 흙 마법도 잘하는구나."

"유나 씨가 스릴리나랑 화단을 만드셨잖아요. 그래서 언니도 화단을 만드는 일을 도와주거나 화단 손질을 돕다 보니 흙 마법을 잘 다루게 됐다고 편지에 적혀 있었어요."

마법은 쓰면 쓸수록 실력이 올라간다. 나도 곰 마법을 쓰다 보니 곰을 상상하는 능력이 올라갔다. 사용하지 않으면 발전하지 않는다. 화단을 만들면서 흙 마법까지 잘 다루게 됐다면 일석이조다.

"유나 씨는 못 쓰는 마법이 있나요?"

나는 딱히 못 쓰는 마법은 없다. 특기 마법은 곰 마법이 되어가고 있긴 하지만.

"일단 네 가지 마법은 쓸 수 있어. 잘하는 것도 못하는 것도 딱히 없는 느낌이야."

그 밖에 번개나 얼음 같은 것도 있지만. 참고로 얼음은 물 마법의 상위 마법이기도 했다.

"역시 유나 씨네요. 저도 여러 가지 마법을 다양하게 써보고 싶어요."

"하지만 하나의 속성을 파고드는 것도 괜찮아."

평균적인 마법은 하나의 최강 속성보다 약하다. 게임에서도 속성 중 최강 마법이 빛을 발할 때가 많았다. 불 속성 상대로는 최강의 물 마법이 활약한다. 반대로 바람 마법은 상성이 맞지 않아 쓸 일이 적었다.

하지만 어중간한 마법보다는 쓸모는 더 많았다.

"그렇긴 하지만 모처럼이니까 여러 가지 마법을 써보고 싶어요."

노아의 마음도 이해가 갔다. 나도 다양한 마법을 사용하는 것은 즐거우니까. 딱히 마왕이나 이 세계의 보스급 마물을 처치하러 가는 것도 아니다. 모처럼 쓰는 마법이니 즐기는 편이 좋겠지.

"클리프나 엘레로라 씨와 상의해서 결정하도록 해. 최종적으로는 네 일이니까 네가 결정해야 하겠지만."

"네."

노아가 대답했다.

그리고 운동장에서는 선생님에 의해 새로운 과녁이 만들어졌고, 곧 불 과녁 맞히기가 시작되었다.

불 마법은 바람 마법과 달리 보는 재미가 있었다. 멀리 떨어진 곳에서는 알아보기 힘든 바람 마법과는 달리 불 마법은 멀리 떨어진 곳에서도 잘 보이기 때문이었다.

불의 크기도 제각각이었다. 작은 불덩어리도 있는가 하면 큰 불덩어리도 있었다. 같은 크기의 불덩어리라도 맞자마자 꺼지는 불도 있고, 과녁에 명중한 뒤에도 계속 타오르는 불도 있었다.

불에 담겨 있는 마력량의 차이 때문이었다.

마력이 적으면 금방 사라진다. 마력이 많으면 명중한 뒤에도 계속 타오른다.

바람 마법보다도 실력의 차이를 훨씬 더 알기 쉬워서 주위도 더욱 달아올랐다.

만약에 저기서 곰 마법을 썼다면 큰일이 벌어졌을 것이다.

그런 생각을 하면서 보고 있는 사이, 시아의 이름이 호명되었다.

노아의 말대로, 시아는 불 과녁 맞히기에 참가하는 모양이었다.

“시아 차례인가 보네.”

“언니, 힘내세요!”

노아는 일어서서 큰 소리로 응원했다.

그 목소리가 닿았는지 시아가 우리 쪽을 바라보았다.

조금 부끄러워하면서도 손을 흔들어 주었다.

노아의 응원 덕분인지 시아는 연달아 과녁을 정확히 맞혀 나갔다. 주위에서도 환호성이 터져 나왔다.

이대로라면 상위권에 들 수 있을 것 같았다.

시아는 최종적으로 9장의 과녁을 맞히며 불 부문에서 1위를 했다. 하지만 다음으로 나온 유파리아의 학생도 9장을 맞히며 시아와 동점이 되었다. 유파리아를 응원하는 학생들은 시아의 기록을 넘지 못한 것을 보고 아쉬워했다.

우리는 우리대로 동점이 되어서 아쉬웠다.

그래도 1등이라는 점은 변하지 않았다.

다음으로 왕도의 학생이 도전했지만, 시아와 유파리아 학생의 기록을 추월하지는 못했다.

아마 인원수로 봤을 때 1명 정도 남지 않았을까. 이대로 가면 시아가 불 과녁 맞히기에서 공동이지만 1위가 될 수 있었다.

하지만 다음에 나타난 인물은…….

"세레이유? 아까 바람 마법 때 나오지 않았어?"

"그건 세레이유 님이 모든 부문에 참가하시기 때문이에요."

내 질문에 대답한 것은 옆에 있는 노아가 아니라 뒤쪽에서 들려온 목소리였다. 뒤를 돌아보니 유파리아 교복을 입은 여자아이가 있었다.

"그런가요?"

갑자기 말을 건 것에 놀라지도 않고 노아는 유파리아의 학생인 여자아이에게 물었다.

"본래는 마력을 아끼기 위해 한 속성에만 참가하지만, 세레이유

님은 마력도 많고, 어느 속성에서든 실력이 뛰어나셔서 모든 부문에 참가하고 계신 거예요."

"굉장하네요."

"다른 학생들이 불만을 표시하지는 않나요?"

세레이유가 들어간 탓에 참여하고 싶지만 참여하지 못한 사람도 있지 않을까.

"세레이유 님은 언제나 열심히 연습하시고, 누구보다 노력하고 있다는 걸 유파리아 학생은 모두 알고 있거든요. 세레이유 님께 불만을 품을 학생은 없어요."

그 소녀는 마치 자신의 일처럼 기뻐하며 말했다. 귀족이라는 신분이 아니라 실력으로 얻어낸 결과이기 때문에 모두가 납득하고 있다는 뜻인 것 같았다.

가르쳐 준 여자아이에게 노아가 감사의 말을 전하자 소녀는 세레이유를 응원하기 위해 그 근처로 향했다.

세레이유는 검뿐만 아니라 마법 연습도 하고 있었구나.

그런데 왜 그렇게까지 열심히 하는 거지? 그녀 정도의 신분이면 호위를 붙이면 될 텐데.

불 과녁 맞히기에 참가한 세레이유는 시아의 기록을 넘겨 불 과녁에서도 최고 기록을 세웠다. 시아는 아쉽게도 세레이유에게 패했다.

"아쉬웠네."

“네. 하지만 세레이유 님도 대단했어요.”

“아까 그 여자애가 말한 것처럼 엄청나게 연습을 한 거겠지.”

나와는 달리 매일 연습했을 것이다.

게임에서는 나도 매일 접속해서 마법을 썼다. 게임을 하며 놀았다고도 말할 수 있겠지만.

“언니가 진 건 아쉽지만 언니는 2위예요. 충분히 굉장해요.”

나도 그렇게 생각한다. 부끄러워할 성적이 아니었다. 상급생이 있는 가운데 2위는 충분히 대단한 일이었다.

그 후 불 마법 과녁 맞히기는 끝나고, 물 마법이 진행되었다. 여기서도 세레이유가 등장했다. 벌써 세 종목 연속이었다.

“세레이유, 마력은 괜찮은 걸까?”

난 곰 장비 덕분에 괜찮지만, 세레이유는 평범한 인간이었다.

“아마 마력 배분을 하고 있을 테니 괜찮을 거예요. 혹시라도 마력에 문제가 있으면 애초에 선생님이 허락을 내주지 않았을 테니까요.”

확실히 문제가 있으면 선생님이 허락하지 않았겠지.

이어서 물 마법 과녁 맞히기도 끝이 났다.

물 마법에서는 왕도 학원과 유파리아 학원의 학생들이 한 발 앞섰다.

세레이유는 그 두 사람에게 조금 못 미치는 3위로 마감했지만, 그렇다 해도 대단한 성과였다.

그리고 마지막 과녁 맞히기인 흙 마법에서는 불 마법에 이어 시아가 다시 한번 등장했고 노아가 응원했다.

역시나 이번에도 좋은 성적을 남겼지만, 세레이유에게는 패했다.

시아는 아쉬웠지만, 자신보다 나이가 많은 이들 사이에서 한 경기치고 충분히 괜찮은 성적이었다. 그리고 전체적으로 세레이유가 한 수 더 위인 느낌이었다.

555 곰 씨, 시아를 응원하다 2

과녁 맞히기가 끝나자 다음에는 사람 형태의 흙 인형이 촘촘하게 여러 개 만들어졌다.

그리고 그 흙 인형의 손에 검은색과 흰색 깃발이 들렸다. 흰색 깃발이 많고 검은색 깃발은 적었다.

선생님이 규칙을 설명했다. 흰색 깃발은 맞히지 말고 검은색 깃발만 맞혀야 한다고 했다.

이번에는 물량으로 밀고 가는 방법을 쓸 수 없었다. 정확하게 맞혀야 한다.

비슷한 사격 게임이 있었던 것이 생각났다. 경찰관이 범죄자를 권총으로 쏘는 게임이었다. 가끔씩 일반인이나 인질이 나오는데 딱 범죄자만 골라서 쏴야한다.

그에 비하면 갑자기 일반인과 범죄자가 화면에 나오는 것이 아니었기 때문에 난이도는 낮았다. 하지만 게임과 현실은 다르다. 게임은 실수로 일반인을 쏴도 점수만 깎일 뿐이지만, 현실에서는 다칠 수도 있고, 심하면 죽을 수도 있었다.

어쩌면 이는 마법을 사용하는 학생이나 보는 학생을 향해 마법은 제대로 제어하지 않으면 위험하다는 것을 알리기 위한 메시지일지도 모른다.

밀집한 흙 인형의 과녁 맞히기가 시작되었다.

바람 마법에서는 공기탄을 사용하는 학생이 많았다. 바람의 칼날을 쓰면 근처에 있는 흰색 깃발을 든 인형까지 맞혀버리기 때문이었다. 그래서 앞선 과녁 맞히기와는 출전하는 사람도 달랐다.

흰색 깃발을 든 인형에 마법을 맞히는 학생도 있었지만, 선발된 학생들이라 그런지 대부분은 검은 깃발을 든 인형에 정확히 명중시켰다.

실력의 차이는 시간의 흐름에 따라 서서히 드러났다. 시간을 들여 정성껏 과녁을 조준하는 학생이 있었다. 주로 앞선 과녁 맞히기에서 물량으로 밀어붙이는 전법을 사용한 학생들이었다. 제한 시간 내에 맞혀야 하기 때문에 시간이 오래 걸려 차이가 벌어졌다.

그렇게 생각하면 명중 보정이 있는 곰 장갑은 반칙이었다. 표적을 간략하게만 좁혀놓으면 움직이지 않아도 명중한다.

그리고 불 마법에 참여한 시아는 리듬감 있게 마법을 날려 확실하게 검은 깃발을 든 인형을 명중시켜 나갔다. 세레이유와는 한 개 차이로 패배했지만 상위권에 들었다.

세레이유만 없었다면 최고 득점도 노릴 수 있었을 텐데 아쉽다.

그 세레이유는 바람 마법, 물 마법, 흙 마법까지 연달아 좋은 성적을 남겼다.

다만 물 마법에서는 왕도와 유파리아 학생 중 조금 더 뛰어난 학생들이 있었던 탓에 순위가 밀렸다.

경기는 계속해서 진행되었고, 다음은 선생님이 하늘을 향해 날린 흙덩어리를 맞히는 경기가 열렸다.

이미지상으로는 라이플로 날아가는 과녁을 쏘는 클레이 사격 같은 느낌이었다. 게임에도 있긴 하지만 나는 해 본 적은 없었다.

이건 하늘을 나는 마물을 상정한 경기인 걸까?

지금까지 싸운 마물로는 볼 가라스와 와이번이 있었다.

검만으로는 하늘을 나는 마물을 쓰러트리기는 어려웠다. 마법을 사용해야 한다. 물론 활을 쏘는 공격 방법도 있었지만 활을 다루는 것은 어렵다.

들은 바에 의하면 활시위를 잡아당기는 것이 힘들다고 한다. 그러니 마력이 있다면 차라리 마법을 쓰는 편이 수월했다.

클레이 사격 같은 마법 맞히기가 시작되었다. 의외로 학생들은 정확히 명중시켰다. 주변에서 지켜보는 사람들에게서는 명중할 때마다 환호성이 터져 나왔고, 반대로 빗나가면 「아~」 하는 안타까운 한숨이 새어나왔다.

한 발 한 발, 목표물을 정확하게 조준해 마법을 쏘는 학생도 있었고, 기관총처럼 연속으로 마법을 날려 명중시키는 학생도 있었다.

마력이 많아서 연발할 수 있는 것이기도 하겠지만, 반대로 말해 마력 낭비라고도 할 수 있었다.

당연하지만 한방에 명중시키는 편이 마력의 소모는 적었다. 저 학생은 마력량이 많다는 이유로 제어를 소홀히 해 온 것일지도 모른다.

경기를 보고 있으려니 전직 게이머로서 손이 근질거렸다.

"유나 씨, 혹시 해 보고 싶으신가요?"

내 마음을 간파하는 노아. 혹시 표정에 다 드러났나?

곰 장갑으로 뺨을 쓱쓱 문질렀다.

"뭐, 재미있을 것 같아서."

하기야 곰 장갑에는 명중 보정 기능이 있어 너무 다 맞춰버리면 재미없을지도 모른다. 그래도 해 보고 싶은 마음이 드는 것은 게이머로서 어쩔 수 없는 본능이었다.

클레이 사격의 과녁 맞히기도 끝이 났다.

"시아와 세레이유는 느낌이 좋았어."

시아와 세레이유는 순조롭게 명중시켜 두 사람 다 상위권에 들었다. 다만 여기서도 전체적으로 세레이유가 조금 더 앞선 느낌이었다.

"저도 언니처럼 빨리 마법을 쓰고 싶어요."

"어쩌면 클리프는 앞으로 시작될 마법 공부를 위해 이번 외출을 허락해 준 걸지도 몰라."

흥미를 갖고 배우는 것과 흥미를 갖지 않고 배우는 것은 익히는 속도부터 다르다.

좋아하는 과목은 흡수가 빠르지만, 싫어하는 과목은 아무리 배워도 머리에 들어오지 않는 경우가 많았다.

못하는데도 좋아서 하는 경우도 물론 있겠지만, 그래도 뭔가를 배우려면 먼저 관심을 가지는 것이 우선이었다.

오전 종목이 끝나고, 여기서 한 번 휴식을 겸한 점심시간을 갖게 되었다.

학생들은 학원에서 준비한 점심을 먹었다.

"그럼 우리도 점심을 먹을까?"

"네."

나는 곰 박스에서 빵을 꺼냈다.

"많이 있으니까 사양 말고 먹어."

"감사합니다."

모린 씨가 만들어준 빵을 먹고 있는데 시아가 다가왔다.

"수고했어."

"언니, 수고하셨어요."

"고마워. 근데 노아가 응원해 줬는데 세레이유한테 지고 말았네. 미안해."

시아의 말에 노아는 고개를 저었다.

"언니가 사과하실 필요 없어요. 언니는 멋있었어요. 정말 존경스러워요."

"맞아, 비록 졌다고는 해도 근소한 차이였으니까."

우리의 말에 시아는 기뻐했다.

"그렇게 말해주니 기쁘지만, 세레이유는 모든 종목에 나가기 위해 일부러 힘을 조절하고 있었어."

"확실히 전체적으로 보면 세레이유가 조금 더 앞서 있는 느낌이야."

"세레이유 님은 대단하지만, 유나 씨가 나갔다면 아마 이겼을 거예요."

"확실히 유나 씨가 나갔다면 아무도 이기지 못했을 거예요."

"그건 그냥 흘려들을 수 없는 말이군요."

목소리가 난 쪽을 바라보자 세레이유가 서 있었다.

"세레이유 님?!"

세레이유의 등장에 노아가 놀랐다.

"노아. 검으로는 유나에게 졌지만 마법으로는 지지 않아요. 무엇보다 유나는 이번 교류회에 뽑히지도 않았으니, 다른 학생들보다 마법에서 더 뒤처진다는 뜻 아닐까요?"

노아는 세레이유의 말에 난처한 표정을 지었다.

나는 학생이 아니니 어떻게 말해야 할지 망설이는 것 같았다. 나로서는 딱히 왕도의 학생이 아니라는 사실을 밝혀도 상관은 없었다.

그런 마음을 아는 것인지, 아니면 아무 생각이 없는 것인지, 시아가 입을 열었다.

"그야 당연하지. 유나 씨는 왕도의 학생이 아니니까."

"그게 무슨 뜻이죠?"

"말 그대로의 뜻이야. 유나 씨는 실력은 확실하지만 왕도의 학생이 아니기 때문에 이번 교류회에는 참가하지 않았어."

"하지만 교복을 입고 있었는 걸요?"

세레이유는 내 쪽을 바라보았다.

나는 왕도의 학원 교복을 입고 있었다.

"그건, 유나 씨가 평소 입는 차림으로는 학원 안에 들어오기 어려울 것 같아서 교복을 입어달라고 부탁한 것뿐이야."

"평소 차림이라니. 딱히 어떤 옷을 입고 있더라도 시아의 지인이라면 들어올 수 있지 않나요?"

평범한 차림이라면 말이지…….

세레이유는 시아가 하는 말을 이해하지 못한 얼굴이었다.

"뭐, 그렇긴 한데. 그, 트러블도 없고, 이것저것 따지지도 않고 설명하지 않고도 들어올 수 있는 방법으로는 이게 제일이었으니까."

"여러 가지 질문을 받거나 설명을 하지 않으면 학원에 들어갈 수 없는 차림이라는 건가요? ……설마 알몸?!"

"아니야!"

나는 곧바로 부정했다.

갑자기 무슨 소리를 하는 거야. 알몸으로 바깥을 돌아다니는 사람이 어디에 있단 말인가. 그건 변태지. 곰 옷 이상으로 더 민망한 이야기가 나올 줄은 몰랐다.

"저, 세레이유 님. 유나 씨는 밖에서도 곰 옷을 입고 다니세요."

노아가 폭로했다.

딱히 숨기는 것은 아니라 상관없긴 하지만. 크리모니아에서는 꽤 알려져 있었고, 왕도에서도 곰 인형 옷차림을 하고 돌아다녔다.

다만 이번에는 시아에게 폐를 끼치지 않기 위해 교복을 입었던 것뿐이었다.

이런 변명을 하고 있으니, 정말 내가 곰 인형 옷을 입고 싶어 하는 사람이 되어 있었다. 혹시 정신도 곰에게 침식당한 건 아닐까?

"저번에 세레이유 님 집에 머물렀을 때 밤에 유나 씨가 곰 옷을 입고 계셨잖아요? 그 차림이에요."

"그 귀여운 곰 옷차림이요? 그게 평소 복장이라는 건가요?"

세레이유가 신기하다는 눈으로 나를 쳐다보았다. 그런 눈으로 보지 마.

"정말 곰을 좋아하는군요."

곰을 좋아한다는 건 부정하지 않겠다.

하지만 원해서 곰 인형 옷을 입고 있는 것은 아니라고 말하고 싶었다.

"유나가 교복을 입고 있는 이유는 알겠어요. 그렇지만 학원의 학생이 아니라는 건 놀랍군요."

"나는 일단 모험가야."

요즘은 모험가 길드에서 제대로 일한 적이 거의 없지만.

하지만 화의 나라에서 일을 했으니까 문제는 없겠지?

"……모험가. 그래서 그렇게나 강했던 거군요. 제가 안전한 곳에서 연습하고 있는 동안에도, 유나는 그 젊은 나이에 목숨을 걸고 일을 하고 있었군요. 유나가 강한 이유를 어느 정도 알 것 같아요."

아니, 내 검의 기술은 죽어도 되살아나는 게임 세계에서 손에 넣은 것이고, 모험가 일은 곰 장비 덕분에 안전하다. 하지만 그렇다고 솔직히 말할 수도 없었다.

"하지만 그런 말을 들으니 유나의 마법 실력이 괜히 더 궁금하네요."

"아쉽지만 나는 학생이 아니라서 참가할 수 없어."

"특별한 룰을 만들면 어떨까요?"

"정중히 거절할게."

"정말 아쉽네요. 참고로 유나는 무슨 마법이 특기죠?"

"못하는 건 없어. 일단 세레이유랑 마찬가지로 기본적인 마법은 다 쓸 줄 알아."

"그 이야기를 들으니 더더욱 승부를 하고 싶어졌어요."

경기 자체는 흥미롭지만 세레이유의 상대는 귀찮아서 하고 싶지 않았다.

세레이유는 아쉬운 표정으로 떠났다. 뭐 하러 온 거지?

"그러고 보니 시아는 마력은 괜찮은 거야?"

"그 정도는 괜찮아요. 게다가 마력을 회복하는 약초 차를 마시고 있거든요."

"혹시 아까부터 학생들이 마시고 있는 걸 말하는 거야?"

음식과 함께 음료도 전달되었다.

"미약하긴 하지만 마력 회복 속도가 빨라지거든요. 쉬는 시간에 조금이라도 더 회복하기 위해 마시는 거예요."

"그런 게 있구나."

나는 신성수로 만든 차를 떠올렸다.

"비슷한 차를 갖고 있는데 마실래? 마력이 회복된다고 들었어."

신성수의 차는 체력과 마력을 회복시켜준다. 나는 하얀 곰 장비 덕분에 쓸 기회가 없었다.

"마력이 회복되는 차인가요? 유나 씨가 가진 차라면 엄청 잘 회복될 것 같네요."

"피로 회복도 된다는 모양이야."

"굉장히 끌리는 제안이지만 이번에는 사양할게요. 모두가 마시는 약초의 차보다 마력이 더 회복되면 어쩐지 부정행위 같으니까요. 이번엔 모두와 같은 것으로 마실게요."

부정행위라고 한다면 섣불리 마실 수는 없지.

내 존재 자체가 이미 부정행위나 다름없는 거지만, 시아의 마음을 존중하기 위해 성수목 차는 내놓지 않기로 했다.

556 곰 씨, 시아를 응원하다 3

오후 교류회가 시작되었다.

운동장에는 거리도 높이도 가지각색인 과녁들이 세워져 있었다.

선생님의 설명을 들으니, 학생들은 말을 타고 달리며 좌우에 있는 과녁을 마법으로 맞혀야 한다고 한다. 다만 과녁 사이사이에는 맞히면 안 되는 과녁도 놓여 있었다. 즉, 큰 마법으로 한 번에 쓸어버리는 건 통하지 않는다. 게다가 말을 탄 채 일정 시간 동안 달리며 정확하게 마법을 쏴야 했다. 상상만으로도 어렵다는 것을 알 수 있었다.

"노아는 말을 탈 수 있어?"

옆 의자에 앉아 있는 노아에게 물었다.

"말이요? 그렇게 잘 타진 못하지만 탈 수는 있어요. 만약의 일이 생겼을 때 말을 타지 못하면 곤란하니까요."

역시 귀족 영애다웠다.

"하지만 전 말보다 곰돌이와 곰순이를 더 잘 타요. 말은 떨어질 것 같아서 무섭지만 곰돌이랑 곰순이는 절대 떨어지지 않으니까요."

아, 그건 곰돌이와 곰순이의 능력 덕분이었다. 나도 그게 없었으면 못 탔을지도 모른다. 탔다 해도 떨어졌을 가능성이 높았겠지.

노아와 대화를 나누는 사이 준비가 끝나고 첫 번째 참가자가 경기를 시작했다.

학생은 말을 달리면서 오른손을 좌우로 흔들어 과녁에 맞혔다.

대부분의 마법사들은 주로 쓰는 손으로 마법을 발동한다. 나도 주로 쓰는 오른손으로 공격 마법을 사용하는 경우가 많았다.

젓가락을 쥔 손, 공을 던지는 손, 때리는 손, 무기를 쥔 손, 뭐든지 그렇지만 주로 쓰는 손이 더 쉽다. 그것은 마법도 마찬가지다.

과녁은 한 손으로 대처하기 어려운 곳에 있는 경우도 있었다. 동시에 쏘지 않으면 맞힐 수 없는 과녁도 있었다.

선생님들도 그걸 알고 저렇게 배치한 거겠지. 성가신 배치이자 흥미로운 배치였다.

맨 처음 참가한 학생은 한쪽밖에 명중시키지 못했다.

두 번째 참가자는 지팡이를 들고 있었다.

학생은 지팡이를 좌우로 휘두르며 과녁을 맞혀나갔다. 생각보다 명중률이 높았다. 학생이 대단한 건지 지팡이 성능이 좋은 건지는 모르겠지만, 예상 밖의 결과였다.

이 마법 교류회에 참가하는 학생들은 말을 타는 연습도 했는지 말을 다루는 솜씨도 뛰어났다.

그보다 이 말은 왕도에서 데려온 건가? 유파리아 학원이 준비한 말이라면 그 말로 연습해 온 유파리아 학생들이 더 유리해진다.

동물에게도 버릇이나 성격에 차이가 있다. 그것을 아느냐 모르느냐에 따라 타는 방법도 달라진다.

하지만 겉으로 보기엔 각각의 학원이 준비한 말을 타고 있는 것처럼 보였다.

그리고 차례차례 학생들이 도전하고, 곧 시아의 차례가 왔다.

"언니다! 언니, 힘내세요!"

시아는 말을 타고 고삐를 잡았다.

오, 멋있다. 같은 팀이라 팔이 안으로 굽는 것일 수도 있지만, 정말 잘 어울렸다.

시아가 스타트 위치에 섰다. 곧 선생님의 신호에 따라 달리기 시작했다.

말을 타며 시아는 흙 마법으로 과녁을 맞혀나갔다.

"시아, 말 잘 타네."

"크리모니아에 있을 때부터 언니는 말을 잘 탔어요."

시아는 두 손으로 마법을 날려 정확하게 과녁을 명중시켰다.

"잘한다."

시아가 타는 말은 질주해 골인했다.

안타깝게도 딱 한 발, 맞히면 안 되는 과녁에 맞히고 말았다.

그게 아니었다면 퍼펙트였을 텐데 아쉽다.

그리고 세레이유도 등장해 상위권의 성적을 거뒀다.

역시 그녀도 잘한다.

말을 탄 경기가 진행되고, 과녁에 맞을 때마다 환호성이 터지고, 과녁을 벗어나면 한숨이 나왔다. 그리고 마지막 학생도 끝나고, 승마 과녁 맞히기 경기는 종료되었다.

이것으로 모든 경기가 끝나고, 각 부문의 종합 상위 3명이 상을 받았다. 세레이유는 바람, 불 두 가지 속성의 과녁 맞히기에서 1위를 차지했고, 흙에서는 2위, 물에서는 3위였다.

전 부문에서 상위권에 든 것은 세레이유뿐이었다.

물론 전 부문에 참가한 것도 그녀뿐이었지만.

"시아도 열심히 했네."

"네."

시아는 과녁 맞히기 경기에서 불 2위, 흙 3위로 좋은 성적을 거뒀다.

종합적으로 보면, 상을 받은 인원은 왕도쪽이 더 많았다.

그리고 두 학원은 표창을 받은 학생을 칭찬하며 박수를 보냈다.

"만약 유나 씨가 참여했다면 어땠을까요?"

곰 장비만 있으면 좋은 성적을 낼 수 있었을 거라고 생각했다. 다만 문제는 말에 올라타서 과녁을 맞히는 경기였다. 말을 타 본 적 없는 나는 달리는 말 위에서 과녁을 맞히는 건 불가능했을 것이다.

"말을 못 타니까 애매하네. 그 외라면 이길 수 있을 것 같은데."

곰돌이랑 곰순이를 타도 되는 거라면 의심할 여지없이 1위를 휩쓸 수 있었을 것이다.

“말을 타는 건 어렵죠. 그래도 유나 씨가 나오는 것도 보고 싶었어요.”

나도 해 보고 싶긴 하지만, 마력은 치트고 명중 보정도 되어 있었다. 그런 내가 참가해서 우승이라도 하면 성실하게 연습해 온 학생들에게 실례가 될 것 같았다.

시아는 같은 왕도 학생들과 축하 인사를 나눈 뒤 우리 쪽으로 돌아왔다.

“시아, 축하해.”

“언니, 축하해요.”

“고마워요. 하지만 세레이유에게 지고 말았어요. 내년에는 세레이유를 이길 수 있도록 노력할게요.”

내년은 왕도에서 열린다고 하니까 그때는 피나도 데려와야겠다.

“그러고 보니 마지막에 시합 같은 걸 한다고 들었는데.”

그런 시합 같은 건 없었다.

“그건 내일이에요.”

“내일?”

“네, 내일이요.”

“내일도 있어?”

“있어요. 말 안 했었나요?”

시아는 말을 끊었다. 나는 옆에 있는 노아를 바라보았다.

"노아도 들은 적 없지?"

"편지에 적혀 있어서 알고 있었어요."

아무래도 모르고 있었던 건 나뿐인 모양이었다.

첫째 날에는 경기 같은 개인 종목을 하고, 둘째 날에는 다른 것을 한다고 했다.

이제부터 반성회와 내일에 대한 이야기를 해야 한다며 시아는 돌아갔고, 교대하듯 세레이유가 우리에게 다가왔다.

"시아는 돌아갔군요. 조금 늦었네요."

세레이유는 상을 받았다. 그 탓에 학생들에게 둘러싸여 이제서야 빠져나온 모양이었다.

"일단 축하한다는 말은 해 둘게."

"세레이유 님, 축하합니다."

"고마워요. 그래도 진 시합도 있으니까요. 한 가지 속성에 특화된 사람은 좀처럼 이기기 어렵네요."

역시 모든 경기에서 이기는 것은 어렵다. 나도 말을 타고 과녁을 맞히는 경기는 이길 수 없을 것이다. 곰돌이와 곰순이를 타도 된다면 이길 수 있지만. 사람마다 잘하는 것과 못하는 것이 있고, 한 가지를 깊게 파온 사람을 이기는 것은 쉽지 않았다. 폭넓게 힘을 키우는 것보다 하나를 잘하는 게 더 유리할 때도 있다.

"언니가 이겼으면 더 좋았겠지만요. 세레이유 님도 내년에는 더 힘내세요."

"내년에…… 그렇죠. 내년을 위해 연습을 더 해야겠어요."

세레이유는 잠시 무언가 생각하는 표정을 짓더니 노아의 말에 미소를 지었다.

"무슨 일인가요?"

"아니요, 아무것도 아니에요. 목표는 전 부문 1위입니다."

세레이유는 내년을 향해 선언하듯 말했다.

"그럼 저도 이만 갈게요. 내일도 보러 와주세요."

세레이유는 유파리아 학생이 있는 곳으로 돌아갔다.

관객들도 돌아가기 시작해서 우리도 숙소로 돌아가기로 했다.

"재미있었어."

"네. 여러 가지 마법을 볼 수 있어서 공부가 됐어요."

마법의 형태에도 여러 가지가 있다. 자신이 가장 상상하기 쉬운 형태를 만들어서 쏴야 한다. 그렇지 않으면 힘을 제대로 발휘하지 못한다. 신참 모험가인 여자아이도 그 부분에서 애를 먹고 있었다.

그리고 교류회 둘째 날.

나는 다시는 입을 일이 없을 거라 생각했던 교복을 다시 한번 입고 학원으로 향했다.

학원 앞 입구에는 시아와 세레이유의 모습이 있었다.

"유나랑 노아, 좋은 아침이에요."

"유나 씨, 노아, 안녕."

"언니, 세레이유 씨, 안녕하세요."

"둘 다 기다려 준 거야?"

"오늘은 다른 장소에서 열린다는 걸 알려주는 걸 깜빡해서 기다리고 있었어요."

"저는 시아가 있는 게 보여서 함께 기다리고 있었어요."

들어 보니 오늘은 학원 내에 있는 호숫가에서 열린다고 한다. 그래서 안내를 위해 기다리고 있었다는 것이다.

"호수에서 뭘 하는 거야?"

"제작 마법이요."

"제작 마법?"

"간단히 말하면 마법으로 작품을 만들어서 모두에게 보여주는 거예요."

"그걸 누가 판단해서 우열을 가리는 거야?"

"아니요, 이번에는 평가는 없어요. 순수하게 자신이 떠올린 걸 만들어서 보는 사람을 즐겁게 해 주는 거예요."

승부를 벌이는 것이 아니라, 마법으로 만들어낼 수 있는 것을 만들어서 선보이는 것뿐이라고 한다.

"언니는 뭘 만드실 건가요?"

"그건 다 만들기 전까지는 비밀이야."

호숫가로 향하는 것은 우리뿐만이 아니었다. 학생들과 관객들도 같은 방향으로 향하고 있었다.

어제 있었던 운동장 옆을 지나 호숫가에 도착했다.

"그럼 저희는 갈게요. 즐거운 시간 보내세요."

시아와 세레이유는 각자의 학원 학생들이 있는 곳으로 갔다.

우리는 구경할 만한 곳을 찾아 의자를 꺼내 관람 준비를 마쳤다.

그리고 잠시 후 선생님이 앞으로 할 일에 대해 설명했다. 내용은 시아와 세레이유에게 들은 대로였다. 마법을 써서 자유롭게 원하는 것을 만드는 것.

호수에는 작은 부두가 있었고, 한 명의 학생이 그곳으로 이동했다.

학생은 호수의 물을 이용해 물 마법을 사용했다. 자신의 마력을 물로 변환할 수도 있지만 그렇게 되면 마력 소모가 크다. 하지만 가까운 곳에 있는 물을 사용하면 마력 소모를 줄일 수 있었다. 그건 흙 마법에서도 마찬가지다. 땅의 흙을 이용해 벽을 만드는 것과 자신의 마력으로 흙의 벽을 만드는 것은 달랐다.

학생은 물을 퍼올려 형태를 만들어 나가기 시작했다. 물은 모양을 바꾸며 동물처럼 보이는 형상이 되었다. 주위에서는 박수가 터졌다.

"음, 저건 울프일까요?"

노아가 물로 만든 동물 형상을 바라보았다. 확실히 울프 같았다. 마법은 이미지를 통해 만들어지는 것이었다. 모양이 선명할수록 상상하는 능력이 높다는 뜻이었다.

물 마법으로 울프를 만든 학생은 고개 숙여 인사하고 부두를 떠났다. 그리고 두 번째, 세 번째로 물 마법을 사용한 예술 작품이 등장했다.

우열을 굳이 가린다면 우선 크기다. 당연한 말이지만 물의 양이 늘어나면 그만큼 쓰이는 마력량도 많아진다. 그리고 모양이 선명할수록 상상하는 능력이 높고 마법을 잘 다룬다는 의미였다.

그 두 가지를 모두 갖춘 사람이야말로 우수한 마법사라고 할 수 있었다.

사람의 형태를 만드는 학생, 물을 뱀처럼 다루는 학생, 물고기 모양을 여러 개 만들어 하늘로 날린 학생도 있었다. 저건 좀 아름다웠다. 근데 왜 물고기였을까? 새로도 충분했을 것 같은데.

"물이니까 물고기가 더 어울리지 않을까요?"

확실히 물이라면 새보다는 물고기 이미지가 더 잘 떠올랐다. 하지만 하늘을 난다고 하면 새의 이미지가 더 잘 떠올랐다.

그 후에도 물 마법을 사용한 예술 작품들이 줄줄이 이어졌다.

"물이 꾸불꾸불 움직이는 게 정말 신기했어요. 아, 빨리 저도 마법을 쓰고 싶어요. 그러면 유나 씨처럼 곰돌이를 만들어보고 싶어요."

나는 곰 장갑에 마력을 모아 작은 물방울을 만들어 곰 모양으로 변형시켰다.

"후후, 귀여워요."

노아가 물로 만든 곰을 만졌다.

노아의 손끝이 곰의 물속으로 들어갔다.

내가 마력을 멈추자 곰으로 된 물은 무너지고, 물이 되어 땅에 떨어졌다.

"아, 물로 돌아가 버렸어요."

마력을 멈추면 형태를 유지할 수 없으니 물로 돌아간다.

그 사이에도 학생에 의한 제작 마법은 계속되었고, 곧 세레이유가 등장했다.

무엇을 만들까 싶어 보고 있는데, 세레이유는 우리에게 등을 돌렸다.

호수를 향해 손을 뻗자 호수의 물이 떠오르며 형태가 서서히 완성되었다.

호수 위에 거대한 꽃 한 송이가 피어났다.

"아름다워요."

세레이유가 만든 것은 거대한 꽃이었다.

물로 만든 꽃은 섬세했고, 햇빛에 반사되어 아름다웠다.

관객들에게서 박수가 터져 나왔고 물의 꽃은 곧 호수 안으로 다시 떨어졌다.

몇십 초뿐이었지만, 모두의 마음속에 깊이 남았다.

557 곰 씨, 곰이 만들어지다

물 마법 공연이 끝나고, 이번에는 바람 마법으로 진행되었다.

바람 마법은 물 마법과 달리 눈에 보이는 형태를 만들어내기 어렵다. 그래서 호수를 향해 바람의 칼날을 날렸다. 바람의 칼날은 하나의 선을 만들어 냈다. 두 줄, 세 줄. 잘하는 학생은 원을 만들거나, 작지만 소용돌이를 만들거나, 호수 캔버스에 그림을 그리기도 했다.

"이건 좀 뒤에서 보는 게 좋겠네."

뒤쪽은 바닥이 높아서 호수 표면이 잘 보였다. 다른 사람들도 다들 이동을 하고 있었다. 그것을 따라 우리도 이동했다.

"잘하네요."

빠르게 그리지 않으면 선이 금세 사라지니 재빠르게 그려야 한다. 주로 도형을 그리는 학생이 많았다. 뭐, 당연히 복잡한 그림은 무리겠지. 바람은 한번 날려보내면 방향을 바꾸는 것은 거의 불가능에 가까웠다. 날리는 순간에 휘어지게 해서 커브를 만들 수는 있었다. 그것을 응용해서 원을 그린다. 한 바퀴는 어려우니 좌우로 팔을 휘둘러 반원을 그리면 깔끔한 원이 생기고, 마지막에는 바람 마법끼리 부딪치며 물보라가 일어났다. 그것도 연출이 되어 무척 아름다웠다.

그 후에도 학생들이 생각한 도형 아트가 호수 위 캔버스에 펼쳐졌다.

운동장에서도 할 수 있겠지만, 물 위라 그런지 더 아름다워 보였다.

호수에 있는 생물들에게는 마른하늘에 날벼락이겠지만.

뭐, 이 정도로 마법을 사용하면 물고기들은 다 도망갔겠지.

유파리아 학생은 호수가 있으니 연습할 수 있었겠지만, 왕도의 학생은 수영장 같은 곳에서 연습한 걸까?

마지막에는 세레이유가 나와 수면 위에 예쁜 꽃문양을 만들었다.

"역시 세레이유네."

"아까 물로 만든 꽃도 예뻤지만, 바람 마법으로 만든 꽃도 예뻤어요."

물 마법 때도 꽃이었고, 작품들이 하나같이 소녀 취향이었다.

내가 만들면 다 곰이 될 것 같았다.

바람 마법이 끝나고 다음으로 진행된 것은 불 마법이었다.

불은 형태를 만들기 어려운지 고심하는 학생이 많았다.

평범하게 생각해도 불로 모양을 내는 것은 어렵다.

나는 곰 인형 장갑에 마력을 모아 곰 모양의 불을 만들어냈다.

"곰 씨네요."

옆에 있던 노아가 불의 곰을 보고 놀랐다.

"쉽게 만들 수 있어요?"

"머릿속 이미지를 얼마나 잘 조종하느냐에 달렸지."

"이미지……."

노아는 자신의 손을 바라보았다.

"그러니까 내가 떠올리기 쉬운 이미지가 최고야. 모처럼이니까 다른 애들이 만든 걸 참고해 봐도 좋고."

"네."

노아는 다시 호수를 바라보았다.

학생들은 각자 자신이 떠올리기 쉬운 모양을 불로 형성해 나갔다.

"멋있어요."

불의 울프가 나왔을 때는 환호성이 터졌다.

파이어 울프라는 건가.

이걸 이미지화하는 건 꽤 어려울 것 같았다.

전투 중에 파이어 울프를 만들기는 어렵겠지만, 상상력을 단련하기에는 좋을지도 모른다.

그리고 매번 메인을 장식하는 세레이유가 등장했다.

세레이유는 무수한 불의 새들을 만들어 날려 관객들을 흥분시켰다.

파이어 버드다.

불의 새가 자유롭게 날아다녔다.

모두의 시선이 날아다니는 붉은 새에게 사로잡혔다.

마지막으로 불의 새는 사라지고, 세레이유는 인사를 하며 마무리했다.

역시 그녀는 굉장하다.

"언니는 안 나왔네요."

"응, 다른 마법으로 나오려는 거 아닐까?"

불 마법에 시아는 나오지 않았다. 하지만 제작 마법에 나오지 않는다는 말은 못 들었으니 아마 다음으로 진행될 흙 마법에서 나올 것이다.

마지막으로 흙 마법이 진행되었다. 흙 마법은 어떻게 할까 싶었는데, 호수 앞에서 하는 모양이었다.

흙 마법이 이번의 메인인지, 학생들이 일제히 옆으로 늘어섰다. 그중에는 시아와 세레이유의 모습도 있었다.

"언니예요."

각각의 학생이 일제히 흙으로 자신만의 작품을 만들어갔다. 학생들이 동시에 만드는 탓에 주위의 분위기는 더더욱 달아올랐다.

"앗! 언니가 곰을 만들고 있어요."

정말이다. 흙 마법으로 다양한 것들을 만드는 학생들 사이에서 시아는 곰 장식물을 만들고 있었다.

게다가 사실적인 곰이 아니라 내가 만든 것처럼 귀여운 곰이었다.

"윽, 분해요. 곰 씨는 제가 먼저 만들려고 했는데."

방금 선언한 지 얼마 안 됐는데, 시아가 먼저 곰을 만들어버린 탓에 노아가 입술을 삐쭉 내밀었다.

모두가 흙으로 만든 작품을 완성하자 박수가 터져 나왔다.

의외로 반응이 좋은지 시아가 만든 곰 앞에는 사람들이 모여 있었다.

참고로 세레이유는 마력을 아끼기 위함인지 따로 참여하지는 않았다.

그리고 마지막에는 작품들이 허물어져 안타까워하는 소리가 나왔다.

이로써 호수에서의 제작 마법 발표가 끝나고, 운동장으로 이동하게 되었다. 우리도 운동장으로 이동하려고 하는데, 시아가 다가왔다.

"언니, 너무해요. 왜 먼저 곰 씨를 만들어버린 거예요?!"

"무, 무슨 말이야?"

갑자기 노아에게 그런 말을 들은 시아는 당황했다.

나는 조금 전 노아와 나눴던 대화를 시아에게 알려주었다.

"노아가 마법을 배우면 만들 생각이었던 걸 시아가 먼저 만들었대."

"언니는 치사해요!"

"근데 왜 곰으로 한 거야?"

"사실 학원제 때 유나 씨가 만들어준 곰을 보고 연습했거든요."

학원제 때 솜사탕을 잘 팔라는 뜻에서 홍보용 곰 장식물을 만들어준 일이 떠올랐다.

"그래서 노아가 보면 기뻐할 줄 알고 만든 건데, 미안해."

시아는 노아의 머리를 쓰다듬으며 사과했다.

그래서 지금까지 비밀로 하고 있었던 거구나.

"그런 말을 들으면 화를 낼 수가 없잖아요. 언니가 만든 곰 씨, 귀여웠어요."

"결국 둘 다 똑같은 취향이라는 거네."

"유나 씨에게 영향을 받아서 그런 거라고 생각해요."

그런 말을 들어도 곤란하다.

그렇지만 노아가 곰을 좋아하게 된 것도, 시아가 곰 장식물을 만든 것도 내 영향이 아니라고 완전히 단언할 수는 없었다. 노아가 곰을 좋아하게 된 것은 틀림없이 내 영향이었다.

나는 말을 돌리기 위해 다른 말을 꺼냈다.

"그래서 다음에는 뭘 하는 거야?"

"다음은 단체전이에요. 학원 전체가 모여서 시합을 해요."

어제 말했던 거구나.

마법 교류회의 마지막 무대가 되는 모양이었다.

시아의 설명에 의하면 우선 자신의 진영에 깃발을 세운다. 그리고 불태우거나 자르거나 부딪치거나 어떤 방법을 써도 상관없으니 마법으로 그 깃발을 쓰러트리면 된다. 그리고 상대측은 그 깃발을 마법을 사용해 지켜야 한다.

그런 시아의 설명을 들으며 운동장에 도착했다.

운동장의 양 끝에는 깃발이 6개씩 서 있었다.

그 여섯 개의 깃발들은 각각 거리를 두고 떨어져 있었고, 깃발 주위에는 원형으로 된 흰색 선이 그려져 있었다.

수비 측은 그 원 안에 한 명씩 들어가 공격 측으로부터 깃발을 지켜야 했다.

"그런 거라면 공격 측 전원이 하나에 집중해서 공격할 수 있으니까, 공격 측이 유리한 거 아냐?"

"룰이 있어요. 공격 측도 한 명만 깃발을 노려야 해요. 2명 이상 공격하는 건 안 돼요. 다만 예외가 있어요."

들어 보니 공격 측이 깃발을 쓰러뜨린다면 쓰러뜨린 자는 운동장에서 나가야 한다. 그리고 깃발을 빼앗긴 수비 측 학생은 공격 측으로 돌아갈 수 있고, 2명이 함께 공격을 실시할 수 있다고 했다.

그리고 2명이 공격을 해 깃발을 쓰러뜨릴 경우, 공격을 한 2명의 학생 역시 운동장에서 나가야 한다.

즉, 깃발이 쓰러질 때마다 인원수가 줄어드는 구조였다.

주전 멤버를 공격 측에 두면 수비 측이 약해진다. 반대로 하면 공격 측이 약해져서 깃발을 쓰러뜨릴 수 없게 된다.

게다가 깃발을 쓰러뜨리면 운동장에서 나가야 한다는 규칙이 예측을 더 어렵게 만들었다. 방어력이 약한 학생에게 공격력이 강한 학생을 붙이면 공격력이 강한 학생을 내보낼 수 있었다.

비슷한 게임이 있었던 것이 떠올랐다.

얼마나 작은 힘의 차이로 이기느냐가 승부의 갈림길이 된다.

이건 제법 머리를 써야 하는 게임이네. 깃발을 빼앗긴 학생이 어느 학생에게 가세하느냐에 따라서도 달라질 것이다.

교류회의 마지막으로서는 재미있는 시합이었다.

설명을 마친 시아는 학생들이 있는 곳으로 돌아갔다. 나와 노아는 견학할 장소를 확보하기 위해 이동했다.

"근데 이런 실전적인 것도 하는구나."

"실전적인가요?"

"수비 측은 깃발을 호위하는 사람. 공격 측은 적의 리더를 쓰러뜨리는 사람 아니야?"

"그렇게 생각하면 확실히 그런 것도 같네요."

나와 노아는 운동장 전체를 볼 수 있는 장소를 확보했다.

운동장을 바라보자 서로의 학원 선생님이 대화를 나누고 있었다.

뭔가 실랑이를 벌이는 건가. 아니, 실랑이라기보다는 어떻게 해야 할지 상의하는 듯한 느낌이었다.

"무슨 일일까요?"

여기에서는 무슨 말을 하는지까지는 알 수 없었다.

선생님이 시아와 다른 여학생이 있는 곳으로 이동하더니 무언가 이야기하기 시작했다. 그러자 시아가 선생님을 데리고 다른 학생에게서 조금 벗어났다. 그리고 선생님과 대화하며 우리 쪽을 힐끗 바라보았다. 선생님도 바라본다.

뭐지?

“언니가 우리 쪽을 보고 있네요.”

확실히 보고 있었다. 선생님과 대화를 마친 시아가 우리에게 찾아왔다.

그리고 입을 열었다.

“저기, 유나 씨. 혹시 이 단체전 시합에 참가해 주실 수 있을까요?”

“……내가?”

“네.”

단체전 시합은 남녀로 나뉘어 진행된다. 그리고 여자 12명 대 12명으로 시합을 하게 된다.

공격 측 6명, 수비 측 6명으로 총 12명.

하지만 조금 전의 제작 마법 발표 때, 마력을 과하게 사용한 탓에 참가할 수 없게 된 학생이 생긴 모양이었다.

그래서 인원을 어떻게 할지 논의하고 있었던 것이다.

왕도의 학원 인원에 맞출지, 왕도가 한 명 적은 인원으로 시합을 치를지 논의를 했다.

유파리아 학원 쪽은 인원을 줄이고 싶지 않았다. 원래 참가할 수 있는 학생이 참가할 수 없게 되는 셈이니까. 그건 피하고 싶을 것이다. 하지만 한 명 적은 왕도의 학원을 상대로 경기를 하는 것도 불공평하다고 생각했다.

"그래서 유나 씨가 참가해 주실 수 없을까 해서요."

시아가 미안한 얼굴로 말했다.

"하지만 그 외에도 대체할 학생이라면 있잖아."

"다른 학생들도 마지막이라고 생각해서 조금 전 마법 발표 때 마력을 다 써버린 모양이에요. 그래서 만전의 상태가 아니라며 거절했어요."

"그래도 참가는 할 수 있지 않아?"

"솔직히 말하자면, 누구도 자신 때문에 졌다는 소리를 듣고 싶지는 않아서 그럴 거예요."

교대로 나갔다가 손쉽게 져버리기라도 하면 뒤에서 무슨 말을 들을지 알 수 없었다.

게다가 왕도로 돌아가면 부모님이나 친구, 아는 사람에게 시합에 대해 이야기해야 한다.

자신 때문에 졌다고 하면 말하고 싶지 않아질지도 모른다.

"그래서 이것 말고는 방법이 떠오르지 않아서요. 적당히 참가하셔도 상관없어요."

그런 말을 들어도 곤란하다. 일단 참가하면 적당히 할 수는 없었다.

전 게이머인 나는 이런 게임 같은 것을 좋아한다. 어제부터 해보고 싶다는 마음은 있었다. 참가하면 성실하게 참여할 내 모습이 쉽게 떠올랐다.

무엇보다 지는 것을 싫어하는 성격상 봐주는 것은 불가능했다. 틀림없이 대놓고 마법을 쓸 것이다.

"하지만 난 학원의 학생이 아니야. 금방 들킬 거야."

그게 가장 큰 문제였다.

"그건 괜찮아요. 학원에는 많은 학생이 있으니 전원의 얼굴과 이름을 기억하는 학생은 없어요. 그리고 이번 인솔은 슈그 선생님이라 유나 씨의 얼굴도 알고 있고요."

"슈그 선생님?"

이름을 들어도 기억에는 없었다.

"유나 씨와 한 번 만났어요."

들어보니 시아 일행의 실습 훈련 호위를 할 때 인사를 나눈 선생님이라고 했다.

운동장에 있는 남자를 보자 확실히 그때의 선생님인 것 같기도 했다.

"어머님이 유나 씨에게 무슨 일이 생겼을 때 선생님께 상담하라고 하셨거든요."

"……엘레로라 씨."

내가 무슨 일을 일으킬 거라고 생각해서 보험을 들어둔 모양이었다.

고맙긴 하지만, 날 트러블 메이커라고 생각하고 있는 거 아닌가?

"그러니까 슈그 선생님은 유나 씨를 알고 있으니까 괜찮아요."

"그렇다면 내가 학생이 아니라는 게 더 확실해지는 거잖아?"

모험가로서 인사했었으니까.

"괜찮아요. 알고 계시고, 허가도 받았어요."

아까 선생님이랑 얘기했던 게 그거였던 건가.

"하지만."

나의 힘은 치트다. 열심히 연습해 온 학생들 사이에 섞여도 되는 것일까.

"유나 씨, 저도 유나 씨와 언니가 함께 열심히 하는 모습을 보고 싶어요."

노아까지 그런 말을 꺼냈다.

나도 어제부터 시아 일행의 경기를 보고 해 보고 싶다는 생각은 하고 있었다.

"유나 씨, 부탁드려요."

시아가 손을 꼭 잡아왔다.

거절하는 것은 쉽다. 하지만 교류회의 마지막을 제대로 마무리하지 못한다면 시아도 마음이 좋지 않을 것이다.

"알았어. 하지만 난 힘을 빼거나 적당히 할 수는 없으니까 깃발을 지키는 쪽으로 해 줘. 괜히 공격 측에 있다가 큰 마법을 쓰면 위험하니까."

깃발을 지키는 것뿐이라면 상대방의 역량에 맞출 수 있었다. 공격 쪽으로 들어갔다가 일부러 약하게 쏜 마법을 누가 막아내기라도 하면, 오기가 생겨서 나도 모르게 더 강한 마법을 써 버릴 것 같았다.

"유나 씨, 감사해요."

시아가 기뻐했다.

"그래서 유나 씨. 이름은 어떻게 할까요?"

"이름?"

"학원제 때처럼, 유우나라고 할까요? 선생님은 이름을 알고 계시지만, 학생들은 모르니까요."

확실히 시아의 말이 맞았다. 근데 다시 들어도 과연 그걸 가명이라고 할 수 있는 걸까. 급하게 떠올린 거라고는 해도 센스가 너무 부족했다.

"그래. 유우나로 부탁해."

학생복을 입고 있는 나는 유우나라는 이름을 쓰기로 했다.

"알겠습니다. 그럼 유우나 씨, 가죠."

"언니, 저도 가까이 가서 봐도 될까요?"

"좋아."

"감사합니다."

나와 노아는 시아를 따라 운동장으로 향했다.

558 곰 씨, 교류회에 참가하다

노아와는 운동장 옆에서 헤어지고 시아는 나를 운동장으로 데려갔다.

"슈그 선생님, 데리고 왔어요. 참가해 준대요."

남자 교사 앞으로 왔다.

가까이서 보니 기억이 났다.

확실히 시아 일행의 호위 이야기를 들었을 때의 선생님이다.

"감사합니다. 덕분에 살았습니다."

선생님은 감사의 말을 하고는 내 얼굴을 보고 나서 손과 발에 시선을 돌렸다.

"정말로, 그때 그 곰 옷을 입고 있던 분이군요."

"그 부분은 비밀로 해 주세요."

내 모습이 곰 옷이라는 것은 비밀이었다.

"그런데 정말 제가 참가해도 괜찮은 건가요?"

"일단 유파리아 선생님의 허락은 받았습니다. 아마 괜찮을 겁니다. 유나 씨가 학생으로 보이지 않는 얼굴이었다면 아마 허락해 주지 않았을 테고요. 지금 말하긴 그렇지만, 유나 씨는 다른 학생들보다 어려보이거든요."

그래, 내 키는 작았다.

성장기다. 앞으로 여기저기가 커질 거라고.

"게다가 이건 마법 교류회입니다. 서로의 마법의 기술을 보여주고 향상시켜 나가는 것이 목적이죠. 또래의 유나 씨가 학생들의 본보기가 되어 향상의 계기가 되어 주었으면 합니다."

향상.

그게 이번 교류회의 목적이었다.

"게다가 유파리아 학원에는 세레이유 님이 계시니까요."

"세레이유를 이겨달라는 건가요?"

"그런 마음이 아예 없다고는 말하지 않겠습니다. 다만 블랙 타이거를 쓰러뜨렸다는 당신이 나와 준다면 재미있을 거라고 생각했습니다. 게다가 강한 사람이 한 명 있다고 해도, 승패가 어떻게 될지는 아무도 모릅니다."

확실히 그 룰이라면 강한 사람이 한 명 있다고 해도 반드시 이길 수 있는 것은 아니었다.

"그럼 저쪽 선생님께 확인을 받고 올 테니 기다려 주세요."

선생님은 유파리아 선생님께 가서 대화를 나누고 곧바로 돌아왔다.

"허가는 받았습니다."

쉽게 받은 모양이었다.

"포슈로제 가문이 신임하고 있는 또래의 강한 마법사, 라고 전했더니 문제없다고 하더군요. 상당히 자신이 있는 것 같았습니다."

뭐, 세레이유가 있으니까.

게다가 그 밖에도 마법을 잘하는 학생은 많이 있었다.

"시아 씨는 다른 학생들에게 소개한 뒤에 유나 씨에게 간단한 규칙 설명을 해 주세요."

"선생님, 유나 씨는 학생으로 소개해도 될까요?"

"그렇군요. 그 편이 혼란이 적어 좋겠군요."

교복을 입고 있으니 확실히 설명이 복잡해질 수도 있었다. 시합 전에 굳이 혼란을 일으킬 필요는 없었으니까.

처음에 시아와 논의한 대로 시아 친구의 학생이라는 신분으로 참여하게 되었다.

"아, 선생님. 그리고 여기서는 유우나라는 이름으로 소개할 거니까 그렇게 부탁드려요."

"유우나요?"

선생님은 고개를 갸우뚱했다.

시아와 나는 가명에 대한 이야기를 했다.

"딱히 가명 같은 느낌은 들지 않네요."

나도 그렇게 생각한다.

"일단 알겠습니다. 그럼 유우나 씨를 잘 부탁드립니다."

나와 시아는 학생들이 있는 곳으로 이동했다.

학생복을 입은 여자아이 10명이 내게 시선을 향했다. 조금 긴장된다.

“시아, 소개해 줄래? 며칠 전 세레이유 님과 시합하던 여자애 맞지?”

“맞아, 그녀는 유…… 유우나야.”

시아가 가명으로 소개해 주었다.

“유우나입니다. 시아의 친구예요. 이번에는 시아의 응원으로 왔다가 참가하게 되었습니다.”

일단 초면이라 정중하게 인사했다.

“지난번 시합 봤어. 그 세레이유 님을 이기다니 굉장하네.”

“너처럼 강한 여자가 있었다니.”

나는 곧 여자아이들에게 둘러싸였다.

다들 가깝다. 여태 아이들에게 둘러싸이는 일은 종종 있었지만, 또래의 여자아이에게 둘러싸이는 일은 거의 없었다. 그래서 조금 긴장됐다.

“자자, 다들 떨어져. 이제 시합이잖아. 유우나라고 했지? 특기 마법은?”

연상의 리더로 보이는 여자아이가 내 주위에 있는 여자아이를 떼어놓고 물었다.

“대부분 다 쓸 수 있어요. 시아한테 깃발을 지키라는 말을 들었고요.”

내가 한 말이지만, 시아가 부탁한 것으로 해 두었다.

“그래. 빠진 아이도 깃발을 지키는 역할이었으니까 그대로 해도 문제는 없겠네."

"깃발을 쉽게 빼앗겨도 너무 걱정하지 마. 우리들이 그만큼 더 열심히 할 테니까."

생각했던 것보다 다들 호의적으로 나를 받아주었다.

보통은 갑자기 이런 애가 오면 불평을 하는 사람이 한 명쯤은 있을 줄 알았는데. 혹시 귀족인 시아의 존재 덕분일까?

그 후 시아에게서 들었던 규칙에 대한 설명을 모두에게서 한 번 더 들었다.

"문제는 세레이유 님이야. 나한테 오면 어쩌지?"

"약한 곳으로 가주면 행운이지."

"윽, 너무하네."

주위에서 웃음소리가 터져 나왔다.

딱히 무시하는 느낌도 아니었고, 그 말을 들은 본인도 웃고 있었다.

"하지만 세레이유 님이 간다고 하면 루주 쪽일지도 몰라."

이야기를 들어보니 루주라는 아이가 수비 쪽에서 가장 강하다고 했다.

"전 유우나 씨를 노릴 가능성도 있다고 생각해요. 요전 번 리벤지라는 의미로."

"확실히 그럴 수도 있겠네."

"하지만 검과 마법은 별개잖아."

"유우나에게는 미안하지만, 유우나를 노려준다면 세레이유 님이 빨리 사라져 줄 테니까 오히려 좋은 일이야."

아무래도 나는 전력에 들지 못하는 모양이었다.

뭐, 학원에 다니고 있는데 이번 마법 교류회에 선발되지 않았다고 하면 그렇게 생각하는 것도 어쩔 수 없겠지.

"아니, 세레이유 님은 처음에는 관망할 거야."

자세히 들은 규칙에 의하면 공격 측은 교대를 자유롭게 할 수 있다고 했다.

만약 공격 A가 수비 A를, 공격 B가 수비 B를 공격하고, 거기서 깃발을 쓰러뜨리지 못했다면 공격 A가 수비 B로, 공격 B가 수비 A로 이동해도 되는 것이다.

즉, 상대를 쓰러뜨릴 수 없다고 판단될 경우 자신보다 실력이 더 높은 사람, 혹은 궁합이 좋은 사람과 교대를 할 수 있었다.

그래서 강한 사람은 처음에는 깃발 빼앗기에는 참가하지 않고 상황을 지켜보는 편이라고 했다.

"그리고 또 하나, 흙 마법으로 깃발을 둘러싸는 건 금지예요."

확실히 흙을 돔처럼 둘러싸면 상대는 큰 마법으로 파괴해야 한다. 그렇게 되면 여러 가지로 위험하고, 보는 쪽도 재미가 없을 것이다.

"그러고 보니 시아는 어느 쪽이야? 공격? 수비?"

"저도 수비 쪽이에요. 함께 지켜요."

그리고 나를 포함한 여학생들이 운동장에 모였다. 서로 인사를 나눴다.

상대편에 있는 세레이유가 뭔가 말하고 싶은 얼굴로 나를 바라보고 있었다.

인사가 끝나고 각자 자기 자리로 이동할 때 세레이유가 나를 불러 세웠다.

"설마 유나가 참가할 거라고는 생각하지 못했어요."

"나도 생각 못했어. 하지만 내가 참가하는 것에 너희쪽 학생들은 납득한 거야?"

"또래의 여자아이가 참가한다면 아무 문제없어요. 다들 또래 중에서는 본인이 가장 강하다고 생각하고 있으니까요."

이번 교류회에 선발됐을 정도의 학생들이다.

자신들이 우수하다고 생각하고 있는 거겠지.

"게다가 전 유나에게 리벤지할 수 있어서 기뻐요. 이번에는 이기겠어요."

"질 생각은 없어."

이왕 한다면 이기고 싶었다.

세레이유는 선언을 마치고는 떠나갔다.

나는 시아가 있는 곳으로 이동했다.

"시아, 난 어느 깃발을 지키면 돼?"

"유우나 씨는 저기 있는 깃발을 부탁드려요."

시아가 가장 구석에 있는 깃발을 가리켰다.

"유우나 씨. 그, 적당히 힘내 주세요."

"이왕 하는 거니까 일단 열심히 할게."

세레이유에게도 승리 선언을 해 버렸으니 일단은 열심히 할 생각이었다.

게임은 즐기는 것이 제일이니까.

나는 내가 지킬 깃발이 있는 곳으로 이동했다. 깃발은 내 키보다 더 컸다. 손을 든 위치쯤에 있었다.

이 깃발을 지키는 것이 내 몫이었다. 팀플레이를 할 수 없는 나에게는 딱 맞는 임무일지도 모른다.

시아 쪽을 바라보니 조금 떨어진 깃발에 서 있다가 눈이 마주치자 손을 흔들어 주었다.

그리고 학생 전원이 위치에 도착한 것을 확인한 선생님이 시작 신호를 내렸다. 학생들은 달리지 않고 천천히 상대의 깃발을 향해 걷기 시작했다.

내 쪽으로는 세레이유가 올 줄 알았더니 다른 학생이 찾아왔다.

세레이유는 조금 떨어진 곳에서 움직이지 않고 내 쪽을 보고 있었다.

"당신, 어디를 보고 있는 거죠? 그 깃발은 제가 가져가겠습니다."

어깨까지 머리를 기른 유파리아 학생이 내게 말했다.

"당신이 본래 학생이 아니라는 말은 들었습니다. 세레이유 님이 당신의 깃발을 잡게 해달라고 부탁하셨지만, 원래 학생도 아닌 학생의 깃발을 세레이유 님께 맡길 수는 없죠."

"즉, 당신이 제일 약하다는 뜻?"

"안타깝게도 맞아요. 그래서 당신의 깃발을 빼앗는 게 제 임무예요."

약하다고 했는데도 화를 내는 기색은 없었다.

자신의 역할이라고 단언하는 말에 호감이 갔다.

"그럼 갑니다!"

여자아이는 손에 마력을 모으더니 바람 마법을 날렸다. 나는 같은 바람 마법으로 상쇄했다.

"주특기 마법은 저와 같은 바람 마법인가요?"

"글쎄?"

여자아이가 흰 선 주위를 달리기 시작했다. 나도 깃발을 중심으로 여자아이를 쫓아다니듯이 돌았다. 여자아이가 바람 마법을 날렸다. 하지만 나 역시 거기에 맞춰 그것을 상쇄했다.

재미있다.

여자아이와 나의 공방이 계속되었다. 여자아이는 공기탄을 사용해서 나를 날려버리려고 했지만, 나는 막았다. 여자아이는 공격 사이사이에 깃발을 노렸다. 나는 그 공격을 모두 상쇄하고 깃발을 지켰다.

여자아이는 포기하지 않고 몇 번이나 공격을 가해 왔다.

나는 빈틈을 보이지 않았다.

"하아, 하아."

여자아이의 숨이 점점 거칠어졌다. 여자아이와 나는 이동 거리 자체가 다르다. 여자아이가 몇 걸음 이동할 때 나는 딱 한 걸음이면 된다. 멀리서 공격을 하는 여자 쪽이 필연적으로 움직이는 거리는 더 길어진다.

여자아이가 걸음을 멈췄다.

"강하네요."

"쉽게 깃발을 빼앗길 수는 없으니까."

"마지막으로 당신을 깃발째로 날려버리겠습니다. 이걸로 깃발을 쓰러뜨리지 못한다면 포기하겠습니다."

여자아이는 그렇게 말하고는 두 손을 앞으로 모았다. 곧 여자아이를 중심으로 바람이 불기 시작했다.

지금까지 한 것 중에 제일 강했다.

"갑니다!"

그녀는 선언하고 팔을 앞으로 뻗었다. 그러자 돌풍이 나를 향해 날아왔다.

나는 흙 마법으로 삼각형 모양의 벽을 만들어 바람을 좌우로 흘려보냈다.

"당신, 흙 마법도 쓸 줄 알았군요."

"그러니까 처음에 말했잖아. 글쎄, 라고."

"저 혼자서는 당신의 깃발을 쓰러뜨릴 수 없을 것 같네요."

여자아이는 그렇게 말하고는 뒤로 물러났다.

일단 물러나서 다른 학생과 상의하려는 모양이었다.

세레이유 쪽을 보자, 그녀는 움직이지 않은 채 나를 보고 있었다.

559 곰 씨, 마지막 깃발을 지키다

주위를 둘러보자, 내가 깃발을 지키고 있는 사이에 변화가 있었던 모양이다.

왕도와 유파리아의 깃발은 각각 2개씩 줄어 있었다.

시아 쪽을 바라보니 모습이 보였다. 아직 무사한 듯했다. 쫓아낸 것일까, 싸우지 않은 것일까. 상대는 없었다.

나는 정면을 바라보았다.

자, 이번에는 아까 그 아이보다 강한 아이가 올까. 아니면 둘이 올까. 아니면 세레이유가 올까. 생각할 수 있는 선택지는 몇 가지 있었다.

찾아온 것은 다른 여자아이였다. 뭐, 역시 세레이유를 내세우거나 둘이서 같이 나오진 않겠지. 깃발을 쓰러뜨리면 전력을 잃게 되니까. 조금씩 강도를 높여 가는 것이 정석이었다.

유파리아의 여자아이가 내 앞에 섰다.

"넌 바람과 흙 마법을 잘 쓰는 모양이네."

"글쎄?"

아까 여자아이에게 했던 것과 같은 대답을 했다.

여자아이가 지팡이를 잡고 마력을 모으자 지팡이 앞에 골프공만 한 물방울이 6개 정도 떠올랐다. 여자아이가 지팡이를 휘두르자 물방울이 나를 향해 날아왔다. 목적은 내 뒤에 있는 깃발이었다. 피하면 깃발에 맞는다. 그래서 피하지는 않았다.

나는 바람 공기탄으로 물방울을 모두 쏘아 떨어뜨렸다. 여자아이 모습을 보니 공격이 막힐 거라는 건 예상한 것인지, 이미 흰 원형선의 바깥쪽을 달리고 있었다.

나는 몸을 돌려 여자아이의 정면이 되도록 위치를 잡았다. 여자아이는 달리면서 지팡이를 좌우로 흔들어 물방울을 쏘았다. 물은 내 머리 위, 발 아래로 날아왔다.

위가 뚫리면 깃발에 맞을 것이고, 아래가 뚫리면 깃발이 있는 막대기에 맞는다. 그러니까 다 막을 수밖에 없었다.

나는 확실하게 물방울을 쏘아 떨어뜨렸다.

"제법이네. 하지만 그거 알아? 물 마법에는 이런 사용법도 있어."

여자아이가 그렇게 말하자, 지팡이에서 나온 물이 가늘게 뻗어 나와 뱀과 같은 움직임을 취했다. 나는 그 뱀 모양의 물을 바람 마법으로 잘라냈다. 하지만 물은 잘린 자리가 금방 붙었다.

"자를 수는 있어도 완전히 부술 수는 없어."

여자아이가 지팡이를 휘두르자 물뱀이 꿈틀꿈틀 움직이며 내 뒤로 돌아가려 했다.

나는 공기탄을 연사하여 물뱀을 파괴했다. 하지만 여자가 마력을 더하자 물뱀은 재생했고, 늘어났다.

이건 생각보다 더 성가셨다.

나는 뻗어 나온 물의 뱀을 파괴하면서 생각했다.

그거라면.

나는 곰 장갑에서 물을 꺼냈다. 그리고 여자아이와 마찬가지로 물을 가늘게 늘렸다.

상대 여자아이는 놀랐다.

"물 마법을 쓸 수 있다고 해도, 물 마법이 특기인 날 이길 수 있을 거라 생각해?"

여자의 물뱀이 움직였다. 나도 그에 맞춰 물을 채찍처럼 휘둘렀다. 물뱀과 물 채찍이 서로 부딪혔다. 여자아이의 물뱀은 내 빈틈을 노려 뒤에 있는 깃발을 공격하려 했다. 나는 물의 채찍으로 내리쳤다.

"큭, 그렇다면……."

여자아이는 물뱀을 2개 만들어 조종했다.

하지만 물뱀의 움직임에서 섬세함이 사라지고 엉성해졌다.

사람은 두 가지를 머릿속에서 동시에 생각하기 어렵다. 그래서 물의 움직임도 자연히 엉성해졌다.

나는 여자아이의 물뱀 사이를 빠져나와 여자아이가 든 지팡이를 튕겨냈다.

"거짓말……."

지팡이가 땅에 떨어지고, 그녀의 지팡이에서 나오던 물이 사라졌다.

"어쩔 거야? 아직 더 싸울 거야?"

그녀는 땅에 떨어진 지팡이를 줍더니 고개를 저었다.

"억울하지만 나로서는 네 깃발을 쓰러뜨릴 수 없을 것 같아."

여자애는 그렇게 말하고는 떨어졌다.

하지만 재미있는 공격을 사용했다. 역시 교류회 멤버로 뽑힐 만했다.

내가 깃발을 지키고 있는 동안에도 다른 곳의 깃발 빼앗기는 계속 진행되고 있었다.

깃발은 2개가 더 줄었고 남은 깃발은 양쪽 모두 2개가 되었다.

시아의 모습도 없었다. 아무래도 깃발을 빼앗긴 모양이었다. 유파리아의 깃발 쪽을 보자 시아가 2인 구도로 깃발을 노리고 있는 모습이 보였다.

다른 곳에서도 깃발 공방은 계속되고 있었다.

"슬슬 끝나가는 것 같네요."

세레이유가 다가왔다.

보스의 등장이다.

"사실은 피곤하지 않은 유나와 싸워보고 싶었는데, 다른 애들이 유나와 싸우게 해 주지 않았어요."

"그건 어쩔 수 없지. 원래는 참가 예정이 없는 학생이었으니까."

"이걸로 겨우 유나와 싸울 수 있게 됐어요. 하지만 이대로 시간이 지나면 사람들이 달려오겠죠. 그 전에 결판을 내죠."

세레이유는 움직이더니 흰색 선 주위를 달리기 시작했다.

세레이유가 바람을 날렸다. 나는 같은 바람 마법으로 상쇄했나. 처음 싸웠던 바람 마법을 쓰는 학생보다 빠르다. 그렇다고 해도 못 막을 정도는 아니었다. 쥬베이 씨 칼에서 나온 바람 마법이 더 빨랐다. 게다가 이번에는 흰색 선 안으로는 들어올 수 없기 때문에 가까운 거리에서의 공격은 오지 않는다. 그러니까 잘 보기만 하면 막을 수 있었다.

세레이유는 물방울 하나를 자신의 앞에 띄웠다. 그것을 날렸다.

그뿐이라면 어렵지 않았기에 바람 마법으로 갈랐다. 하지만 물방울이 휘어지며 바람의 칼날을 피해 버렸다. 물방울은 내 옆을 크게 통과하더니 휘어졌다.

떨어진 물을 조종하고 있었다.

두더지 토벌 때 마리나가 엘의 물 마법을 설명할 때 말했었다. 떨어진 물을 조작하는 것은 어렵다고.

그것을 세레이유는 해내고 있었다. 물방울은 휘어져서 깃발을 겨눴다. 나는 흙벽을 만들어 막았다.

"대처가 빠르네요. 그렇다면 이건 어떤가요?"

세레이유 앞에 세 개의 물방울이 떠올랐다. 그것을 동시에 나를 향해 날렸다. 나도 물방울 3개를 띄워서 세레이유가 낸 물을 향해서 날렸다. 세레이유의 물은 그것을 피했다. 3개를 동시에 조종하고 있었다.

하지만 내 물방울은 세레이유의 물방울을 따라갔다.

"농담하는 거죠?"

내 물방울은 세레이유의 물방울에 부딪혔고, 물은 곧 땅에 떨어졌다.

방금 건 위험했다. 조금만 더 반응이 늦었더라면 깃발에 맞았을지도 모른다.

물 마법은 잘 못하는 거 아니었어?

다만 역시 100퍼센트 자신의 뜻대로는 움직이지 못하는 것 같았다.

그 후에도 세레이유와의 공방이 이어졌다. 물 마법과 바람 마법을 중심으로 흙 마법과 불 마법도 사용했다. 변주가 많아서 대응하기 어려웠다.

세레이유의 공격을 막고 있는 사이 유난히 큰 환호성이 터져 나왔다.

나와 세레이유는 서로 주위를 바라보았다.

왕도 학생의 깃발이 쓰러졌다.

나머지는 내가 지키는 1개뿐이었다.

깃발이 쓰러진 학생은 내 쪽을 힐끔 보더니 공격 쪽을 향해 달리기 시작했다.

그뿐만이 아니었다. 유파리아의 깃발도 지금 쓰러지면서 하나가 되었다. 그렇게 되면 깃발을 지키고 있던 학생이 올 것이다.

"승부는 여기까지인 것 같군요."

유파리아의 남은 두 번째 깃발을 지키던 학생이 세레이유에게 다가왔다.

"세레이유 님, 죄송합니다."

"됐어요. 사실은 나 혼자서 깃발을 쓰러뜨리고 싶었는데, 도와줄래요?"

"네!"

"시간이 없으니 여기서부터는 2명이서 가겠습니다."

왕도의 학생도 2명이서 공격을 시작하고 있었다.

어느 깃발이 먼저 쓰러지는가의 승부였다.

하필이면 내가 마지막이라니.

하지만 오랜만에 살벌한 싸움이 아닌, 게임을 하듯이 싸움을 즐기는 내가 있었다.

"엘리자, 연습한 대로 갈게요."

"네!"

세레이유와 엘리자라고 불린 학생이 달리기 시작했다.

두 사람은 대각선으로 이동하더니 공격을 걸어왔다. 엘리자는 흙덩이를 날렸다. 나는 흙벽으로 막으면서 세레이유의 움직임도 주시했다.

세레이유가 물방울 세 개를 던져왔다. 게다가 궤도를 바꾸면서 날아온다.

왼손으로는 엘리자를 상대하면서 오른손으로는 세레이유를 상대했다.

두 손으로 마법을 펼칠 수는 있지만 머리가 따라가지 못한다. 동시에 두 사람을 시야에 넣을 수 없었다. 딱 좋은 거리감을 유지하고 있다. 이것은 연습의 산물이다.

어쩌지. 너무 즐거워.

생각하지 마. 몸을 움직여.

게임에서도 여러 명에게 동시에 습격당한 적은 몇 번이나 있었다. 죽은 적도 있고 막아낸 적도 있었다. 이런 벼랑 끝의 싸움은, 몇 번이나 경험했다.

나는 몸을 움직여 마법을 발사했다. 세레이유와 엘리자의 공격을 눈으로 보는 것이 아니라 몸 전체로 느꼈다.

게임 속에서도 가끔 있었다. 머리로 생각하기도 전에 몸이 움직이는 경우가. 이럴 때는 생환 가능성이 올라간다.

오른쪽, 왼쪽, 위, 몸을 움직이며 마법을 쏘고 깃발을 지켰다.

언제까지 계속될지 모르겠다는 생각을 하고 있는데, 큰 호각소리가 울리며 시합 종료를 알리는 선생님의 목소리가 들렸다.

그와 동시에 엄청나게 큰 환호성이 터져 나왔다.

“끝났어?”

"끝난 것 같네요."

세레이유는 움직임을 멈추고 자신의 진영 쪽으로 눈을 돌렸다.

"안타깝게도 저희가 진 모양이네요. 설마 둘이서 공격해도 깃발을 못 잡을 줄은 몰랐어요."

"조금만 더 시간이 길었으면 위험했을 거야."

"마지막 깃발을 지키고 있던 아이에게 미안하네요."

세레이유는 자신의 학원에서 마지막 깃발을 지키고 있던 여자아이를 바라보았다.

저 여자애도 끝까지 지켜내고 있었다. 아주 근소한 차이였을지도 모른다.

하지만 지킨다는 건 생각보다 피곤하구나.

"하지만 난 왕도의 학생이 아니니까."

"그것을 승낙한 건 저희입니다. 유나, 무척 즐거웠어요."

세레이유는 미소를 지으며 말하고는 유파리아 학생들이 모인 장소로 걸어가기 시작했다.

그와 교대하듯 왕도의 학생들이 모여들었다.

"유나 씨!"

시아가 달려오더니 나를 껴안았다.

"유우나야."

"죄송해요. 그래도 시합에서 이겼어요!"

시아가 기뻐했다.

"유우나, 고마워."

"유우나 씨, 굉장했어요."

"도움이 되었다니 다행이야."

모두에게 감사의 말을 들었다.

"하지만 유우나 같은 대단한 학생이 어째서 이번 교류회에 선발되지 않았을까?"

여자아이가 고개를 갸우뚱했다.

그건 내가 학생이 아니기 때문이었다.

나와 시아는 이 타이밍에 진실을 알려주었다.

"그렇구나. 유우나는 왕도의 학생이 아니었구나."

"그럼 입학하면 되겠네."

"하지만 왕도의 학생이 아니니까 이 시합은 어떻게 되는 걸까?"

"이겨서 기쁘긴 하지만."

모두가 이야기를 나누고 있으니 선생님이 찾아왔다.

"이것은 마법 교류회입니다. 서로의 힘을 보여주고 향상시키는 것이 목적이죠. 우열은 중요하지만 기본을 잊어서는 안 됩니다."

"그러면 시합은 어떻게 되는 건가요?"

"이번 시합은 저희가 이길 경우 무승부가 됩니다."

"무승부?"

"네. 그녀는 왕도의 학생이 아닙니다. 하지만 그녀 없이는 이길 수 없었을 겁니다. 그래서 이번에는 무승부입니다."

“확실히, 유우나가 없었다면 졌을 거야.”

무승부가 타당한지는 모르겠지만, 이기는 것보다는 나을지도 모른다. 게다가 이겼는데 진 걸로 처리되는 것보다는, 무승부로 하는 편이 두 학원에 있어서 무난한 타협점이라고 생각했다.

“그럼 여러분, 이야기는 나중에 하고 경기장을 나가주세요. 다음은 남자들 경기입니다. 열심히 응원해 주세요. 그래야 남자들도 더 의욕을 낼 수 있을 테니까요.”

선생님의 말에 우리는 운동장에서 나와 남자들을 응원하러 갔다.

560 곰 씨, 안절부절못하다

여자 시합은 끝나고, 다음은 남자 시합이 진행되었다. 그래서 우리는 운동장에서 나왔다.

나와 시아는 여자아이들 무리에서 벗어나 노아에게 돌아왔다.

"언니, 유나 씨, 수고했어요. 언니가 깃발을 빼앗긴 건 아쉬웠지만, 깃발을 쓰러뜨리는 모습은 멋있었어요. 유나 씨도 깃발을 지키는 모습이 멋있었고요."

노아는 흥분한 얼굴로 말했다.

""고마워.""

나와 시아는 감사의 말을 전했다.

노아의 말에 의하면, 시아는 좋은 성적을 거둔 탓에 강한 학생이 상대로 배정되었다고 한다. 그래도 어떻게든 버텼지만, 다른 한 명이 가세하면서 2명에게 공격을 당해 안타깝게 깃발을 지키지 못했다.

하지만 깃발을 쓰러뜨린 시아는 곧바로 공격으로 돌아서서 상대의 깃발을 쓰러뜨렸다.

내가 보지 못한 시합 내용을 노아가 말해 주었다.

그리고 새로운 깃발의 준비나 마법으로 훼손된 운동장 정비가 끝나자 남자들의 시합이 시작되었다.

남자 시합이 시작되자 여자들이 응원을 보냈다. 주위에서도 환호가 터졌다. 두 학원의 남학생들은 여학생들의 응원에 힘입어 좋은 모습을 보이려 열심히 싸웠고, 시합은 더욱 달아올랐다.

청춘이네. 은둔하던 나에게는 눈이 부신 광경이었다.

"저쪽을 공격하고 있어요. 위험해! 아, 깃발을 뺏겼어요. 지금 마법 굉장해요. 해냈어요, 깃발을 빼앗았어요."

옆에 있는 노아는 시합을 보며 흥분했다.

어쩌면 우리 시합 때도 이런 식으로 응원해 줬을지도 모른다.

시합은 진행되었고, 처음에는 눈치 싸움이 있었지만, 종반이 되자 시간과의 싸움이 되었다.

서로의 깃발이 쓰러지고 1개가 남았다. 깃발을 쓰러뜨린 양쪽 학원의 남학생들이 달렸다. 서로가 둘이서 최후의 깃발을 노렸다. 수비하는 쪽도 공격하는 쪽도 움직이며 마법이 날아들었다. 깃발을 노리고, 깃발을 지킨다. 서로의 공방이 계속되었다.

그래도 1대 2면 2명 쪽이 유리하다. 서서히 공격 측이 우세해졌다.

목청껏 소리치는 응원이 날아들었다.

유파리아 학원이 지키던 마지막 깃발이 쓰러졌다. 이겼다고 생각했지만 왕도의 학원 깃발도 쓰러져 있었다.

어느 쪽이 이긴 거지?

전원의 시선이 심판인 선생님들에게 쏠렸다.

숨을 삼키며 기다렸다. 선생님들이 이야기를 시작했다.

그리고 발표했다.

“동시에 쓰러졌으므로, 무승부입니다.”

주위에서 「아~」「조금만 더 빨랐으면」 하는 목소리가 들려왔다.

심판은 깃발이 동시에 쓰러졌다고 판단했고, 남자 경기도 무승부로 처리되었다. 영상 판독 같은 게 가능하지도 않으니, 타당한 결정으로 보였다.

이로써 시합은 남자 여자 모두 무승부가 되었다.

하지만 내가 참가했으니까 실제로는 왕도의 패배 아닐까?

남자 시합도 끝나고, 학원 교류회는 끝이 났다.

이제부터 운동장에 식재료가 들어오고, 양쪽 학원이 함께 식사를 한다고 한다.

나는 도망가려고 했지만, 노아가 시아와 즐겁게 담소를 나누기 시작한 탓에 나 혼자 돌아가기도 애매해졌다. 최대한 눈에 띄지 않게 구석에 있으려고 했는데, 여학생들 무리에 둘러싸여 도망칠 수도 없게 되었다.

“유우나는 크리모니아에 사는 거야?”

“뭐, 그렇지.”

“시아의 친구?”

“응.”

“학원에는 입학하지 않을 거야?”

"그럴 예정은 없어?"

완전히 도망칠 타이밍을 놓친 나는 여자애들에게 벗어나지 못하고 있었다.

노아와 시아에게 도움을 청하려 했지만 근처에 두 사람이 없었다.

"그래? 그럼 입학하면 내년에는 확실히 유파리아를 이길 수 있겠네."

"그럼 넌 내년에는 못 나오겠네."

"선배가 졸업하니까 괜찮아."

"내년에는 더 우수한 학생이 입학할지도 몰라."

여자아이들에게서 웃음이 터져 나왔다.

나는 적당히 고개를 끄덕이면서 도망칠 기회를 엿보고 있었는데, 그 사이에 유파리아의 학생까지도 찾아왔다. 나와 싸운 여학생들이었다.

"이번에는 졌어."

"억울하지만 너 강하더라."

"그건 그렇고, 이런 귀여운 걸 마법 매개체로 삼고 있었구나."

처음으로 싸운 바람 마법을 사용한 여자아이가 곰 장갑을 만졌다.

"시합 중에 이 곰한테서 마법이 나오길래 처음에는 좀 놀랐어. 그건 그렇고 말랑말랑하고 감촉도 좋네."

"나도 지팡이 말고 이런 걸 써볼까?"

물 마법을 사용하던 여자아이가 자신이 들고 있는 지팡이를 보며 말했다.

다른 동물이었으면 좋겠는데, 곰으로는 만들지 마라.

"내년에도 너와 싸우고 싶지만, 넌 왕도의 학생이 아니라고 했지?"

"응."

"그럼 유파리아 학원에 입학해. 그렇게 하면 내년에는 왕도의 학원을 이길 수 있을 거야."

비슷한 대사를 아까 들은 것 같은데.

"무슨 말도 안 되는 소리를 하는 거야. 유우나는 왕도의 학원에 입학할 거야."

"어느 학원에 입학할지는 그녀의 자유잖아."

"유우나는 시아의 친구니까 당연히 왕도지."

"친구 간의 시합도 재미있을 것 같은데?"

뭔가 두 학원의 여학생끼리 말다툼이 시작되었다.

리얼충이었다면 농담 삼아 「나를 두고 싸우지 마」라고 말했을지도 모르지만, 나는 그런 스킬은 가지고 있지 않았다.

나는 천천히 그 자리를 벗어났다.

"하아……."

사람이 없는 곳에서 한숨을 돌렸다.

학생들에게 둘러싸이는 것은 피곤하다. 아이들에게 둘러싸이는 것과는 또 다른 피로가 밀려왔다.

"유나, 이런 데서 혼자 뭐하는 거죠?"

"세레이유?!"

누가 말을 걸어왔나 했더니 세레이유였다.

"시끄러운 건 별로라서."

한때 히키코모리였던 나는 시끄러운 군중을 별로 좋아하지 않았다.

하물며 자신의 일로 떠들썩해지는 것은 더더욱 싫었다. 싸움을 걸어온다면 받아주면 그만이지만, 반대로 이런 경우에는 어떻게 반응해야 할지 알 수 없었다.

"이번 교류회에서 맹활약한 세레이유가 이런 곳에 있어도 되는 거야?"

"후후, 저도 유나와 마찬가지로 시끄러운 건 것은 좋아하지 않아서 도망쳐 나왔어요. 그랬더니 유나의 모습이 보이기에."

그래서 말을 건넨 모양이다.

"유나, 이번엔 졌어요. 설마 마법으로도 질 줄은 몰랐어요."

"나는 아슬아슬했어."

"그렇게는 안 보이던데요. 2명이 공격해도 깃발을 쓰러뜨릴 방법이 보이지 않았어요."

"그렇지 않아."

규칙상 그게 한계였다. 위험한 마법은 금지라서 정말 아슬아슬했다. 그것은 공격 측이었던 세레이유도 비슷한 상황이었기에 피차일반이었다.

“유나와는 진심을 다한 시합을 해 보고 싶어졌어요.”

“그럼 사투가 될 텐데.”

“그렇군요. 진심으로 시합을 하면 그렇게 되겠네요.”

세레이유는 미소 지었다.

“유나는 모험가인 거죠?”

“일단.”

“유나는 사람을 죽인 적이 있나요?”

“사람을? 크게 다치게 한 적은 있지만 죽인 적은 없어.”

크게 다치게 한 적은 몇 번 있었다. 처음 만난 모험가라든가, 왕도로 향할 때 습격해 온 도적이라든가, 왕도에서 모린 씨 모녀를 습격해 온 상인이라든가, 미릴러 마을 길가에 있던 도적, 미사를 납치한 검은 옷 등. 반죽음에 가깝게 만들긴 했지만 죽이지는 않았다.

“왜 그런 걸 물어봐?”

“아니요, 그 정도 힘을 갖고 있다면 혹시나 없었을까 싶어서 물어본 것뿐이에요. 기분이 상했다면 미안해요.”

세레이유는 고개를 살짝 숙였다.

“다만, 사람은 어떤 기분일 때 사람을 죽일 수 있을까 좀 궁금해져서요.”

“어렵지.”

초주검으로 만든다 해도 마지막 한 걸음에서는 주춤하기 마련이다. 반죽음과 완전히 죽이는 것 사이에는 큰 차이가 있다.

“정말 무슨 일이야? 그런 걸 다 물어보고.”

세레이유 같지 않다고 말하고 싶었지만, 세레이유와 만난 지 얼마 되지 않았다.

그래서 왠지 모르게 위화감을 느꼈을 뿐이다.

“아무것도 아니에요. 지금 말은 잊어주세요.”

세레이유는 등을 돌리더니 도망치듯 가버렸다.

나는 그런 세레이유의 등을 배웅했다.

뭐였을까?

운동장에서 열린 식사 모임도 끝나고 사람들은 해산했다. 하지만 노아는 시아의 곁을 떠나지 않았고, 결국 시아가 묵고 있는 방까지 가게 되었다.

시아와 다른 학생들은 유파리아 학원 부지 내에 있는 건물에 묵고 있었다.

“언니…….”

노아가 잠꼬대를 했다.

응원으로 피곤했는지 노아는 수다를 떨다가 잠이 들었다.

“후후, 유나 씨, 노아를 데려와 주셔서 감사해요. 노아의 응원이 있었던 덕분에 더 열심히 할 수 있었던 것 같아요.”

“나도 재미있었어.”

마지막 시합은 꽤 즐거웠다.

"유나 씨 덕분에 시합에 이길 수 있었어요."

"뭐, 무승부지만."

"이긴 거나 다름없는 무승부예요. 다른 사람이었으면 졌을 거예요. 사실 유나 씨의 힘을 빌리지 않고 이길 수 있었으면 더 좋았겠지만요."

그 기분도 이해가 갔다.

이는 왕도와 유파리아 학원의 시합이다. 거기에 외부인이 참가해서 룰 위반으로 이긴 것과 다름없었다.

"하지만 선생님도 말했다시피, 모두에게 좋은 자극이 되었을 거예요."

그럼 참석하길 잘했네.

그리고 내일 일정에 대해 이야기했다.

제작 마법을 진행한 부두에서 모두 함께 수영을 하며 논다고 했다.

그러고 보니 호수에서 수영할 거니까 수영복을 챙겨오라고 했던 게 떠올랐다.

나는 수영할 생각은 없었지만, 노아가 기대하고 있으니 따라가기로 했다.

무엇보다, 나와 같은 나이임에도 발육 좋은 여자애들이 널린 와중에 수영복을 입고 수영할 생각은 없었다.

"그럼 난 가볼게."

시아의 방에서 대화를 나누다 보니 어느새 밤이 되어 버렸다.

자고 있는 노아는 시아에게 맡기고 나는 숙소로 돌아가기로 했다.

"유나 씨도 자고 가시는 게 어때요?"

"돌아갈게. 숙소 주인한테 걱정 끼치면 안 되니까."

밖에 나간 채로 돌아오지 않으면 걱정할 수도 있으니까.

"하지만 벌써 밖은 어두워요. 유나 씨는 여자잖아요."

"나는 괜찮아. 강하다는 건 알고 있지?"

"그렇긴 하지만……."

걱정스러운 표정으로 보는 시아.

"게다가 날 지켜주는 훌륭한 호위도 있으니 걱정할 필요 없어."

나는 꼬맹이화한 곰돌이와 곰순이를 소환했다.

위험이 닥치면 이들이 알려줄 것이다.

"귀여운 호위네요."

시아는 곰돌이와 곰순이의 머리를 쓰다듬었다.

"일단 노아의 호위로 온 거니까 곰돌이는 여기 두고 갈게. 곰돌이, 노아를 부탁해."

"크응~."

곰돌이는 대답하더니 노아가 자고 있는 침대로 이동해 노아를 지키듯 옆에서 둥글게 몸을 말았다.

나는 곰순이를 껴안았다.

"그럼 내일 아침에 올게."

"네, 정말 조심해서 돌아가세요."

걱정하는 시아의 말에 고개를 끄덕이고 방을 나섰다.

561 곰 씨, 호수에서 무언가 줍다

시아가 마무는 건물에서 밖으로 나왔다. 밖은 어두웠지만, 마석의 빛에 의해 거리는 조금 밝았다.

나는 꼬맹이화한 곰순이를 안고 호숫가를 걸었다. 호수는 어두워서 달빛만이 비치고 있었다. 화의 나라의 온천이 있는 호수도 아름다웠지만, 이 마을의 호수도 아름다웠다.

기분 좋은 바람이 불어왔다.

바람이 머리를 스치고 지나갔다.

항상 곰 장비를 하고 있는 탓에 오랜만에 느껴보는 감각이었다.

"곰순이, 잠깐 산책하고 가자."

"크응~."

곰순이와 나는 밤의 호숫가 산책을 즐기기로 했다.

밤이라 그런지 호숫가에 사람의 모습은 없었다.

하긴 누가 굳이 이런 어두운 곳을 자청해서 오겠는가. 있다고 해도 커플이거나 취객 정도밖에 없지 않을까.

호수를 보고 있으니 화의 나라가 떠올라 갑자기 온천에 가고 싶어졌다. 숙소에 돌아가면 곰 이동문을 사용해서 온천에 다녀올까?

하지만 노아의 호위를 하고 있는 곰돌이를 두고 가면 삐질 것이다.

크리모니아에 돌아가면 다 같이 가자.

"크응~."

온천을 생각하고 있는데, 품에 안고 있는 곰순이가 울었다.

"무슨 일이야? 온천은 곰돌이랑 같이 가면 돼."

"크응~."

곰순이가 고개를 흔들며 오른발을 힘껏 뻗었다. 나는 곰순이가 발을 뻗고 있는 쪽을 바라보았다.

사람?

나는 순간적으로 곰순이를 숨기려고 하다가 멈췄다. 그 사람의 모습이 수상했기 때문이다. 그 인물은 더운 날임에도 얼굴을 가린 후드를 깊게 눌러쓰고 있었다.

평소의 곰 옷이라면 내가 할 말은 아니었겠지만, 오늘은 교복 차림이었다. 그러니까 확실하게 말할 수 있었다. 수상하다.

만일의 경우를 생각한다면 곰순이가 있는 편이 나았다.

이대로 가면 수상한 후드의 인물에게 더 가까워진다.

이제 어쩌지.

신경 쓰지 말고 가야 할까, 아니면 산책을 중단해야 할까.

내가 어떻게 할까 고민하고 있는데, 후드를 쓴 수상한 인물은 어디선가 무언가를 꺼냈다. 그 무언가가 달빛을 받아 조금 빛났다.

그 인물이 호수를 향해 손을 뻗었다.

후드가 흔들렸다.

바람 마법?

그렇게 생각한 순간, 손에 들고 있던 것이 튕기듯이 호수를 향해 날아갔다.

내 눈은 날아가는 것을 쫓았다.

후드 인물의 손에서 튀어나간 무언가는 달빛을 반사하며 멀리 날아가더니, 퐁 하는 소리를 내며 호수에 떨어졌다.

호수로 뭔가를 날린 건가?

후드를 한 인물 쪽으로 눈을 돌리자 이미 그 모습은 사라지고 없었다.

뭐지?

쓰레기를 버린 건 아닌 것 같은데.

바람 마법을 써서 일부러 던졌다는 게 신경 쓰였다.

신경 쓰인다. 못 본 셈치고 숙소에 돌아가도, 분명 신경 쓰여서 잠들지 못하는 결말이 날 것이다.

"하아."

궁금하니까 어쩔 수 없다. 이 일 때문에 잠을 설치면 곤란하다.

나는 주변을 살핀 뒤 곰순이를 내려놓고 곰 박스에서 곰 옷을 꺼냈다.

조금 불편하긴 하지만 교복 위에 곰 인형 옷을 입었다.

읏, 교복을 입고 입어서 그런지 착용감이 영 별로다.

빨리 끝내자는 생각으로 곰순이를 끌어안고, 곰 수상 보행 스킬을 사용하여 호수 위를 걸었다. 그리고 후드의 인물이 던진 무언가가 떨어진 것으로 보이는 위치까지 이동했다.

이 근처였지?

호수 아래는 당연하지만 캄캄해서 아무것도 보이지 않았다.

나는 빛 마법을 사용했다. 내 앞에 곰 모양의 빛이 떠올랐다.

역시 호수 바닥에 떨어진 것은 보이지 않았다.

나는 화의 나라에서 이무기를 토벌했을 때 배운 곰 수중 유영 스킬을 사용했다.

이름 그대로 물속에 잠수할 수 있는 유용한 스킬이었다. 쓸 기회는 거의 없었지만.

곰 수중 유영 스킬을 사용한 내 몸은 천천히 호수에 가라앉았다.

물속에 들어가자 나는 공기의 방울 속에 있었다. 정확히 말하면 곰 모양의 공기 안에 있었다.

처음에는 무슨 플래그가 될까 싶어 한동안은 안 쓰려고 했는데, 전직 게이머로서 궁금하기도 하고, 만약 갑자기 쓸 일이 생겼을 때 쓰지 못하면 곤란할 수도 있었다.

그래서 일단 확인은 해 두었다. 덕분에 이번에도 자연스럽게 쓸 수 있었다.

처음 사용했을 때는 공기 속에 있는 탓에 눈치채지 못했는데, 자세히 보니 공기 방울은 곰 모양이었다. 위를 보면 귀가 있고 뒤를 보면 동그란 꼬리도 제대로 달려 있었다. 이렇게까지 곰을 고집할 필요는 없을 것 같은데.

나는 곰순이를 안은 채 호수 바닥으로 내려갔다.

호수 속을 곰의 빛이 비췄다.

어디 있지?

이 근방인 것 같은데.

아까 후드의 인물이 무언가를 던졌다고 생각되는 장소를 찾았다.

"크응~."

팔 안에 있는 곰순이가 울면서 오른발을 뻗었다.

나는 곰순이의 발끝으로 곰의 빛을 이동시켰다. 뭔가가 반짝였다. 나는 그 빛이 나는 곳을 향해 천천히 이동했다.

"마석?"

호수 바닥에 있던 것은 마석이었다.

심지어 크다.

"음, 떨어져 있으니까 주워도 되는 거지?"

나는 마석을 주웠다.

크라켄의 마석만큼이나 컸다.

"가져가도 되겠지?"

버렸으니까, 필요 없다는 거겠지?

"크응~."

내 혼잣말에 곰순이가 애매한 울음소리를 냈다.

"너도 공범이야."

"크응~."

나는 호수 안에 있었으니 누군가에게 보일 염려는 없겠지만, 그래도 어쩐지 뒤가 찜찜한 마음에 두리번거리며 주위를 확인했다. 나는 곰 박스에 마석을 집어넣고는 도망치듯 호수 위로 올라갔다.

그리고 곰의 빛을 끄고, 곰 인형 옷을 벗고, 그 자리를 급히 떠나 곧장 숙소로 돌아갔다.

숙소 앞까지 온 나는 곰순이를 송환하고 숙소로 들어갔다.

숙소 종업원이 늦게 돌아온 것을 걱정했지만, 나는 노아에 대한 일을 설명하고 방으로 들어갔다.

가져와 버렸다.

나는 테이블 위에 후드의 인물이 버린 것으로 보인 마석을 올려두었다.

천장에 있는 불빛에 비춰보자 마석의 색깔이 초록색인 것을 알 수 있었다.

"응?"

마석에 마법진이 그려져 있는데?

나에게는 마법진 구조에 대한 지식이 없었다.

뭔가 알 수 없을까 해서 곰 옷으로 갈아입고 곰 관찰안 스킬을 사용해 보았지만, 마석이라는 것 말고는 아무것도 알아낼 수 없었다. 역시 마법진까지는 알려주지 않는 모양이었다.

이럴 때 마법진을 읽는 스킬이 있다면 좋았을 텐데.

없는 것을 달라고 해도 소용없다.

하지만, 가져오긴 했는데 이게 혹시 마을의 중요한 물건인 건 아니겠지? 게다가 그 후드를 쓴 사람이 버린 것이 아닐 가능성도 있었다.

으윽, 주운 것까지는 좋은데 반대로 주운 게 신경 쓰여서 잠을 못 잘 것 같다.

내일 세레이유한테 물어볼까? 그 호수에 필요한 물건일지도 모르고, 영주의 딸이라면 마을과 관련이 있는 마석일 경우 아는 게 있을지도 모른다. 모른다면 세레이유의 아버지에게 물어보면 된다.

스스로에게 그렇게 타일렀다.

나는 곰 박스에 마법진이 그려진 마석을 넣고 곰순이를 다시 소환했다.

그리고 방에 비치된 욕실에 곰순이와 함께 들어갔다.

교류회가 끝난 후 상당한 땀을 흘렸다. 곰 인형 옷이라면 움직여도 덥지 않지만 교복은 더웠다.

목욕을 마치고 나온 나는 교류회에서 쌓인 피로를 풀기 위해 하얀 곰 옷을 입었다.

곰순이는 내 하얀 곰 옷을 보고 기뻐했다.

"항상 잘 때는 똑같이 입잖아."

"크응~."

나는 곰순이를 안고 침대로 이동했다.

“곰순이, 잘 자. 아침이 되면 깨워줘.”

“크응~.”

마석이 신경 쓰이긴 했지만, 교류회의 피로도 있었는지, 하얀 곰 옷 덕분인지, 안고 있는 곰순이의 감촉 덕분인지, 금세 졸음이 밀려왔다.

다음 날, 곰순이에 의해 기상한 나는 교복으로 갈아입고 시아와 노아를 만나기 위해 학원으로 향했다.

이제 교복으로 갈아입는 것도 익숙해졌다.

긴 다리를 건너 학원 앞에 오자 노아와 시아의 모습이 있었다.

“유나 씨, 안녕하세요.”

“유나 씨, 어제는 잠들어서 죄송했어요.”

“응원하느라 피곤했으니까. 그만큼 열심히 응원해 줬다는 거잖아? 그래서 두 사람은 왜 여기 있어?”

“모두에게 곰돌이를 보이면 곤란할 것 같아서, 일찍 나와서 유나 씨를 기다리고 있었어요.”

배려를 해 준 모양이었다.

“곰돌이를 빌려주셔서 감사했어요.”

노아가 곰돌이를 돌려주었다.

“곰돌이, 노아를 호위해 줘서 고마워.”

"크응~."

나는 감사의 마음을 담아 곰돌이의 머리를 쓰다듬어주었다. 그리고 송환했다.

노아는 조금 아쉬워했지만, 그녀도 이해하고 있었기에 불평하지 않았다.

"그럼 호수에서 놀 준비를 해 볼까?"

"네!"

시아의 말에 노아는 씩씩하게 대답했다.

우리는 호수로 이동했다.

호수에서는 이미 수영복 차림을 한 학생이 즐겁게 놀고 있었다.

"노아, 유나 씨, 저기서 갈아입으면 돼요."

시아의 시선 끝에는 작은 건물이 있었다. 탈의실인가?

"난 됐어. 둘이서 놀다 와."

"유나 씨는 안 놀아요?!"

"세레이유한테 좀 볼일이 있어서 못 놀 것 같아. 그러니까 오랜만에 자매끼리 좋은 시간 보내. 크리모니아로 돌아가면 한동안은 못 볼 테니까."

"……네, 알겠어요. 하지만 세레이유 님과의 볼일이 끝나면 같이 놀아요."

노아와 시아는 수영복으로 갈아입기 위해 건물로 향했다.

나는 세레이유가 올 때까지 호수에서 노는 학생들을 바라보며 시간을 때우기로 했다.

루리나 씨에게 듣긴 했지만, 이 세계에도 수영복은 제대로 있구나. 심플한 수영복부터 귀여운 수영복까지 종류도 다양했다.

그건 그렇고, 다들 정말 나랑 비슷한 또래가 맞는 건가?

어떤 부분이 큰 것 같은데. 어쩌면 뭔가를 집어넣었는지도 모른다. 응, 분명 그럴 거다.

학생들은 이틀 동안의 경쟁으로 쌓인 감정도 없이 즐겁게 어울려 놀았다.

다만 물놀이에 마법을 쓰는 건 하지 말자.

그건 그렇고 세레이유는 전혀 보이지 않네.

혹시 안 오는 건가? 그럼 집에 가면 만날 수 있을까? 아니면 학원 어딘가에 있을 가능성도 있었다. 그렇게 생각하면 섣불리 움직일 수도 없었다.

내가 고민하고 있는데, 어제 시합을 한 바람 마법사 여학생이 찾아왔다.

"넌 안 놀아?"

여자아이는 수영복 차림이었고 몸도 머리카락도 젖어 있었다.

"잠깐 그 세레이유, 님께 볼일이 있어서 기다리고 있는데."

세레이유를 잘 따르는 것 같았으니 괜히 편하게 불렀다가 불평을 들을까 싶어 경칭을 붙였다.

"세레이유 님? 그러고 보니 오늘은 못 봤네. 세레이유 님은 이런 건 별로 좋아하지 않으시지만 얼굴은 꼭 비추시거든. 무슨 일이라도 있으신 걸까? 세레이유 님께 볼일 있어?"

"응, 좀."

마석에 대한 것을 말할 수는 없었기에 애매하게 고개를 끄덕였다.

"잠깐만. 모두에게 물어보고 올게."

여자아이는 그렇게 말하고는 호수에서 놀고 있는 여자아이들에게 달려갔다. 그리고는 학생들과 대화를 하더니 곧장 다시 돌아왔다.

"아무도 본 적이 없대."

여자아이는 숨을 헐떡거리며 알려주었다.

"고마워. 그러면 잠깐 세레이유 님 댁에 가볼게. 만약 세레이유 님이 오면 할 얘기가 있다고 전해 줄 수 있을까?"

"알겠어."

나는 여자아이에게 부탁을 하고, 놀고 있는 시아와 노아에게 세레이유에게 간다는 말을 전했다.

"볼일 끝나면 바로 돌아올 테니까 노아는 시아 곁에서 떨어지면 안 돼."

"유나 씨, 돌아오면 같이 놀아요."

"시간이 있으면."

나는 에둘러서 거절했다.

"네. 기다리고 있을게요."

하지만 순수한 노아에게는 통하지 않았던 모양이다. 이런 순간이면 내 마음이 더럽게 느껴지고는 했다.

나는 혼자서 세레이유의 집으로 향했다.

세레이유의 집이 보였을 때, 갑자기 말 한 마리가 튀어나왔다.

"세레이유?"

말에는 세레이유가 타고 있었다. 세레이유는 나를 보지 못한 채 그대로 달려나갔다.

순간적이었지만, 세레이유의 얼굴은 고통과 긴장으로 굳어 있었다.

나는 생각할 겨를도 없이 세레이유를 뒤쫓아 달리기 시작했다.

562 세레이유, 달려가다

유파리아 학원과 왕도의 학원의 마법 교류회는 무사히 끝났습니다. 원래대로라면 좋은 성적을 얻은 것에 기뻐해야 하지만, 유나라는 이름의 소녀로 인해 스스로의 실력 부족을 통감했습니다.

유나는 소녀처럼 보이지만 믿을 수 없을 만큼 강했습니다.

유나에게 검으로도 졌고 마법에서도 졌습니다. 유나와 저는 근본적인 부분이 다른 것 같다는 생각이 들었습니다. 유나는 모험가라고 들었습니다. 처음에는 믿을 수 없었지만, 시합을 한 지금이라면 믿을 수 있습니다.

유나의 강인함은 모험가로서의 실전 경험에서 나온 것이었습니다.

그에 반해, 저에게는 목숨을 건 실전 경험이 없었습니다.

유나는 모험가로서, 생명의 위협이 늘 따라다니는 상황에서 마물과 싸워 왔을 겁니다. 항상 긴장감 속에서 경험을 쌓아 온 유나와 온실 같은 안전한 환경에서 연습을 해 온 저는 같은 시간이라도 경험에서 차이가 나겠죠.

하지만 저는 어머니가 돌아가신 날부터 오늘까지 강해지기 위해 할 수 있는 모든 노력을 다해 왔습니다.

그러니까 지금까지의 자신을 부정해서는 안 됩니다.

유나는 유나. 저는 저입니다.

유나도 그 나이에 모험가가 되어 실력을 키우기 위해 노력했을 겁니다. 저와는 다른 의미에서 고생을 해왔을 것입니다.

게다가 전 1등을 목표로 하고 있는 것이 아닙니다.

어머니를 죽인 남자가 제 눈앞에 나타났을 때 쓰러뜨릴 수 있으면 충분합니다. 저는 그것을 위해서 검과 마법을 배워왔습니다. 유나한테 져도 괜찮습니다. 어머니를 죽인 남자를 이길 수 있으면 됩니다.

그렇게 스스로에게 타일렀습니다.

이틀 후면 16번째 생일을 맞이합니다. 그 일이 꿈이 아니라면, 어머니를 죽인 남자가 나타날 겁니다. 모든 일은 제 생일에 결판이 납니다. 그러기 위해 오늘까지 노력해 왔습니다.

하지만 어머니를 죽인 남자가 나타나지 않으면 저는 어떻게 되는 걸까요. 나타나지 않으면 목표를 잃고 맙니다. 지금은 그것이 가장 무서웠습니다.

제 마음 속에서는 어머니를 죽인 남자가 나타나길 바라는 마음과 남자가 나타나지 않고 이 평온이 계속되길 바라는 마음이 교차했습니다.

저는 어느 쪽을 바라고 있는 것일까요.

그 대답은 생일이 다가오면서 점점 더 모호해졌습니다.

교류회의 시합으로 지친 저는 침대에 쓰러져서 곧바로 잠이 들었습니다.

다음 날 아침, 창문으로 들어오는 햇살에 잠에서 깼습니다.

오늘은 학생들 간의 친목을 다지기 위해 호수에서 노는 일정이 있습니다.

시끄러운 것은 좋아하지 않지만, 이것도 교류회 행사 중 하나입니다. 참여해야 합니다. 이왕이면 유나와 대련을 할 수 있다면 좋겠습니다. 유나도 시끄러운 건 좋아하지 않는다고 했으니 한번 부탁해 봐야겠습니다.

그때 유나의 강함의 비결을 물어보는 것도 좋을 것 같았습니다.

유나는 어떻게 그 나이에 모험가가 되었는지, 어떻게 힘을 익혔는지, 그런 이야기를 들어보고 싶었습니다.

교복으로 갈아입고 있을 때 문을 노크하는 소리가 났습니다. 들어오라고 하자 메이드인 코렛이 들어왔습니다.

"세레이유 님, 좋은 아침입니다."

"좋은 아침이에요."

코렛이 방을 둘러보았습니다.

"이쪽에 키스 님이 계신가요?"

동생 키스에 대한 질문을 받았습니다.

"제 방에는 안 왔는데. 키스한테 무슨 일이라도 있나요?"

"아니요, 키스 님의 모습이 보이지 않아서, 혹시 이쪽으로 오신 건가 해서요."

키스가 없는 모양입니다.

"정원에 산책 나간 거 아닐까요?"

가끔 아침부터 산책을 하는 경우가 있거든요.

"네, 그렇게 생각해서 정원을 확인했는데, 정원에도 보이지 않았습니다."

그러면 화장실일 수도 있겠죠. 집이 워낙 넓기 때문에 길이 엇갈렸을 가능성도 있습니다.

"다시 한번 방을 살펴보고 안 계시면 다른 곳을 찾아보겠습니다."

코렛은 고개를 숙이고 방에서 나갔습니다.

저는 거울 앞에서 머리 손질을 마치고 식당으로 향했습니다.

아버님은 보이지 않았습니다. 식사는 보통 따로따로 하는 일이 많았습니다. 저는 혼자서 아침 식사를 마치고 방으로 돌아가기 위해 복도를 걸었습니다. 그러자 하인들이 키스를 찾고 있는 모습이 보였습니다.

아무래도 아직 찾지 못한 모양입니다.

숨바꼭질 같이 숨어있을 때도 있지만, 부르면 나오기 때문에 못 찾았던 적은 없었습니다.

무엇보다 이렇게까지 폐를 끼칠 아이는 아닙니다.

아, 하지만 옛날에 키스가 밤에 오줌을 싸서 숨어 있던 일이 떠올랐습니다.

설마 그러진 않았을 것 같지만.

저는 키스의 방으로 향했습니다.

방에는 아무도 없었습니다.

오줌을 싸고 숨어있는 것도 아닌 것 같았습니다.

정말 어디로 간 걸까요?

"키스 님, 계십니까?"

코렛이 방에 들어왔습니다.

그리고 제 얼굴을 보고는 실망한 표정을 지었습니다.

"세레이유 님이셨군요."

"아직도 못 찾았나요?"

"네, 분담해서 찾고 있습니다만."

"옷을 갈아입은 흔적은?"

"옷을 갈아입은 흔적도 없었습니다."

갈아입지 않았다면 더더욱 이상합니다.

"아버님께는요?"

"방금 행방이 묘연하다는 사실을 전했더니, 하인 전원이서 수색하라는 명을 내리셨습니다."

그래서 다들 키스를 찾고 있었던 거군요.

서서히 불안한 마음이 들기 시작했습니다.

"정원은 다 뒤져봤다고 했죠?"

"네."

"밖에 나갔을 가능성은?"

"잠옷차림이라 가능성은 낮습니다. 지금은 분담해서 저택 안

곳곳을 확인 중입니다.”

옷을 갈아입지 않은 채로 밖으로 나갔다는 것은 있을 수 없는 일입니다.

납치된 걸까요?

그런 생각이 머릿속에 떠올랐습니다.

스스로 떠올리고도 몸이 떨렸습니다.

“저도 찾는 걸 돕겠어요.”

“학원 쪽은 괜찮으신가요?”

“그런 소리를 할 때가 아니잖아요. 키스의 행방을 모르는 상황이에요. 어디에 숨어있는 것뿐이라면 그나마 다행이지만, 위험한 상황일 수도 있어요. 다른 사람에게도 평소와 다른 수상한 부분은 없는지 신경 써서 확인해 달라고 말해 주세요.”

“네, 모두에게 전하겠습니다.”

키스의 수색이 시작되었습니다.

각 방, 정원, 나무 위, 창고, 마차 보관소, 모든 장소를 분담해서 찾았습니다.

시간이 흐를 때마다 더욱 초조해졌습니다. 아무리 찾아도 키스의 모습은 보이지 않았습니다.

아버님도 당황하기 시작했습니다.

집을 나간 흔적은 없습니다. 잠옷차림으로 혼자 밖에 나갔을 리가 없는데, 그런데도 집 안 어디를 봐도 없었습니다.

하지만 집안에 없다고 하면 남은 것은 바깥뿐입니다.

아버님께 바깥을 수색하라는 지시가 떨어졌습니다. 저도 일단 방에 돌아갔다가 밖으로 수색을 나가기로 했습니다.

"정말 어디로 간 거지?"

문득 책상 위에 종이가 놓여 있는 것을 발견했습니다.

종이를 책상 위에 꺼내둔 기억은 없었습니다.

종이를 손에 들었습니다. 아무것도 적혀있지 않았습니다. 종이를 뒤집어 보았습니다.

손이 그대로 굳었습니다.

『동생 키스 님은 제가 맡고 있겠습니다. 유파리아 동쪽에서 기다릴게요. 세레이유 님 혼자 오세요. 누군가에게 전달할 경우 동생 키스 님의 목숨은 없습니다. 당신의 어머니를 죽인 남자가』

몸이 떨렸습니다.

심호흡을 하고 마음을 가라앉혔습니다.

나타났습니다.

꿈은 아니었습니다.

어머니를 죽인 인물이 나타났습니다. 게다가 동생을 데려갔습니다.

그때, 어머니가 살해당했을 때 들었던 말이 떠올랐습니다.

『만약 다른 사람에게 말하면 귀여운 남동생이 어머니와 같은 꼴이 될지도 모릅니다.』

어머니를 죽인 자의 말. 협박이 아닙니다. 어머니는 실제로 살해당했으니까요.

그때 어머니의 피 묻은 남자의 손의 감촉이 떠올랐습니다.

몸이 떨렸습니다. 저는 제 뺨을 때렸습니다.

도망치지 마. 이걸 위해 지금까지 애써온 거잖아.

스스로에게 되뇌었습니다.

제가 취할 수 있는 행동은 한정되어 있었습니다. 누군가에게 말하면 키스가 죽을 것입니다.

어머니를 죽인 남자와 싸울 준비는 해 왔습니다. 저 한 명뿐이라면, 진다고 해도 저만 죽으면 됩니다. 하지만 키스가 끌려갔습니다.

키스의 얼굴이 떠올랐습니다. 소중한 내 동생.

반드시 구해야만 합니다.

저는 책장에서 책 한 권을 꺼내 책상 위에 놓았습니다.

이 책 속에는 아버님께 드릴 편지가 끼어 있었습니다.

이때를 위해 적어둔 것입니다. 언제 자신이 죽어도 대비할 수 있도록.

제가 돌아오지 않으면 코렛이 밖에 빼둔 책의 존재를 알아차려 줄 것입니다.

저는 아이템 봉투 안을 확인했습니다. 칼이 들어 있었습니다.

연습용이 아니라 사람을 죽이기 위한 검. 지금까지 사람을 죽인 적은 없었습니다.

하지만 이제는 죽이러 가야 합니다.

죽이러 가는 것은 반대로 말하면 죽임을 당할 수도 있다는 뜻입니다.

아버님이 알게 되시면 얘기하지 않은 것을 혼내시겠죠.

만약 살아서 돌아오게 된다면 충분히 혼날 테니, 부디 용서해 주시기를.

저는 종이를 움켜쥐고는 방을 나섰습니다. 키스를 찾는 것처럼 가장하고 복도를 지나 집 밖으로 나갔습니다. 그대로 마구간으로 달려가 말에 올라탔습니다. 저는 사람이 없는 것을 확인하고, 마구간을 나서서 문 밖으로 뛰쳐나갔습니다.

말을 타고 마을 안을 질주했습니다.

중앙의 큰길을 달려 단숨에 입구까지 갔습니다.

문지기는 저를 보고 놀랐지만, 의심받지 않게 미소를 지어주었습니다.

마을 밖으로 나간 저는 종이에 적혀 있던 동쪽을 향해 말을 몰았습니다.

563 곰 씨, 세레이유의 이야기를 듣다

세레이유의 표정이 신경 쓰였던 나는 그 뒤를 쫓았다. 세레이유는 말을 몰고 마을을 벗어나더니 그대로 계속 달렸다.

나도 쫓아가듯이 마을을 나가나 뒤 곰돌이를 소환해서 올라탔다.

"곰돌이. 세레이유를 쫓아가줘."

"크응~."

곰돌이는 대답하더니 앞을 달리는 세레이유를 쫓아 달리기 시작했다.

쫓고 있기는 한데, 이제 어떻게 해야 할까.

말을 걸어야 하나. 이대로 잠자코 뒤쫓아야 하나. 세레이유의 그 표정이 마음에 걸렸다.

세레이유는 멈추지 않고 말을 몰았다.

곰돌이라면 쉽게 따라잡을 수도 있겠지만, 그 불안한 뒷모습을 보고 있자니 말을 걸기 어려웠다.

그러고 보니 사람을 죽인 적이 있냐고 물었는데, 설마 그녀가 사람을 죽이고 도망치고 있는 건 아니겠지?

반대로 죽이러 가는 것처럼 보이기도 했다.

어쨌든 세레이유답지 않은 표정이었다.

어떻게 할까 고민하고 있는데 곰돌이가 「크응~」 하고 울었다.

"뭐야?"

"크응~."

곰돌이는 다시 한 번 울었다.

이 울음소리는, 마물?!

나는 순간적으로 탐지 스킬을 사용하려고 했지만, 사용할 수 없었다.

맞다. 지금 내 차림은 곰 옷이 아니다. 교복이었다. 곰 옷이 아니면 곰 탐지 스킬을 사용할 수 없었다.

내 얼굴에 땀이 한 줄기 흘렀다.

사람과의 시합에서 곰 장비를 착용하지 않고 싸운 적은 있지만, 마물과 싸워본 적은 없었다. 학원제 시합이든 교류회 시합이든 규칙이 있고 사람들의 눈이 있었다.

하지만 마물과의 싸움은 다르다. 대부분의 마물들은 사람을 보면 죽일 생각으로 달려든다. 위험하다고 해서 누군가 말려주는 것도 아니었다.

곰 장갑과 곰 신발을 장비하고 있기 때문에 이대로 싸워도 이길 수는 있었다. 하지만 사각지대에서 공격받을 가능성도 있었다. 곰 장비를 착용하고 있으면 공격을 받아도 문제가 없다. 하지만 곰 장비가 없으면 다치고, 잘못하면 죽을 수도 있었다. 그런 생각이 머릿속에 떠올랐다.

다시 한번 곰 옷을 입지 않은 것에 위기감을 느꼈다.

일단 멈추고 나서 곰 옷으로 갈아입을까도 생각했지만, 옷을 갈아입는 몇 분 사이에 말을 타고 달려가는 세레이유와 거리가 벌어질 것이다.

그렇다면 세레이유를 멈춰 세운 다음 옷을 갈아입어야 하나?

또 다시 세레이유에게 말을 걸지 말지 갈등이 시작되었다.

고민할 바에야 말을 거는 쪽이 낫겠지.

이대로는 나도 세레이유도 위험하다.

"곰돌이. 거리를 좁혀줘."

"크응~."

곰돌이는 그렇게 대답하더니 가속하며 앞서 달리던 세레이유의 말에 다가갔다.

"세레이유!"

내가 말을 걸자 세레이유는 놀란 표정으로 나를 바라보았다.

"유나?!"

세레이유가 황급히 말을 멈췄다.

내가 접근할 때까지 눈치채지 못했던 모양이다.

"왜 유나가 여기 있죠?"

"세레이유가 심각한 표정으로 말을 몰고 달려가는 게 보여서 쫓아왔어."

"그렇게 심각한 얼굴이었나요?"

"마치 사람을 죽이러 가는 것 같은 얼굴이었어."

나는 농담조로 말했다.

하지만 세레이유는 내 농담에 웃지 않았다.

세레이유는 두 손을 펼치더니 자신의 뺨을 세게 때렸다.

짝 하는 큰 소리가 울렸다.

“걱정 끼쳐 드린 것 같아 죄송합니다. 유나, 걱정은 필요 없으니 마을로 돌아가 주세요. 그리고 가능하면, 제가 여기 있다는 사실을 누구에게도 말하지 말아 주세요.”

“그럴 수는 없어. 세레이유가 어디로 가고 있는지는 모르지만, 이 앞에 마물이 있는 것 같아.”

“마물…….”

“혹시 그 마물을 쓰러뜨리러 가려는 거야?”

“아니, 아니에요. 유나는 이 앞에 마물이 있다는 걸 어떻게 알았죠?”

“이 애가 근처에 마물이 있으면 알려주거든.”

나는 곰돌이의 머리를 쓰다듬었다.

“유나는 곰의 말을 알아듣는 건가요?”

“알아듣지. 곰돌이와 곰순이는 내 소중한 가족이니까.”

“소중한 가족…… 유나, 하나만 물어봐도 될까요?”

세레이유는 힘이 빠진 듯한 표정으로 나를 바라보며 질문했다.

“유나는 그 소중한 가족을 위해서라면 목숨을 걸 수도 있나요?”

나는 곰돌이를 바라보았다.

소중한 나의 가족. 곰돌이가 위험하다면 구하러 갈 것이다.

"소중한 가족을 위해 위험할 수도 있는 곳에 갈 수 있나요?"

세레이유는 진지한 눈으로 나를 바라보았다.

위험한 곳. 곰 장비가 있으면 위험한 곳도 안전하게 갈 수 있었다. 하지만 세레이유가 하고 싶은 말은 그게 아니겠지.

위험. 그것은 곰 장비가 없는 상태일 때를 말한다. 곰 장비가 없으면 나는 무력하다. 그 상태에서 목숨을 걸 수 있느냐는 질문을 받는 것이다.

"도와주러 가고 싶어. 하지만……."

곰 장비가 있다면 「무조건 구하러 간다」고 말할 수 있었다. 하지만 곰 장비가 없다면 「무조건 구하러 간다」고 말할 자신이 없었다. 그때가 되어보지 않으면 알 수 없었다.

정말로 난 곰 장비가 없으면 무력하다. 그것을 다시 한번 실감했다.

"미안해요. 이상한 질문을 해서."

"아니, 그건 상관없는데, 혹시 가족들한테 무슨 일 있어?"

"그건……."

세레이유는 내 질문에서 도망치듯 나에게서 시선을 떼고 입을 다물어 버렸다.

"유나는 마을로 돌아가 주세요."

세레이유는 나를 마을로 돌려보내려고 했다.

하지만 이런 상태의 세레이유를 혼자 남겨두고 돌아갈 수는 없었다.

"돌아가려면 세레이유도 함께 가야 해. 갈 거라면 호위를 붙이든가. 안 그러면 위험해. 세레이유, 그때 노아한테 말했지? 귀족이면 귀족의 입장을 이해해야 한다고. 귀족 영애가 혼자서 마물이 있는 곳에 가는 건 그걸 이해하고 하는 행동인 거야?"

세레이유가 노아에게 호위를 붙이려 할 때 한 말이었다.

그것을 세레이유는 어기고 있었다.

그녀는 이를 악물며 괴로운 표정을 지었다.

"제가 그런 오만한 소리를 한 적도 있죠. 하지만 그 말에 거짓은 없습니다. 그렇다 해도, 저는 귀족 영애이자 한 명의 누나이기도 합니다. 그러니까, 가야만 해요."

세레이유는 시선을 앞으로 향했다.

마을로 돌아갈 마음은 없어 보였다.

잘은 모르겠지만, 세레이유에게 무슨 일이 생긴 것은 확실했다. 여기서 돌아갈 수는 없었다.

"그럼 내가 세레이유를 호위해 줄게."

"유나?"

"그야, 귀족에게는 호위가 필요한 법이잖아?"

곰 인형 옷으로 갈아입으면 어느 정도 위험한 상황이 생겨도 어떻게든 될 것이다.

세레이유 앞에서 곰 인형 옷으로 갈아입는 것은 부끄럽지만, 지금은 그런 것을 따질 때가 아니었다. 그리고 한 번 들키기도 했고, 평소 입고 있는 옷이라는 것도 알려졌으니 새삼스러울 것도 없었다.

"그렇긴 하지만."

"내가 얼마나 강한지는 알고 있지?"

"유나가 강한 건 부러울 정도로 이해하고 있어요."

"그럼 문제는 없지?"

"유나, 고마워요. 유나의 제안은 정말 기뻐요."

세레이유는 기쁜 얼굴로 말했다. 하지만 다음 순간 표정이 변하며 고개를 저었다.

"하지만 안 돼요. 저 혼자 가야만 해요."

틀림없이 가족에게 무슨 일이 생긴 것이다.

어머니는 돌아가셨다고 했으니까, 아버지나 남동생한테 무슨 일이 생긴 건가?

아니면 조부모나 친척일 수도 있었다.

"세레이유, 얘기해 봐. 도와줄게."

세레이유는 나를 빤히 쳐다보더니 무겁게 입을 열었다.

들어보니 동생이 납치되었다고 한다.

그 납치한 자가 적은 것으로 보이는 쪽지가 남아 있었고, 거기 세레이유 혼자 오라는 말이 적혀 있었다는 것이다.

"그러니까 유나는 돌아가 주세요."

"그 말을 들으니 더더욱 세레이유를 혼자 보낼 수 없겠는데."

그 식사 때 함께했던 세레이유의 동생이 유괴를 당했다. 대화는 많이 나누지 못했지만 인사는 했다. 분명 키스라는 이름이었다.

수줍음이 담긴 얼굴로 나와 노아를 보고 있었다.

그 아이에게 무슨 일이라도 생긴다면 꿈자리가 사나울 것 같았다. 그리고 세레이유의 동생을 유괴한 인물의 곁으로 세레이유를 혼자 보낼 수도 없었다.

두 사람에게 무슨 일이 생기면 최악의 기분을 느끼게 될지도 모른다.

그때 세레이유와 함께 따라갈걸, 하고 반드시 후회할 것이다.

"제 동생을 납치한 남자는 제 어머니를 죽였습니다. 살 수 있다는 보장은 없어요. 위험합니다. 그러니 유나는 마을로 돌아가주세요."

분명 시아로부터 세레이유의 어머니는 살해당했다는 말을 들었다.

그 남자가 동생을 납치했다. 단순히 위험한 상황이 아니다. 굉장히 위험했다. 그래서 아까 가족을 위해 위험한 곳에 갈 수 있는지 물어본 거구나.

"종이에는 저 혼자 오라고 적혀 있었어요. 저 혼자 가지 않으면 동생이 어떻게 될지 몰라요. 그러니까 유나의 마음만 잘 받을게요. 유나. 걱정해 줘서 고마워요."

세레이유는 내 제안을 거절했다.

이렇게 된 이상 숨어서 따라가야 하나. 그렇게 생각한 순간, 곰돌이가 「크응~」 하고 울었다.

나는 세레이유의 뒤쪽을 바라보았다.

"돌아가기에는 이미 늦은 것 같은데."

"늦어지는 것 같아서 와봤더니. 세레이유 님, 약속과 다르지 않습니까."

후드를 쓴 수상한 인물이 나무 뒤에서 나타났다.

564 곰 씨, 순순히 따르다

세레이유와 대화를 하다가 곰 인형 옷으로 갈아입을 타이밍을 놓쳤다.

후드를 쓴 인물이 우리를 향해 걸어왔다.

아까 세레이유에게 했던 말과 등장한 방향을 생각하면, 이 후드를 쓴 수상한 인간이 세레이유의 목적이자 동생인 키스를 납치한 인물이겠지.

그리고 목소리로 보아 남자라는 것을 알 수 있었다.

그런데 이 후드의 분위기, 어디서 본 적이 있는 것 같은데.

어디였더라?

살짝 마음에 걸리긴 했지만 기억이 나지 않았다.

"그쪽에 곰과 함께 있는 아가씨는 누구죠? 저는 혼자 오라고 썼는데, 약속과 다른 것 같은데요."

후드를 쓴 남자가 나에게 시선을 돌렸다.

"그건……."

세레이유는 나를 보며 난처한 표정을 지었다.

"그렇다면 저도 약속을 어겨도 된다는 말일까요?"

남자는 웃으며 세레이유에게 물었다.

세레이유가 무언가 반박하려다 말을 삼켰다. 그래서 내가 대신 후드의 남자의 말에 대답했다.

"전 세레이유의 친구예요. 세레이유가 황급히 혼자 마을 밖으로 나가는 모습이 보여서 쫓아온 것뿐이고요. 세레이유가 왜 혼자 마을을 나왔는지, 왜 여기 왔는지, 누군가와 만난다는 것도 전혀 몰랐어요. 그러니까 세레이유가 약속을 어겼다고 할 수는 없죠."

마을을 나왔을 때는 몰랐기 때문에 거짓말은 하지 않았다.

들은 것은 바로 조금 전이다.

"뭐, 좋습니다. 학생이 한 명 늘어난다고 해도 문제는 없죠. 게다가 저와 세레이유 양의 10년만의 재회입니다. 마음이 넓은 제가 용서하지요."

후드를 뒤집어쓰고 있지만, 미소 짓는 남자의 입꼬리가 보였다.

곰돌이도 있다, 라고 말하려다가 관뒀다.

"10년. 그럼 역시 당신이 어머니를 죽인 자군요."

세레이유가 힘겨운 목소리로 물었다.

"네, 제가 당신의 어머니를 죽인 남자입니다."

남자는 그렇게 말하고 스스로 후드를 집었다. 후드 아래에서는 30대 후반쯤 되는 남자의 얼굴이 나타났다. 얼굴은 여위어 있었다.

"어렸던 당신은 제 얼굴까지는 기억하지 못하겠지만요."

"얼굴은 기억하지 못하지만, 웃던 그 입은 기억하고 있습니다. 그리고 당신이 어머니를 죽이고, 그 피 묻은 손으로 저를 만졌던 불쾌한 감촉도.”

“후후, 그건 영광이군요.”

남자는 세레이유의 빈정거림에도 미소를 지었다.

세레이유의 주먹에 힘이 실리는 것이 느껴졌다.

“그래서, 키스는 무사한가요?”

“지금은 살아 있습니다. 앞으로 어떻게 될지는 당신에게 달려 있습니다만.”

남자는 웃었다.

지금 여기서 남자를 때려서 이 자리에서 제압하고 키스의 위치를 알아내는 것은 문제없이 가능할 것 같았다. 하지만 이 남자에게 동료가 없으리라는 보장은 없었다.

키스의 현 상황을 모르는 이상 여기서 손을 대는 것은 상책이 아니었다. 그걸 아는지 세레이유도 꾹 참고 있었다.

세레이유의 표정이나 꽉 쥔 손을 보면 알 수 있었다.

“키스는 어디에 있죠? 약속대로 왔으니 키스를 돌려주세요.”

“약속이라…….”

남자는 나에게 시선을 돌렸다.

“그건 문제없다고 했잖아요.”

“농담입니다. 그럼 동생분을 돌려드리기 위해 동생분이 계신 곳으로 안내해 드리겠습니다. 다만, 그쪽 아가씨도 같이 와주셔야겠습니다.”

놔준다면 곰 인형 옷으로 갈아입고 앞서가서 매복하고 있으려 했는데, 그건 안 될 것 같았다.

만약 내게 연기력이라도 있었다면, 울면서 「저는 살려주세요」, 「저는 상관없어요」, 「저 아무한테도 말 안 해요. 그러니까 돌려보내 주세요」라고 말할 수 있었을지도 모른다.

하지만 안타깝게도 그런 연기력도 없었고, 약한 소리를 뱉는 것에도 거부감이 들었다. 부끄럽기도 하고.

"그녀는 상관없잖아요! 저만 있으면 충분하죠!"

세레이유는 상관없는 나만이라도 돌려보내려고 했다.

"이곳에 있는 시점에서 상관없다고 할 수는 없습니다. 그녀에게 들킨 것은 당신의 실수입니다. 게다가 여기서 그녀가 마을로 돌아가 신고라도 한다면 일이 더 복잡해지니까요. 아니면 당신은 세레이유 양을 버리고 도망칠 겁니까? 세레이유 양의 친구분?"

남자는 「버린다」와 「친구」라는 부분을 강조하며 내게 불쾌한 미소를 지어 보였다.

하지만 상황은 대강 파악했다.

세레이유의 어머니를 죽인 남자가 나타나 동생 키스를 납치해 세레이유를 불러냈다.

하지만 알 수 없는 점은, 어째서 세레이유를 불러냈는가 하는 점이었다.

세레이유의 말을 들어보면 어머니가 살해당했을 때 같이 있었던 것 같은데. 10년 전에는 세레이유도 어렸다. 그 어린 세레이유가 남자에게 무언가 원한을 샀을 것 같지는 않았다.

게다가 어째서 10년이 지난 지금일까?

현재로서는 정보가 적었다. 어느 쪽이든 내 행동은 변하지 않았다.

이유야 어찌됐든 세레이유를 지키고, 남자를 때리고, 키스를 구해낸다. 그뿐이었다.

하지만 지금 남자를 화나게 하는 것은 상책이 아니었다.

"알았어요. 저도 함께 가면 되는 거죠?"

"유나?!"

내 말에 세레이유는 놀랐다.

도망가려고 하면 곰돌이와 곰순이가 있으니 언제라도 도망칠 수는 있었다. 지금 나만 도망치면 세레이유와 키스가 어떻게 될지 알 수 없었다. 그럼 같이 있는 편이 나았다. 키스가 있는 곳만 알아내면 어떻게든 되겠지. 불안한 점이라면 곰 인형 옷을 입고 있지 않다는 것 정도였다.

뭐, 여차하면 언제든지 입을 수는 있지만.

"상황 파악에 빠른 아가씨라 다행이군요."

"유나……."

"세레이유도 신경 쓸 필요 없어. 나도 같이 갈게. 여기서 도망치면 키스가 어떻게 될지 알 수 없잖아?"

뭐, 따라오라고 하면 같이 따라가면 그만이다.

"정말로 말귀를 잘 알아들으시는군요. 만약 여기서 도망쳤다면 동생은 죽일 수밖에 없었을 겁니다."

남자는 쉽게 죽인다는 말을 입에 담았다. 정말 세레이유의 어머니를 죽인 자라면 그런 짓을 하고도 남았을 것 같았다.

하지만 남자의 말이 사실이라면 키스는 아직 살아 있다는 뜻이었다. 어느 정도의 부상이라면 고칠 수도 있으니 살아만 있다면 아직 살릴 기회는 있었다. 그래서 위험이 없는 한 남자의 말을 따르기로 했다.

"그럼 키스는 어디에 있나요?"

"여기서 조금 떨어진 곳에 있습니다. 아까 말씀드린 것처럼 지금은 무사합니다만, 당신들의 행동에 따라 어떻게 될지는 알 수 없습니다……."

남자는 불쾌한 미소를 지었다.

아, 저 얼굴 딱 한 대만 때리고 싶다.

조롱하는 듯한 웃음도, 태도도 짜증나고, 본인이 유리하다는 것을 알고 있는 여유로운 태도도 거슬렸다.

때리고 싶지만 지금은 참아야 한다, 참자.

인간은 참을 수 있는 생물이다.

나는 주먹을 꽉 쥐고 참았다.

"그건 그렇고, 곰을 데리고 다니는 아가씨라니 대단하군요."

남자가 신기하다는 얼굴로 내 옆에 있는 곰돌이를 바라보았다.

말 대신 곰을 타는 인간은 아마 나 정도밖에 없을 것이다.

"제 소중한 가족이에요."

"그럼 그 가족과는 여기서 작별하셔야겠습니다."

"설마 죽이겠다는 건가요?"

나는 남자를 노려보았다.

"저는 신사입니다. 아가씨들 앞에서 그런 끔찍한 짓은 하지 않습니다. 지금은……."

뭔가 의미심장한 말투였다.

"다만 곰을 타고 도망쳐버리면 곤란하니 여기서부터는 걸어가도록 하겠습니다. 말과 곰은 거기 있는 나무에 적당히 묶어두시면 됩니다. 만약 거부하시면 여기서 처치할 수밖에 없습니다만."

남자는 오른손에 불 마법을 만들어냈다.

곰돌이는 괜찮지만, 세레이유의 말은 그렇지 않을 것이다.

"알았어요."

"유나, 미안해요."

세레이유가 사과했다. 세레이유에게는 잘못이 없었다.

세레이유는 말의 고삐를 나무에 감아 도망가지 못하게 했다. 나도 그것을 따라 로프를 꺼내 곰돌이의 목에 걸고 나무에 감았다. 일단 그렇게 해 두었다.

"곰돌이. 잠깐만이야. 미안해."

"크응~."

곰돌이가 슬프게 울었다.

하지만 정말 잠시뿐이었다.

"이거면 됐나요?"

"정말 얌전한 곰이군요. 시간이 있으면 조사해 보고 싶지만, 지금은 그럴 여유가 없으니 포기하도록 하죠. 그럼 동생이 있는 곳으로 안내해 드릴 테니 따라오세요."

남자는 우리의 행동에 만족했는지 우리에게 등을 돌리고 걷기 시작했다.

"아, 뒤에서 덮칠 생각은 하지 마세요. 혹시라도 제게 무슨 일이라도 생기면 동생분의 목숨은 없을 테니까요."

"알았으니까 빨리 동생한테 안내나 해 주세요."

세레이유는 분한 표정을 지으면서도 남자의 뒤를 따라 걸었다. 맨 뒤를 내가 따라갔는데, 그 사이에 순식간에 곰돌이를 송환시키고 아무 일도 없었던 것처럼 두 사람의 뒤를 걸었다.

순식간에 벌어진 일이라 앞에서 걷는 두 사람은 곰돌이를 송환한 것도 모르고 계속 걸어갔다.

자, 이제 어쩔까.

탐지 스킬을 사용하면 사람의 반응으로 키스의 위치를 알 수 있었지만, 교복 차림이라 사용할 수 없었다. 좀 더 말하자면 마물이 근처에 있을 수도 있으니 조심해야 했다.

정말로 곰 인형 옷과 곰돌이, 곰순이의 소중함을 절실하게 깨달았다.

다만 몇 번이고 하는 말이지만, 왜 나 자신에게 그런 스킬이나 힘을 주지 않은 것인지 불평하고 싶었다.

그랬다면 이런 고생은 하지 않았을 텐데.

일단 행동을 취하는 것은 키스의 안부를 확인한 뒤였다.

565 곰 씨, 분노를 느끼다

우리는 완만한 오르막길을 걸었다.

"유나, 미안해요. 이런 일에 휘말리게 해서."

"신경 안 써도 돼. 세레이유는 아무 잘못 없어. 잘못한 건 첫 남자겠지."

세레이유의 동생인 키스를 잡아갔고, 과거에는 세레이유의 어머니도 죽였다. 아무리 생각해도 앞에서 걷고 있는 남자가 나쁘다.

"그렇긴 하지만……."

"게다가 난 내 몸 정도를 지킬 수 있으니까, 세레이유는 본인과 키스에 대한 것만 생각해."

"유나가 강하다는 건 알고 있어요. 하지만 이번 일에 휘말리게 한 건 제 책임이에요. 좀 더 주변을 살피면서 마을을 떠났어야 했는데."

세레이유는 책임감이 강했다. 나를 끌어들인 것에 죄책감을 느끼고 있는 모양이었다. 게다가 동생 키스가 납치당했다. 이 상황에서 냉정해지라고 하는 것이 무리였다.

"제 목숨을 대가로 삼는다 해도 유나와 키스는 무사히 돌려보낼 테니 안심하세요."

세레이유는 자신을 희생해서라도 나와 키스를 지킬 각오를 마친 것 같았다. 물론 그렇게 하게 놔둘 생각은 없었다. 세레이유를 희생해서 산다고 해도 평생 세레이유의 죽음을 짊어지고 살아가야 한다. 그런 건 사양이었다.

"잡담도 좋지만 제대로 따라오세요. 도망치기라도 하면 무슨 일이 생길지 말 안해도 아시겠죠?"

우리가 아무것도 할 수 없다고 생각하는지 남자는 뒤를 돌아보지도 않았다.

"당신이야말로 왜 그렇게 위기감이 없는 거죠? 우리가 뒤에서 공격할 수도 있잖아요."

"당신에 대해서는 잘 모르지만, 세레이유 양은 동생을 위해서라도 그런 짓은 하지 않을 겁니다. 당신이 달려든다고 해도 반드시 막아줄 거고요."

마치 세레이유에 대해 잘 아는 듯한 말투였다.

"제가 세레이유의 말을 듣지 않을지도 모르는데요."

"즉, 세레이유 양의 동생이 어떻게 되든 상관없다는 말이군요. 세레이유 양, 친구는 신중하게 사귀는 편이 좋습니다."

단어 하나하나가 전부 거슬렸다.

"유나도 손대지 못하게 할 테니 안심하세요."

"후후, 세레이유 양은 그쪽 아가씨보다 현재 상황을 잘 이해하고 있는 것 같군요."

응, 나는 누구보다 너의 미래를 이해하고 있다.

"저희는 습격하거나 도망치지는 않을 겁니다. 하지만 걷기만 하면 한가하니 제 질문에 대답해 주실 수 없을까요?"

"뭔가요?"

"당신이 어머님을 죽였다면, 왜 어머님을 죽인 거죠? 어머님이 무슨 짓을 하셨나요? 당신과 어머님 사이에 무슨 일이 있었던 건가요?!"

세레이유가 앞을 걷는 남자에게 물었다.

"당신의 어머니와는 학창시절부터 알던 사이였습니다. 당신의 어머니는 누구에게나 상냥하고 아름다운 여성이었죠. 저도 그런 그녀에게 끌렸습니다. 학원을 졸업할 때 고백을 했고요. 하지만 그녀는 제 사랑을 받아주지 않았습니다. 당신의 어머니는 제 호의를 짓밟았어요. 계속 사랑했는데, 그녀는 돈뿐인 남자와 결혼했습니다."

남자는 과장된 몸짓과 함께 설명했다.

"겨우 그 정도의 이유로 어머님을 죽인 건가요?!"

세레이유가 이를 악물었다. 분함에 손도 떨리고 있었다.

"이유로서는 충분하지 않나요? 제 사랑을 거부하고 짓밟았으니까요. 하지만 저는 상냥한 사람이니까 몇 년을 기다린 뒤에 다시 한번 고백했습니다. 하지만 대답은 똑같았습니다. 그래서 죽인 겁니다. 남이 기껏 마지막 기회를 줬는데, 그 여자는 거절했습니다. 잔인하다고 생각하지 않으십니까?"

남자가 뒤돌아보면서 우리에게 동의를 구했다. 자신은 정말 아무 잘못도 없다는 듯한 표정이었다.

미안하지만 조금도 동의할 수 없었다.

상대방도 선택할 권리 정도는 있었다. 이 남자와 세레이유의 아버지라면, 일반적인 여자라면 세레이유의 아버지를 선택할 것이다.

게다가 귀족이고, 돈도 있고, 상냥해 보이는 사람이라면, 여성이 보기에는 최고의 결혼 상대가 아닌가.

그것을 눈앞에 있는 남자와 비교한다는 시점에서 이미 잘못됐다.

세레이유의 아버지가 미사를 납치한 그 귀족처럼 성격이 나쁘고 두꺼비 같은 면상이었다면 돈을 노리고 결혼했다는 말을 들어도 할 말은 없겠지만, 그렇지도 않았다. 완전한 질투이고 억지였다.

하지만 남자의 표정에서는 배신당했다는 집착과 증오가 엿보였다.

이것은 생각보다 더 질이 나빴다. 세상의 상식이 통하지 않는 인간만큼 대화가 안 되는 상대는 없었다.

연애 경험이 없는 내가 말하는 것도 그렇지만, 차인 것 정도로 사람을 죽인다는 것은 말도 안 되는 일이었다. 하지만 이 세상에는 상대방을 너무 좋아한 나머지 집착하는 스토커도 존재한다. 일방적으로 호의를 베풀다 거절당하면 미쳐서 사람을 해친다. 원래 살던 세계에서도 그런 뉴스가 종종 나오곤 했다.

그런 것에 집착할 시간이 있으면 게임이라도 하는 편이 나을 것 같은데. 이 세계에서도 찾으면 즐거운 일은 많이 있다. 연애만 즐거운 일이 아니다. 상대에게 차였다면 새로운 사랑을 찾으면 된다.

하지만 이건 연애를 해 본 적이 없어서 나올 수 있는 발일시도 모른다. 감정은 차인 본인 말고는 아무도 모른다.

그렇다고 해서 남을 죽이거나 속박해도 되는 이유가 되지는 않는다.

"당신은 미쳤어요. 어머님께 거절당했다는 이유만으로 죽이다니."

남자의 말을 듣던 세레이유가 떨리는 목소리로 남자를 향해 말했다.

세레이유는 어머니가 살해당한 이유를 알고 분노했다. 남자를 향해 증오의 눈초리를 보냈지만, 동생인 키스가 잡혀 있으니 그 이상은 할 수 없었다.

"그래서 어머니한테 차이고 죽인 것도 모자라 딸 세레이유를 데려와서 어쩔 셈이죠? 혹시 세레이유까지 죽일 생각인가요?"

"세레이유 양을 죽인다고요? 설마."

내 말에 남자는 웃었다.

"죽일 리가 없잖아요. 세레이유 양은 아름답게 성장했습니다. 제 학창시절이 떠오르더군요. 저는 세레이유 양과 결혼할 겁니다."

"……결혼."

"드디어 저와 맺어질 때가 온 거죠."

남자는 웃었다. 완전히 미친놈이었다.

혹시 이 남자는 세레이유의 어머니를 죽인 뒤에 세레이유가 성장하기를 기다리고 있었던 건가?

상상만으로도 오싹 소름이 돋았다. 그 호의의 대상이 된 세레이유는 나보다 더 끔찍할 것이다.

“저는 어머니가 아닙니다. 세레이유예요.”

“아니요, 똑같이 생겼습니다. 겉모습도, 그 의연한 태도도. 그리고 비정하지 못하고 상냥한 점도 당신의 어머니와 똑같습니다.”

“저는 당신과 결혼할 생각이 없습니다. 당신과 결혼할 바에야 어머니와 같은 곳에 가겠습니다.”

“동생과 함께 말인가요?”

“?!”

인질로 삼은 목적이 이거였구나.

“당신은 비열하군요.”

“칭찬으로 듣겠습니다.”

남자는 웃었다.

“게다가 저와 당신은 서로 마음이 통하지 않았습니까. 매일 서로를 생각하며, 오직 상대만을 품고 살아왔습니다.”

“그것은 만약 당신이 나타났을 때 어머님의 원수를 갚기 위해서였습니다.”

“그래도 당신은 항상 저를 생각했겠죠. 어머니를 잃은 어린 시절부터 제 생각만 하며 검을 휘두르고 마법을 배웠고요. 그게 증오에서 비롯된 것이고, 저를 죽이기 위함이라고 해도, 당신의 마음속에는 언제나 제가 있었습니다. 생각만으로도 몸이 떨릴 정도로 기쁘군요."

남자가 환희에 찬 얼굴로 말했다.

하지만 듣는 쪽은 소름이 돋았다.

완전히 미친놈이다. 만약 10년 간 계속 어디선가 계속 보고 있었다면…… 상상만으로도 구역질이 날 것 같았다.

세레이유는 어린 시절부터 어머니를 죽인 남자가 다시 나타날 것을 알고서 검과 마법을 단련해 왔던 거구나. 나는 상상도 할 수 없는 긴 시간이었다.

"혹시 세레이유와 결혼하기 위한 협박 재료로 키스를 납치한 건가요?"

"누가 들으면 오해하겠군요. 동생도 함께 축하하기 위해서입니다. 뭐, 거절하면 어떻게 될지는 모르겠지만요."

그게 바로 협박이라는 거다.

하아, 짜증나고 역겹고 정말 최악의 기분이다. 당장이라도 키스를 구해내고 남자를 때려야 직성이 풀릴 것 같았다.

주먹에 힘이 들어갔다.

세레이유를 보자 무언가 참는 것처럼 입술을 깨물고 있었다.

"세레이유, 괜찮아?"

"아, 네. 괜찮아요."

전혀 괜찮아 보이지 않는다. 안색이 나빴다.

“이 정도로 불쾌함을 느낀 건 처음이에요. 끔찍하고, 분하고, 불합리한 이유로 살해당한 어머님에 대한 슬픔까지. 온갖 감정이 뒤섞여서 마음속이 엉망이 된 느낌이에요.”

그것도 어쩔 수 없다. 만약 저 남자의 감정이 나를 향했다면 당장이라도 때렸을 것이다. 만약 티루미나 씨가 살해당하고 피나가 붙잡혔다고 상상하면 화가 머리끝까지 치밀어 올랐다.

아마 터져버리지 않았을까.

내가 세레이유를 걱정하고 있을 때 남자가 걸음을 멈췄다.

“도착했습니다.”

“키스는 어디 있죠?!”

어디에도 키스의 모습은 보이지 않았다.

나는 확인하기 위해 탐지 스킬을 사용하여 위치를 확인하려고 했다. 하지만 탐지 스킬 화면이 뜨지 않는 것을 깨달았다.

못 쓴다는 걸 깜빡했다.

습관이 이래서 무섭다. 뭘 확인하려고 하면 바로 탐지 스킬이나 지도를 꺼내려는 버릇이 나온다.

지금까지 얼마나 곰 장비에 의지해 왔는지 알 수 있었다.

“저기 있습니다.”

남자가 앞을 가리켰다.

세레이유는 달렸다. 나도 쫓아갔다.

그곳에는 믿을 수 없는 광경이 펼쳐져 있었다.

우리는 완만한 오르막길을 걸어 올라왔다. 우리가 선 곳은 높은 위치였다.

"마물……."

우리의 시선 끝에는 언덕이 펼쳐져 있었고, 그곳에 울프 등의 마물이 우글우글 몰려 있었다. 그 수는 대충 봐도 1,000마리는 넘어 보였다.

그 마물의 중심에 어린아이가 누워 있었다.

"키스!"

세레이유가 소리쳤다.

마물 무리의 중심에 키스가 누워 있었다.

566 곰 씨, 준비를 갖추다

세레이유가 키스의 이름을 외쳤다. 하지만 멀리서 쓰러져 있는 키스에게 반응은 없었다.

"키스는 살아 있는 건가요?!"

"지금은 아직 살아 있습니다. 죽어버리면 세레이유 양과의 약속을 지킬 수 없으니까요."

탐지 스킬을 사용할 수만 있으면 생사 확인도 가능한데, 곰 인형 옷을 입고 있지 않아 사용할 수가 없었다. 진짜로 불편하다.

"어때요, 멋진 광경이지 않습니까?"

남자는 팔을 벌리고 우리에게 마물 무리의 광경을 과시했다.

마물은 보이는 범위만 해도 울프에 타이거 울프, 고블린, 오크까지 있었다.

하지만 어째서 마물은 키스를 덮치지 않는 거지?

"이만한 마물을 어떻게."

남자는 세레이유의 질문에 기뻐하며 설명을 시작했다.

"아, 그건 말이죠. 당신 어머니에게 심한 처사를 당한 저는 얼마 후 한 남자를 만났습니다. 그 남자는 성에 속해 있던 마법사라고 하더군요. 하지만 남자는 국왕에 의해 성에서 쫓겨났고, 국왕에게 복수하기 위해 여러 가지 연구를 하고 있었습니다. 저는 같은 복수를 하는 사람으로서 그 남자와 뜻이 맞아 함께 연구를 하게 되었죠. 그리고 마침내 마물을 조종할 수 있게 된 겁니다."

국왕에게 복수. 마물을 부린다. 신경 쓰이는 단어가 나왔다.

"마물을 조종하다니, 그런 일이 가능할 리가 없어요."

나는 마물을 조종하는 사례를 알고 있었다.

만난 적은 없지만, 마물을 모았던 인물이 있었다.

"그렇습니까? 실제로 세레이유 양의 동생은 마물의 무리 속에 있는데 습격당하고 있지는 않지요? 제가 그러라고 명령해 두었기 때문입니다."

남자의 말이 맞았다. 저만한 수의 마물이 있는데 키스의 주위를 걷기만 할 뿐 아무도 덮치려 들지 않았다. 마물이 키스에게 호의적인 것이 아니었다. 멀리 떨어진 이곳에서도 알 수 있을 정도로 마물은 당장이라도 키스에게 달려들 기세였다. 먹이를 두고 참고 있는 맹수 같은 느낌이었다.

"그렇게 믿기 어렵다면 시험 삼아 동생을 공격해 보겠습니까? 팔 하나 정도로 끝날지도 모르죠."

남자가 웃으며 세레이유에게 물었다.

"미, 믿을 테니까 그러지 마세요."

믿지는 못하더라도 키스의 목숨이 달린 일이기 때문에 해 보라고 쉽게 말할 수는 없었다.

"그래서, 이만한 마물을 모아서 어떻게 할 셈이죠? 저를 협박한다면 키스만으로 충분하잖아요?"

애초에 마물을 모을 이유가 없었다. 복수의 대상인 세레이유의 어머니는 이미 이 남자에게 살해당했다. 반대로 말하면 복수는 끝났다.

"마물의 역할 말입니까? 그것은 제게서 그녀를 빼앗아간 그 남자가 다스리는 마을을 멸망시키기 위해서입니다."

노림수는 세레이유의 아버지였나.

확실히 세레이유의 아버지는 이 남자에게 있어서는 세레이유의 어머니를 빼앗은 증오의 대상이었다.

"약속과 다르잖아요. 마을의 주민은 관계없을 텐데요."

"약속은 동생의 목숨이었죠. 저 마을 주민의 목숨까지 약속하지는 않았습니다."

그런 것은 말장난이다. 애초에 마을 사람에 대한 얘기는 없었으니 약속도 뭐고 의미가 없었다.

"모험가가 없는 지금 얼마나 많은 주민이 죽게 될까요?"

"모험가가 없다고요?"

남자의 말에 세레이유가 되물었다.

"후후, 세레이유 양은 모르는군요. 마을에 모험가가 거의 없다는 사실을."

"세레이유. 이 마을 부근에 있던 마물이 사라져서 모험가는 다른 마을로 가버렸어."

"그게 정말인가요?"

세레이유는 내 말에 놀랐다.

아무래도 모험가에 대한 사정은 몰랐던 모양이었다.

"모험가 길드에서 들은 말이니까 확실해."

최근 몇 년, 이 시기가 되면 마물이 줄어들어 모험가가 일거리를 찾아 다른 마을로 돈을 벌러 간다는 이야기였다.

"그쪽의 작은 아가씨는 알고 있는 것 같군요. 모험가가 없는 지금이라면 마을에 피해를 입히는 건 순식간입니다. 마을에 있는 자경단이나 병사의 수도 적고요. 이 정도의 마물만 있으면 충분합니다."

"혹시 이 시기에 마물이 사라지는 건 당신이 마물을 조종하고 있었기 때문인가요?"

"당신도 어린데 머리 회전이 빠르군요. 맞습니다. 저는 마물을 연구하기 위해 마을에서 떨어진 곳에서 살고 있습니다. 가끔 마을에 가기도 합니다만, 세레이유 양의 생일 즈음이 되면 세레이유 양의 얼굴을 보러 가곤 했거든요. 그때 마물을 조종하는 연습을 했습니다."

"그래서 매년 이맘때면 마물이 없어지는 거였군요."

"네, 우연의 산물이었습니다. 하지만 어쩌면 신이 저와 세레이유 양을 맺어주기 위해 만들어준 일일지도 모르죠."

그런 신은 없다. 있는 것은 가녀린 소녀에게 곰 옷을 입히고 즐기는 변태 신뿐이다.

"하지만 마을에는 성벽이 있기 때문에 울프나 고블린은 들어갈 수 없어요."

마물은 쉽게 들어갈 수 없었다. 그것을 위한 벽이니까. 하늘을 나는 마물이 아니면 마을로 쉽게 들어갈 수 없었다.

내 질문에 남자는 웃음기 띤 표정으로 위쪽을 바라보았다.

"후후, 하늘을 보세요."

나와 세레이유는 하늘을 바라보았다.

"……와이번."

상공에는 세 마리의 와이번이 날고 있었다.

"와이번이 문을 부수기만 하면 마을은 끝입니다."

이는 왕도 때와 같은 방식이었다.

그때도 와이번이 있었다. 하지만 잠들어 있던 탓에 가볍게 제압할 수 있었다. 그렇다 해도 와이번은 타르구이 상공이나 화의 나라에서 수도 없이 싸워본 상대였다. 이제 와서 새삼 걱정이 되지는 않았다.

게다가 겨우 세 마리다. 아니면 왕도 때처럼 뭔 같은 숨겨진 패가 더 있는 것일까?

뭐, 있다고 해도 불의 곰 군대를 만들어서 다 불태워버리면 그만이었다.

"하나 물어봐도 될까요?"

"뭔가요? 아가씨."

기분이 좋은지 내가 말을 걸어도 남자는 웃는 얼굴로 되물었다.

"국왕에게 복수하려 했던 그 남자는 어떻게 됐어요?"

"후후, 후후후."

내가 묻자 남자는 웃음을 터뜨렸다.

"그 자는 실패했습니다. 자신의 모든 마력과 생명력까지 동원해 무려 만 마리의 마물을 모았는데, 보기 좋게 실패했죠. 제가 조사한 바로는 A랭크 파티 모험가들에 의해 마물이 전멸했고, 본인도 왕에게 살해당했다는군요. 그는 저와는 달리 운이 없었던 셈이죠."

아쉬운 얼굴로 말하지만 표정은 웃고 있었다.

여기서 「너도 날 만났으니 운이 없네」라고 말해보고 싶었다.

"같이 연구했던 동료 아니야?"

"같은 수단을 위해 공동 연구를 했을 뿐 동료는 아닙니다. 게다가 목적이 다르니까요. 그러니 서로가 하는 일에 간섭은 하지 않았지요."

하지만 같은 연구를 했다고 하면 이상한 점이 하나 있다.

"지금 마물을 조종하려면 많은 마력과 생명력이 소모된다고 했는데, 당신은 그렇게 쇠약해 보이지는 않는데요?"

별로 관심이 없어서 흐릿한 기억으로만 남아 있지만. 국왕에게 들은 이야기에 의하면 마물을 조종하기 위해 자신의 마력뿐만 아니라 목숨까지 써서 마물을 모았다고 했다.

"저는 그 사람처럼 제 목숨을 바쳐서 복수할 생각은 없습니다. 그야 당연하죠. 제가 죽으면 세레이유 양과 함께 있을 수 없을 테니까요."

무슨 소리를 하는 거냐며, 비웃듯이 나를 바라보았다.

"그럼 어떻게 이만한 수의 마물을 조종하는 건데요?"

그것만이 유일한 궁금증이었다.

이 남자는 여위었지만 생기는 있었다. 아니면 그만큼의 마력을 보유하고 있는 건가?

"쉬운 일입니다. 마물 수를 최소한으로 줄이고, 명령은 단순화하고, 마력은 다른 것으로 보충하면 됩니다, 아가씨."

마물의 수를 줄이는 것과 명령을 단순화한다는 말의 의미는 알 수 있었다.

하지만 다른 것으로 마력으로 보충한다고?

다른 인간의 마력…… 아니면 마석?

그런 와중 퍼즐 조각이 맞춰지듯 생각이 딱 맞물렸다.

"……마석."

"아가씨, 용케 알았군요."

내 말에 남자가 놀랐다.

"네, 마석입니다. 그 마석에 마법진을 그려 넣어 간단한 명령과 지시가 발동되도록 해 두었지요."

남자는 그렇게 말하고는 갑자기 옷을 걷어 올렸다.

"몸에 마석을?"

남자의 심장 근처에 마석이 박혀 있었다.

"절 죽이면 명령은 해제되고 동생은 마물에게 습격당하게 됩니다. 그러니 저를 죽일 생각은 하지 않는 게 좋을 겁니다."

그래서 여기까지 술술 다 얘기해 준 거구나. 설명을 듣게 되면 남자에게 함부로 공격할 수 없게 될 테니까.

"그리고 이것과 짝을 이루는 마석이 유파리아에 숨겨져 있습니다. 제가 죽거나 혹은 해가 뜨고 몇 시간이 지나면 발동해서, 마물들은 유파리아에 있는 마석을 향해 움직일 겁니다."

"?!"

"하지만 세레이유 양이 저와 함께 와주신다면 마석을 숨긴 장소를 그쪽 아가씨에게 알려드려 해제하게 해 드리겠습니다."

세레이유는 이를 악물고 필사적으로 머리를 굴렸다.

"아버님께 복수한다면서 너무 관대한 거 아닌가요? 저희들에게 알려줄 메리트가 없을 것 같은데요."

"아니요, 알려드릴 겁니다. 정확히요. 그래서, 어쩌실 겁니까? 저와 함께 오시겠습니까? 아니면 모두와 함께 죽으시겠습니까?"

세레이유는 마물 무리를 바라보았다. 그리고 입을 열었다.

"당신과 함께 가겠습니다. 그러니까 마을에 감춰져 있다는 마석의 장소를 알려주세요."

"세레이유?!"

"유나, 장소를 들으면 아버님께 전해 주세요."

"이 남자가 진실을 말할 거란 보장은 없어."

"하지만 유나는 이 자리에서 벗어날 수 있어요."

"후후, 똑똑한 여자라 마음에 드는군요. 그럼 옷을 벗어주시겠습니까?"

"뭐?! 왜, 옷을."

"무기를 숨기고 있기라도 하면 곤란하니까요. 그리고 옷을 벗으시면 이것을 목에 걸어주세요."

남자는 아이템 봉투에서 무언가를 꺼내 세레이유를 향해 던졌다. 땅에 떨어진 것은 목걸이 같은 것이었다.

"세레이유 양은 마법도 쓸 수 있으니까요. 마력을 억제하는 마도구입니다."

세레이유는 떨리는 손으로 목걸이를 집어 들려고 했다.

"세레이유, 주울 필요 없어."

"그게 무슨 의미일까요? 아가씨."

"말 그대로의 의미야. 이 남자는 마석의 위치를 알려줄 생각이 없어."

"그렇지 않습니다. 제대로 알려드릴 겁니다."

"호수."

"음?!"

내 「호수」라는 말에 남자가 반응했다.

이제 확신했다. 이제 이 남자에게서 알아낼 것은 아무것도 없었다.

어제 내가 호수에서 주운 마석. 그것이 이 남자가 버린 마석이었다. 그 후드를 쓴 수상한 인물은 이 남자였구나. 어쩐지 남자를 봤을 때 어디선가 본 기억이 있다 싶더라니.

모든 것이 선명해지자, 나는 곰 박스에서 곰 인형 옷을 꺼냈다.

일단 급하니까 교복 위에 그대로 입기로 했다.

"당신, 뭘 하는 거죠?"

"유나?"

우선, 옷에 발을 넣고, 아, 인형 옷 안에서 치마가 말려 올라갔다. 하지만 지금은 그런 것을 신경 쓸 때가 아니었다. 만약 이게 투명한 옷이었다면 치마가 젖혀져서 팬티가 다 보였겠지만, 인형 옷이었기에 보일 걱정은 없었다.

"아까부터 대체 뭘 하고 있는 거죠?"

팔을 넣었다. 아, 교복이 방해돼서 입기 힘들어.

"지금 장난하자는 겁니까!"

"딱히 장난치는 건 아니야."

안에 교복을 입고 있어서 빳빳했다.

불편하다.

나는 마지막으로 곰 후드를 썼다.

"그 차림은 대체 뭐죠?"

"곰이야."

좋아, 오랜만에 완전체가 됐다.

이제 무슨 일이 있어도 안전하다.

"왜 이 상황에서 당신은 곰 옷을 입은 거죠?"

"그건 널 날려버리고, 모든 걸 쓰러뜨리고, 키스와 세레이유를 돕기 위해서지."

나는 곰 장갑을 남자에게 겨눴다.

567 곰 씨, 키스를 구하다

"저를 쓰러뜨리고 마물까지 쓰러뜨린다고요? 혹시 곰 복장을 하고 저를 웃겨서 빈틈을 노리려는 겁니까?"

남자는 비웃는 것이 아니라 정말 내 모습을 보고 웃고 있었다.

진지한 상황에서 곰 옷을 입으니 설득력이 없다는 것은 알고 있지만, 이렇게 눈앞에서 대놓고 웃으니까 아까와는 다른 의미로 화가 났다.

"유나. 갑자기 곰 옷을 입은 이유는 모르겠지만, 그를 쓸데없이 자극하는 건……."

세레이유까지 뭐라고 지적해야 할지 알 수 없는 복잡한 표정으로 나를 보고 있었다.

알고 있다. 동생이 인질로 잡혀있고 수많은 마물이 마을을 덮치기 직전이다. 심지어 옷을 벗고 마력을 봉인하는 목걸이를 착용하라는 명령을 남자에게 받은 와중, 옆에서 곰 인형 옷으로 갈아입고 있으면 그런 반응이 나오는 것도 당연하다.

하지만 싸우려면 어쩔 수 없었다.

나는 작게 숨을 내쉬고 마음을 가다듬은 뒤, 다시 한번 곰 장갑을 남자에게 휙 겨눴다.

"장난치는 게 아니야. 말 그대로 널 쓰러뜨리고, 마물도 쓰러뜨리고, 키스도 세레이유도 구할 거야."

"후후, 당신의 농담에 어울리고 있을 시간은 없겠군요. 세레이유 양, 옷을 벗고, 목걸이를 걸고, 제게로 오세요."

남자는 나를 무시하고 세레이유에게 손을 내밀었다. 세레이유는 교복에 손을 뻗으려 했다. 나는 세레이유의 행동을 멈추기 위해 남자에게 말을 걸었다.

"이걸 보고도 같은 말을 할 수 있을까?"

나는 곰 박스에서 어젯밤 호수에서 주운 마석을 꺼냈다. 그리고 마법진이 보이도록 남자에게 마석을 향했다.

남자는 마석을 보는 순간 웃고 있던 표정이 사라졌다.

"그 마석은……."

"당신이 마을에 둔 마석이란 건 바로 이걸 말하는 거겠지? 그리고 세레이유의 옷을 벗기고 나면 호수라고 말했을 거고. 그리고 호수를 뒤지는 우리들을 보면서 비웃기라도 했으려나?"

참으로 악당이 떠올릴 법한 방법이었다.

즉, 이 남자는 처음부터 알려줄 마음이 없었다는 것이다.

"그게 정말인가요?"

세레이유는 내가 가진 마석과 남자를 바라보았다.

"계집, 거짓말하지 마라. 그 마석은 어젯밤 분명 호수에 던져버렸을 텐데. 그걸 어떻게 주웠다는 거지? 가짜겠지!"

아가씨에서 계집으로 호칭이 바뀌고 말투도 바뀌었다.

그리고 본인 입으로 호수에 버렸다는 사실을 다 떠벌렸다.

"이만한 크기의 마석을 나 같은 여자애가 어떻게 갖고 있을 거라고 생각하는 거지? 아니면 본인이 만든 마법진도 잊어버릴 정도로 멍청한 건가?"

나는 다시 한 번 마석에 새겨진 마법진을 남자가 볼 수 있게 했다.

"계집! 그게 진짜라면, 어째서 네가 가지고 있는 거냐! 호수에 던져버렸다고. 그 깊은 호수에서 어떻게 주웠다는 거야. 바로 어젯밤이야!"

남자가 소리쳤다.

마침내 그 히죽히죽 웃고 있던 역겨운 얼굴이 사라졌다. 반대로 분노의 표정으로 바뀌었다. 그 소름 돋는 표정보다는 차라리 이 표정이 나았다.

"어젯밤 호수 속을 산책하다가 우연히 주웠어."

"날 무시하는 거냐?"

무시하는 것도 맞지만, 밤에 호수 주변을 산책하고 있었다는 말은 사실이었다.

뭐, 마석을 주운 것은 순전한 우연이었지만. 후드를 뒤집어쓴 수상한 인물이 호수에 뭔가를 버린 게 마음에 걸려 주웠을 뿐이다. 내 왕성한 호기심 덕분이라고 할 수 있었다. 정말 그때 바로 돌아가지 않아서 다행이다.

"그래서 이제 어쩔 거야? 국왕에게 복수하려고 했던 그 남자처럼 목숨까지 바쳐서 마물을 조종할 건가?"

나는 빈정대듯 웃었다.

"계집애 주제에 잘난 척하지 마라!"

남자는 나를 향해 화염 마법을 날렸다. 나는 물의 벽을 만들어 막았다.

"이 마석이 마물을 끌어 모으는 거지? 그러니까 이 마석을 부수면……."

나는 곰 장갑의 입을 눌러 꽉 오므리려 했다.

"그만해! 그걸 만드는 데 얼마나 오랜 시간이 걸렸는지 알기나 해?!"

"내 알 바 아니지?"

커다란 마석이다. 부수는 건 아깝다는 생각이 들었지만, 마물을 불러들이는 장치라면 위험했다. 마법진의 구조는 정확히 모르겠지만, 여기에 있는 마물뿐만 아니라 다른 마물까지 불러들일 가능성도 있었다.

만약 곰 박스 안에 있어도 반응하는 거라면 내가 가는 곳마다 마물이 다가올 수도 있었다. 그렇게 되면 크리모니아가 위험해진다.

타르구이에 놔둘까 하는 생각도 떠올랐지만, 이런 것은 나에게 필요도 없었고, 다른 사람에게 줄 생각도 없었다.

나는 마석을 물은 곰 장갑에 마력을 모아 전기를 흘려보냈다. 마석은 파지직 소리를 내며 부서져 바닥에 떨어졌다.

“계집…….”

“이제 어쩔 거야? 남은 방법은 본인의 마력과 생명을 사용해서 마물을 조종하는 거지? 그렇게 되면 세레이유와는 함께할 수 없게 되겠네.”

나는 씨익 미소를 지었다. 그동안 우리를 실컷 비웃었으니 조금 정도는 되갚아줘도 괜찮겠지.

“유나, 당신은…….”

“세레이유. 더 이상 이 남자 말을 들을 필요는 없어.”

“하지만 키스가……!”

세레이유가 마물 무리의 중심에 있는 키스에게 눈을 돌렸다.

“맞습니다. 저에게는 그가 있습니다. 제가 명령 지시를 멈추면 마물은 당장이라도 동생에게 달려들 겁니다. 게다가 이 정도의 마물에 습격당하면 당신들의 목숨도 끝이고요. 제 명령을 따르지 않으면 모두가 죽을 겁니다.”

남자는 키스가 있다는 사실을 떠올리고 자신의 입장이 더 유리하다고 생각했는지, 기쁜 얼굴로 주절주절 말을 늘어놓았다.

“혹시 협박하는 거야? 협박이 안 되니까 애초에 거래가 안 되겠는데.”

“무슨 뜻이죠?”

나는 남자에서 세레이유에게로 시선을 옮겨 세레이유의 손을 잡았다.

“세레이유. 지금까지 어머니의 원수를 갚기 위해 노력해 왔지. 사실은 내가 저 남자를 때려주고 싶지만, 그 역할은 세레이유에게 양보할게.”

“유나?”

“키스는 내가 구하러 갈게. 그러니까 세레이유는 이 손으로 저 남자를 때려줘.”

“대체 무슨 소리를 하고 있는 겁니까? 동생을 구한다고요? 저 마물 무리 안에 있는 동생을? 웃기지 마세요. 웃기는 건 당신의 복장만으로도 충분하니까요.”

나와 세레이유의 대화를 듣고 있던 남자가 웃음을 참으며 말을 걸었다.

알려줄 생각은 없었는데, 남자에게 반론하기 위해, 그리고 세레이유를 안심시키기 위해 말하기로 했다.

“좋은 정보를 하나 알려줄게. 국왕에게 복수하려고 했던 남자 있었지? 그 남자가 모은 마물을 쓰러뜨린 A랭크 모험가라는 건 바로 나를 말하는 거야.”

“무슨 말을…….”

“그때에 비하면 수가 적네. 복수하는 정성이 너무 부족한 거 아니야? 복수하려면 목숨을 걸고, 인생 정도는 바쳐야지.”

그게 좋은 삶이라고는 생각하지 않는다. 왕에게 복수하려 했던 그도 능력 있는 마법사였을 것이다. 생각이 잘못된 방향으로 흘렀을 뿐. 만약 올바른 방식으로 사용했다면 왕도에서도 인정받는 뛰어난 마법사가 되었을 것이다.

게다가 세레이유도 마찬가지다. 귀족의 딸이자 아름답고, 많은 사람들에게 추앙받고 있다. 그런 인물이 소중하고 귀한 어린 시절을 전부 어머니의 원수를 갚기 위해 바쳐왔다.

원한을 부정할 생각은 없었다. 나도 피나나 다른 사람들이 살해당한다면 죽인 자를 원망하고 복수를 할지도 모른다. 아니, 무조건 할 것이다.

하지만 그것은 언젠가는 끝나야 하는 일이다.

하지만 이 남자는 여자에게 차였다는 이유만으로 세레이유의 어머니를 죽이고, 그뿐만 아니라 딸인 세레이유에게까지 손을 대려 했다. 복수하기 위해 인질을 잡고 마물을 사용했다. 자신의 인생은 조금도 바치지 않으면서 모든 것을 다 손에 넣으려고 했다.

세레이유처럼 어머니가 살해당한 거라면 그나마 이해가 가겠지만. 차인 것만으로 원망하는 것은 잘못된 일이었다.

"세레이유, 날 믿어줄 수 있을까?"

나는 곰 옷을 입고, 진지한 표정으로 세레이유에게 말했다.

내가 생각해도 설득력이 없다는 건 알지만.

세레이유는 내 말에 잠깐 눈을 감았다가 떴다.

"후후."

세레이유가 웃었다.

"알겠습니다. 유나를 믿을게요. 저 남자는 제가 쓰러뜨리겠습니다. 그러니까 키스를 부탁해요."

세레이유가 나에게 고개를 숙였다.

"당신들끼리 뭘 멋대로 떠들고 있는 거죠? 동생을 살린다? 저 마물 무리를 향해 돌진이라도 하겠다는 겁니까?"

"응, 그럴 건데? 아까도 말했지만 날 막기엔 마물의 수가 턱없이 적어."

"이 계집이!"

또 금세 어조가 바뀐다. 참을성이 상당히 없는 것 같은데?

"세레이유, 곰돌이를 두고 갈게. 만약에 쓰러트리지 못할 것 같으면 도망쳐. 내가 저 녀석을 쓰러트릴 테니까."

내가 곰돌이를 소환하자 남자와 세레이유가 놀랐다.

"아까 그 검은 곰!"

"곰돌이는 아까……."

"소환수니까. 두 사람이 걷기 시작했을 때 송환시켰어. 둘 다 앞만 보고 있었으니까 쉬웠고. 곰돌이, 세레이유의 호위를 부탁해."

"크응~."

곰돌이가 「맡겨줘」라고 하듯이 울었다.

나는 곰순이도 소환했다.

"그럼 나는 키스를 구하러 갔다 올게. 곰순이, 가자!"

"크응~."

내가 곰순이의 등에 올라타자 곰순이는 키스를 향해 달려갔다.

남자가 내 행동을 보고 마물에게 해제 명령을 내리기 전에 키스를 확보해야 했다. 시간과의 싸움이었다.

나는 곧장 키스가 있는 곳으로 달려갔다. 덮치지 말라는 명령이 있었는지 처음에는 나에게 달려들지 않았다. 하지만 그것은 아주 잠시뿐이었다. 곧 마물들이 움직이기 시작하며 으르렁거리는 소리를 냈다. 그리고 우리에게 달려들었다.

구속이 풀린 모양이었다.

하지만 늦었다. 이미 키스는 눈앞에 있었다.

"곰순이, 이대로 가속."

"크~응."

곰순이가 속도를 높였다. 나는 마법을 써서 다가오는 마물을 쓰러뜨리며 나아갔다. 마물이 키스 쪽으로 다가오기 시작했다.

지금이라면 충분히 시간에 맞출 수 있었다.

나는 키스의 주위에 있는 마물을 바람 마법으로 날려버렸다. 그리고 땅에 누워있는 키스의 앞에 다다랐다. 곰순이에서 뛰어내려 키스를 끌어안았다. 살아 있다. 잠들어 있을 뿐이다. 약으로 재워 둔 것일지도 모른다.

일단 안도의 한숨을 내쉬었다.

나는 무사한 것을 확인하고 소리쳤다.

"키스는 살아 있어! 그러니까 안심해!"

살아 있다는 것을 세레이유에게 전했다. 다음은 키스의 안전 확보다.

나는 곰 박스에서 곰 하우스를 꺼냈다. 키스를 안고 곰 하우스 안으로 들어가 1층 소파 위에 눕혔다. 여기라면 안전했다.

곰순이에게 호위를 맡길까 하는 생각도 했지만, 마물의 수가 많았다. 곰순이도 키스를 지키면서 마물과 싸우는 것은 위험했다.

그러면 제일 안전한 것은 곰 이동문을 통해 이동시키는 건데, 역시 지금 쓸 수는 없었기에 곰 하우스 안이 되었다.

여기도 충분히 안전한 곳이었다.

나는 조용히 잠든 키스를 곰 하우스에 남겨두고 곰 하우스를 떠났다.

이제는 마물을 쓰러뜨리는 일만 남았다.

568 세레이유, 싸우다

"그럼 나는 키스를 구하러 갔다 올게. 곰순이, 가자!"

"크응~."

유나는 그렇게 말하고, 제가 말릴 새도 없이 하얀 곰인 곰순이에 올라타 달려 나갔습니다.

이곳은 높았습니다.

"유나!"

저는 소리쳤습니다.

하지만 유나를 태운 곰순이는 땅에 착지하자마자 그대로 키스가 있는 곳을 향해 달려갔습니다. 그것은 마물 무리에 달려드는 것과 다름이 없는 짓이었습니다.

"스스로 죽으러 가다니, 참 바보 같은 소녀로군요. 하지만 이대로 둘 수는 없죠. 원망한다면 그녀를 원망하세요."

남자가 그렇게 말하자 옷 아래에 있는 몸에 박힌 마석이 빛났습니다.

"무슨 짓을 한 거죠?!"

"명령을 해제한 것뿐입니다. 이제 마물은 그녀와 남동생을 덮치기 시작할 겁니다. 저 소녀도 동생도 마물에게 처참하게 살해당하겠죠."

시선을 유나에게 돌렸습니다. 마물이 일제히 움직이기 시작하며 유나를 덮쳤습니다. 키스 주위에 있던 마물입니다. 하지만 유나는 마법으로 마물을 쓰러뜨리며 나아가더니 키스 근처에 있던 마물을 날려버리고 키스에게 달려갔습니다. 그리고 키스를 껴안고 소리쳤습니다.

"키스는 살아 있어! 그러니까 안심해!"

다행이에요. 키스는 살아 있었습니다.

"오오, 굉장하군. 입으로만 떠들던 게 아니었군요. 왕도를 덮치려고 모았던 마물을 처치했다고 호언장담할 만하네요. 하지만 그녀는 천 마리가 넘는 마물에 둘러싸여 있고, 상공에는 와이번도 있습니다. 아무리 강하다고 해도 동생을 지키면서 싸우기는 어렵겠죠."

맞습니다.

아무리 강한 사람이라도 무력한 자를 지키면서 싸우는 것은 어렵습니다. 자유롭게 움직일 수 없고, 항상 신경을 써야 하니까요.

도망치려고 해도 마물에게 둘러싸여 도망갈 길이 없었습니다. 유나도, 키스도, 곰순이도 위험한 상태였습니다.

그렇게 생각한 순간, 유나가 무언가를 하는 것이 보였고, 곧 유나의 눈앞에 거대한 무언가가 나타났습니다.

"곰?"

거대한 곰 모양의 무언가였습니다. 얼굴이 있고 몸통이 있는 귀여운 곰입니다. 저 살벌한 마물의 무리와는 상당히 어울리지 않는 존재였습니다.

그런 귀여운 곰 형태의 무언가 안으로, 유나가 키스를 안고 들어갔습니다.

제 사고가 순간 멈췄습니다. 그것은 남자도 마찬가지인지 놀란 얼굴이었습니다.

그리고 유나가 바로 곰 안에서 나왔습니다.

"세레이유! 이 안에 있으면 키스는 안전하니까 안심해."

"후후, 후후후."

어쩐지, 웃음이 터졌습니다.

유나의 행동이 너무 예상 외라 웃음이 멈추질 않았습니다. 갑자기 곰 옷을 입는가 싶더니, 남자가 마을에 숨긴 마물을 부르는 마석을 갖고 있질 않나, 없다고 생각했던 곰이 나오질 않나, 키스를 구했다고 생각하자마자 이상하게 생긴 곰의 집이 나타났습니다. 그리고 그 곰 안에 있으면 키스는 안전하다고 말합니다.

"웃기지 마세요! 대체 뭡니까, 저 소녀는! 우스꽝스러운 복장에 우스꽝스러운 건물이라니!"

제가 웃음을 참고 있자 남자는 화를 내고 소리를 지르더니 가슴의 마석에 손을 얹었습니다. 그러자 가슴에 있는 마석이 빛나며 남자의 표정이 고통으로 일그러졌습니다.

"죽여버리겠습니다. 저 우스꽝스러운 옷을 입은 여자를 죽이겠어요."

유나 쪽을 바라보자 모여있던 마물들이 더더욱 유나들에게 모여들었습니다.

아무리 유나가 강하다고 해도 이대로는 위험했습니다.

저는 남자를 향해 바람 마법을 날렸습니다. 남자는 마찬가지로 바람 마법으로 막아냅니다.

"당신을 쓰러뜨리겠습니다."

"크응~."

제 말에 곁에 있는 곰돌이도 함께 울었습니다.

정말 똑똑한 곰입니다.

저는 아이템 봉투에서 검을 꺼냈습니다. 오늘을 위해 어머니가 살해당했던 날부터 최선을 다해 왔습니다. 그리고 유나가 그 기회를 주었습니다.

유나 덕분에 마을이 마물에 휩쓸릴 위험이 사라졌습니다.

유나 덕분에 키스는 안전한 장소에 있게 되었습니다.

이 남자를 쓰러뜨릴 수 있다면, 유나를 덮치고 있는 마물도 공격을 멈출지도 모릅니다.

"이놈이고 저놈이고 다 날 방해하기만 하고, 대체 왜 제 말을 듣지 않는 거죠?"

남자의 얼굴이 일그러졌습니다. 조금 전까지 웃고 있던 얼굴이 분노로 바뀌었습니다.

후후, 이 표정만으로도 후련한 기분이 들었습니다.

"그 이유는 아주 간단해요. 당신에게 매력이 없기 때문이죠."

"그렇게 어머니와 같은 장소에 가고 싶다면 보내주마!"

남자의 손에 불길이 모여들었습니다. 저는 옆으로 달렸습니다.

"곰돌이, 도망치세요."

"크응~."

저와 곰돌이는 불길을 피했습니다.

그리고 저 역시 마력을 모아 불꽃을 만들어 남자를 향해 날렸지만 남자는 쉽게 막아냈습니다.

"그 정도로 절 쓰러뜨릴 수 있다고 생각하는 겁니까!"

"쓰러뜨릴 겁니다. 그러기 위해서 오늘까지 검과 마법을 배워 온 거니까요!"

"실전도 경험해 보지 못한 계집애 주제에 웃기는 소릴 하는군요."

남자의 말대로 저는 실전 경험이 없습니다. 하지만 피가 배도록 연습은 해 왔습니다. 무엇보다 유나가 만들어준 기회를 헛되이 할 수는 없었습니다.

저와 남자의 싸움이 시작되었습니다.

싸움은 막상막하였습니다. 생각했던 것보다 남자의 움직임이 둔했습니다. 어쩌면 남자가 유나를 죽이기 위해 마물에게 명령한 탓에 마력을 소모했기 때문일지도 모릅니다.

남자가 숨을 헐떡였습니다.

“내가 멀쩡한 상태였다면, 너 같은 건.”

“질 때를 대비한 변명인가요?”

하지만 제 페이스로 끌고 갈 수는 없었습니다. 상대의 공격 범위 안으로 들어가면 마법전이 벌어졌습니다.

남자가 접근전을 싫어한다는 것은 알 수 있었습니다. 아까부터 거리를 줄이려고 하면 그걸 방해하는 것처럼 마법을 날려옵니다.

남자는 순수한 마법사입니다. 아마 검은 사용할 수 없는 듯했습니다. 접근전이 되면 검을 다룰 수 있는 제가 유리해집니다. 가능하면 접근전으로 가고 싶었습니다.

마법을 쓰게 되면 소모전이 되고 시간도 걸립니다. 지구전이 되면 그만큼 유나가 위험에 처해 있는 시간이 길어집니다.

저는 남자의 마법을 막으면서 남자에게 다가갈 타이밍을 찾았습니다.

“그렇게 마법을 연발해도 괜찮은 건가요?”

저는 말을 걸어 주의를 끌었습니다.

“걱정할 필요 없습니다. 이제 모든 마물은 내 지배하에 있지 않습니다. 마물은 본능대로 가까이 있는 자를 덮칠 뿐이죠. 제 명령은 필요 없습니다. 그 계집애를 죽이고 당신을 사로잡으면 마물을 모으는 일은 몇 번이라도 할 수 있습니다. 다만 그 계집애가 부순 마석은 좀 쓰라렸지만요.”

유나가 들고 있던 마력석은 꽤 컸습니다. 쉽게 손에 넣을 수 있는 물건은 아니겠죠. 그렇기에 할 수 있는 말도 있었습니다. 이 남자를 쓰러뜨리지 않으면 같은 일이 또 반복될 것입니다.

"하지만 조금 정도는 마물을 불러도 괜찮겠죠."

남자가 웃자 곰돌이가 울었습니다. 뒤에서 울프가 몇 마리 나타났습니다. 하지만 그 순간 곰돌이가 해치워 버렸습니다.

"곰돌이, 고마워요."

정말 대단한 곰입니다.

미리 준비해 둔 늑대들이 쉽게 쓰러지자 남자의 얼굴에 짜증이 번졌습니다.

"저 곰 옷을 한 소녀도 그렇고, 저 곰도 그렇고. 모든 곰을 죽이고 싶어지는군요."

"무슨 소리를 하는 거죠? 곰이 얼마나 귀여운데요? 그런 것도 모르는 사람이라면 저와 궁합이 최악일 것 같네요. 곰을 죽이려는 사람은 사절입니다."

"크응~."

제 말에 곰돌이가 기쁘게 울었습니다.

"그렇다면 그 곰이 와이번에게 죽는 광경이라도 보시겠습니까?"

저는 황급히 하늘을 바라보았습니다. 하늘에 와이번은 없었습니다.

어디지?!

긴장이 감돌았지만, 어디에서도 나타나지 않았습니다.

"와이번은 어디 있는 거죠?! 빨리 이쪽으로 오세요!"

남자가 소리쳤습니다.

"크응~."

곰돌이가 유나가 싸우는 쪽을 보고 울었습니다. 저도 그에 이끌리듯 유나 쪽으로 시선을 돌렸습니다.

그곳에서는 이미 와이번이 쓰러져 있었습니다.

"와이번이라면 유나가 쓰러뜨린 것 같은데요."

이제는 웃음밖에 나오지 않았습니다.

유나, 당신은 대체 얼마나 강한 건가요?

"뭡니까, 저 계집은?!"

"제 친구라고 했잖아요."

"당신에 대해서는 이미 다 조사했습니다. 친한 친구가 있었다면 유괴라는 방법을 쓸 수도 있었던 만큼 제가 모를 리가 없습니다."

"그야 당연하죠. 유나와 만난 건 바로 며칠 전이니까요."

다시 한번 생각해 봐도 유나와 저의 관계는 복잡했습니다.

처음에 유나를 봤을 때는 그저 느와르의 호위로 온 학생 정도로만 생각했습니다. 그 후 시합을 한 뒤로는 동경과 질투의 대상이 되었습니다. 우리 집에도 묵었지만, 그것은 느와르의 친구로서였습니다.

이 시점에서는 친구라고 하긴 어려웠습니다.

하지만 유나는 저를 걱정해서 쫓아와 주었습니다. 그리고 이런 질투심 많은 저를, 남자 앞에서 친구라고 말해 준 것이 기뻤습니다.

유나는 그런 저를 위해 키스를 구해 주고 마눌과 싸워주었습니다.

그런 사람을 친구라고 부르지 않으면 대체 누굴 친구라 부를 수 있을까요!

유나가 곤란한 일에 처한다면 다음에는 제가 전력으로 도울 것입니다.

"바로 며칠 전에 사귄 친구가 어떻게 이런 일까지 해 준단 말입니까!"

"최고의 친구거든요!"

저는 남자를 쓰러뜨리고, 유나와 함께 집으로 돌아갈 것입니다.

남자를 향해 달려갔습니다. 남자가 화염 마법을 날렸습니다. 저는 남자의 공격을 피하며 다가가려 했습니다.

그것을 서포트하듯이 곰돌이도 남자를 향해 달려갔습니다.

"곰 주제에 방해하지 마라!"

남자가 곰돌이를 향해 화염 마법을 쏘았습니다.

"위험해!"

"크응~."

곰돌이가 오른쪽 앞발을 흔들듯이 움직이자 화염 마법이 사라졌습니다.

"곰 따위가 감히!"

남자는 더더욱 곰돌이를 향해 마법을 쏘려 했습니다. 곰돌이가 위험해!

저는 땅을 박차고 달려 남자와의 거리를 단번에 좁힌 뒤 검을 내밀었습니다. 아마 지금까지 찌른 것 중에서 가장 빨랐을 것입니다.

제 검은 남자의 오른쪽 어깨를 찌르며 그대로 날려버렸습니다. 남자의 마법은 불발로 끝났습니다.

“하아, 하아, 제가 이겼습니다.”

“아니요, 승리는 존재하지 않습니다.”

남자는 자신의 몸에 박혀 있는 마석을 왼손으로 건드렸습니다.

“뭘 하는 거죠?”

“함께 어머니 곁으로 가죠.”

남자는 괴로워하면서도 웃었습니다.

제가 물으려 할 때, 땅이 울리기 시작했습니다.

569 곰 씨, 세레이유, 각자의 싸움

남자 쪽은 오랜 시간 인연이 있는 세레이유에게 맡겼다. 붙잡든 죽이든 세레이유의 손으로 해야 한다고 생각했다. 내가 남자를 쓰러뜨려도 세레이유의 마음은 완전히 구원받지 못한다. 내가 할 수 있는 것은 그저 그녀를 돕는 것 정도였다.

하지만 곰돌이를 두고 왔긴 했지만, 세레이유가 걱정되는 것에는 변함이 없었다.

서둘러 마물을 쓰러뜨리고 세레이유에게 갈 생각이었다.

"곰순이. 일단 곰 하우스 주변에 오는 마물이 있으면 부탁해. 나머지는 내가 쓰러뜨릴 테니까."

"크응~."

곰순이는 「맡겨줘」라는 얼굴로 울었다. 정말 곰돌이도 곰순이도 믿음직스러웠다.

"하지만 무리는 하면 안 돼."

강한 마물이 나오면 내가 상대할 것이다.

마물은 지금까지 참고 있었는지, 먹잇감(키스)을 빼앗겼다고 생각했는지, 아니면 새로운 먹잇감(나랑 곰순이)이 왔다고 생각하는지. 침을 흘리면서 나와 곰순이를 향해 달려들었다. 나도 곰순이도 딱히 맛이 있진 않을 텐데.

나에게 달려드는 것이 얼마나 위험한 일인지 알려주기 위해 곰 하우스 주변에 있는 마물을 향해 바람의 칼날 마법을 날려 몇 마리의 울프와 고블린을 쓰러뜨렸다.

"도망친다면 쫓아가지 않을게. 하지만 공격해 오면 용서하지 않을 거야."

남아 있는 마물들에게 말했지만, 전해질 리가 없다. 마물의 시체를 넘어 나와 곰순이를 향해 연이어 달려든다.

나는 달려드는 마물을 차례차례 쓰러뜨렸다. 수가 많을 뿐 강하지는 않았다. 마법을 부리면 쓰러뜨릴 수는 있었다.

순조롭게 마물의 수를 줄여 나가고 있는데, 뒤에 있던 곰순이가 울었다.

"곰순이, 고마워. 알고 있으니까 괜찮아."

방해되는 마물은 와이번 정도였다. 고블린이나 울프에 오크를 상대하면서도 하늘에 있는 와이번의 위치는 확인하고 있었다.

와이번이 활공해 내려왔다.

이미 몇 번이나 싸운 상대였다. 움직임에도 익숙하다. 나는 활공으로 덮쳐오는 순간에 맞춰 근거리에서 바람 마법으로 곰 발톱을 날려 와이번을 깔끔히 처치했다.

그리고 연달아 달려드는 나머지 와이번도 토벌했다.

경험은 역시 도움이 된다. 처음 대치했을 때보다 훨씬 더 수월하게 해치울 수 있었다.

그리고 남은 마물들은 와이번이 나타나자마자 도망쳐 버렸다. 아무래도 나랑 곰순이보다 와이번이 더 무서운 모양이었다.

곰 하우스 부근에 있던 마물은 사라졌다.

도망가는 마물은 쫓지 않았다. 그건 내 몫이 아니었다. 나의 역할은 키스를 지키는 것과 덮쳐오는 마물을 쓰러뜨리는 것이었다.

이미 조종당하고 있지도 않고, 심어져 있던 마석도 부쉈기 때문에 마을에 갈 일도 없었다. 그렇다면 쫓아가면서까지 쓰러뜨릴 필요는 없었다.

이리하여 우리에게 달려들던 마물은 없어졌다. 하지만 딱 한 마리 거물이 남아 있었다. 어떻게 해야 하나 고민하고 있는데 땅이 흔들렸다.

땅이 솟아올랐다.

굳이 파헤칠 수고는 덜었다.

웜이 땅속에서 나타났다.

이미 탐지 스킬로 확인이 끝났다.

벌이는 짓이 전부 그 왕도를 덮치려고 했던 마법사의 복사판. 심지어 더 뒤처졌다.

"곰순이, 물러나!"

"크응~."

땅에서 나온 웜은 커다랗고 징그러운 입을 벌리며 주위를 확인했다. 나를 발견하더니 입을 크게 벌리고 달려든다.

그렇게 약점을 크게 벌리면 거길 공격해 달라고 말하는 것이나 다름없었다.

나는 불의 곰을 만들어 웜의 입에 집어넣었다. 불의 곰은 웜의 몸속을 이리저리 돌아다니며 그 안을 태워버렸다. 웜은 괴로워하며 쓰러졌다.

"아무거나 입에 넣으면 위험하지."

이로써 주위에 있던 마물은 완전히 사라졌다. 곰 하우스 부근에서 떨어진 먼 곳에 있던 마물도 웜이 나타나자 본능에 따라 도망친 것 같았다.

이것으로 내가 할 일은 끝났다. 이제 남은 것은 세레이유 쪽뿐이다.

곰 하우스와 키스에 대한 것은 곰순이에게 부탁하고, 나는 세레이유에게 향했다.

아직 쓰러트리지 못했다면 내가 더 때려줘야지.

세레이유 시점

땅에서 웜이 나타났습니다.

웜의 몸은 크고 쉽게 넘어뜨릴 수 없는 마물입니다. 나타나는 일이 거의 없어서 대부분의 사람들은 볼 일이 없습니다.

그 웜이 곰 옷을 입은 작은 유나의 앞을 가로막았습니다.

“유나!”

저는 소리쳤습니다.

도망치지 않으면 위험합니다. 웜이 커다란 입을 벌리고 유나에게 달려들었습니다. 하지만 유나는 도망치려고 하지 않았습니다.

“후후, 절 무시한 걸 후회하며 죽도록 하세요.”

유나가 삼켜졌다고 생각한 순간, 유나가 불의 마법…… 빨간색이었으니 아마 불 마법일 겁니다. 그것을 웜의 입 안에 날렸습니다. 그러자 웜이 괴로워하기 시작했고, 몸을 이리저리 꿈틀거리다가 곧 움직임을 멈췄습니다.

무슨 일이 일어났는지 이해할 수 없었지만, 유나가 웜을 쓰러뜨린 것만은 틀림없었습니다.

남자는 믿을 수 없다는 표정으로 유나를 바라보더니 미친 듯이 웃기 시작했습니다.

“후후, 아하하. 내 10년이, 단 한 명의 곰 옷을 입은 소녀에 의해 물거품이 되어 사라지다니!”

저도 유나가 벌인 일을 믿을 수 없었습니다. 이 남자만 없었다면 유나에게 달려가 함께 기뻐했을 겁니다.

“이제 끝입니다. 당신은 죗값을 치르게 될 겁니다.”

저는 남자에게 칼을 겨누었습니다.

그런 제 말에 곰돌이가 다가왔습니다.

“크응~.”

곰돌이의 입에는 목걸이가 물려 있었습니다.

남자는 마력을 봉하는 목걸이이라고 했습니다.

"고마워요. 당신은 이 목걸이를 걸어줘야겠어요."

저는 곰돌이에게서 목걸이를 받았습니다.

"저를 죽이지 않는 겁니까? 웜에게 명령을 내린 탓에 제 마력도 생명력도 다 빼앗겼습니다. 제 목숨은 그리 길지 않습니다. 죽일 거면 지금이 기회입니다."

남자의 이마에는 땀이 배어 나왔고, 입을 여는 것조차 힘겨워 보였습니다.

저는 검끝을 남자에게 향했지만, 남자는 움직이지 않았습니다.

죽음을 받아들인 듯 눈을 감고 있었습니다.

지금 이 자리에서 이 남자를 죽이면, 모든 것이 끝납니다.

하지만…… 어머니를 그리워하던 것은 저뿐만이 아닙니다.

"지금은 죽이지 않겠어요. 당신을 아버님께 데려가겠습니다."

아버님도 어머님이 돌아가신 날이 될 때마다 슬퍼하셨습니다. 아버님도 이 남자를 만나 어머님의 죽음에 매듭을 지어야 합니다.

"남은 마력을 다 써서 죽어버려도 곤란하니까 이 목걸이로 마력을 봉인하겠습니다."

"그건 사양하죠."

남자는 괴로워하면서도 몸을 일으키더니 품에 손을 넣고 무언가를 꺼내려 했습니다. 그것이 칼이라는 것을 깨달았을 때, 제 몸은 무의식적으로 움직여 들고 있던 검으로 남자의 몸을 꿰뚫었습니다.

남자는 입에서 피를 토했습니다.

"후후, 당신 아버지의 얼굴 따위는 보고 싶지 않습니다. 어차피 죽을 거라면 당신의 손에 죽는 걸로 하죠."

남자는 죽음을 앞두고도 웃고 있었습니다.

"나는 사랑했던 여자를 죽였고, 사랑스럽다 생각한 당신에게 죽임당하는 겁니다. 이보다 더 행복한 일은 없습니다. 아쉬운 점이라면 당신과 함께 할 수 없다는 것뿐이군요."

"당신은 어리석어요. 여자는 어머니 한 명만이 아니었잖아요."

"저에게는 그녀밖에 없었습니다. 그리고 성장해가는 당신을 보며 당신에게 끌렸습니다. 어떻게 해서든 당신을 손에 넣고 싶었습니다."

"방법이 틀렸어요."

"저는 이 방법밖에 몰랐습니다."

아무 말도 할 수 없었습니다.

아버님을 사랑했던 어머님. 어머님을 사랑했던 아버님. 그 둘 사이에는 그 누구도 끼어들 수 없었습니다.

물론 힘내라고 말할 수도 없었습니다.

"그 남자보다 먼저 당신의 어머니, 슈리아의 곁으로 가겠습니다."

남자는 웃으며 입에서 피를 토하고는 땅에 쓰러졌습니다.

어머니를 죽인 남자를 만나기 전까지는 어머니의 원수를 갚고 싶었습니다. 제 앞에 나타났을 때도 분하고, 원통하고, 죽이고 싶었습니다. 그런 남자가 죽어버렸습니다.

고요함이 돌아오고, 눈에서는 눈물이 흘러내렸습니다.

어머니가 돌아가신 후, 오랜 시간 저를 짓눌러오던 무언가가 빠져나간 기분이 들었습니다.

힘이 빠지며, 손에 들고 있던 검이 떨어졌습니다.

이제 드디어 모든 것이 끝났습니다.

“크응~.”

곰돌이가 마치 저를 걱정해 주는 것처럼 다가왔습니다.

“괜찮아요. 걱정해 줘서 고마워요.”

곰돌이가 위로해 주는 소리에 현실로 되돌아왔습니다.

현실로 돌아온 순간 유나가 홀로 마물과 싸우고 있었다는 사실이 떠올랐습니다.

“그렇지. 유나는?”

“나?”

뒤에서 유나의 목소리가 들려와 돌아보니 곰 복장을 한 유나가 있었습니다.

“유나! 괜찮아요? 다친 곳은 없나요?!”

저는 달려가 유나의 몸을 살펴보았습니다.

곰입니다.

"괜찮아. 그쪽도 끝난 것 같네."

정말 아무 일도 없었던 것처럼 멀쩡했습니다. 곰 옷을 입은 유나를 보니 마치 꿈이었던 것은 아닐까 하는 생각이 들었습니다.

"네."

아버님 앞에 남자를 데려가지 못한 것은 아쉬웠지만, 모든 것이 끝났습니다.

"죽었어?"

"네, 멈추려고 했는데 칼을 꺼내는 바람에 순간적으로 몸이 움직여 버렸어요."

저는 그때의 상황을 설명했습니다.

"안타깝지만, 세레이유의 목숨이 더 중요하니까."

"그렇게 말씀해 주시니 감사해요."

그때 검을 내밀지 않았으면 제가 칼에 찔렸을지도 모릅니다.

"그래도, 이걸로 다 끝났네."

"유나에게는 무슨 감사의 말을 해야 할지."

표현할 수 없을 만큼 유나에게 도움을 받았습니다. 만약 유나가 없었다면 저는 아무것도 하지 못한 채 그 남자에게 붙잡히고, 마물에게 마을이 습격당하고, 키스가 어떻게 됐을지 알 수 없었습니다.

"세레이유와 키스가 무사하다면 됐어. 애초에 그 남자가 잘못한 거니까."

"그렇죠. 키스는?"

키스라는 이름을 듣고 떠올렸습니다.

"키스라면 집 안에서 자고 있으니까 괜찮아. 그 집 안이라면 마물에 습격당할 일도 없고, 곰순이도 지켜주고 있으니까."

저는 그 말에 안도했습니다.

곰 옷을 입은 이상한 여자아이 덕분에 모든 것이 무사히 끝났습니다.

570 곰 씨, 곰 하우스로 향하다

이야기를 들어보니 세레이유는 남자를 붙잡아 아버지에게 데려갈 생각이었던 것 같은데, 남자는 스스로 세레이유에게 죽임을 당했다고 한다.

"그럼 키스에게 가죠."

세레이유는 평정을 가장하고 있지만, 처음 사람을 죽인 일로 아마 제정신이 아닐 것이다.

"세레이유. 검이 떨어져 있어."

나는 땅에 떨어져 있는 검을 집어 세레이유에게 내밀었다.

"아, 감사합니다."

검을 받으려는 세레이유의 손이 떨리고 있었다.

"후후, 부끄럽네요. 손이 떨리고 있어요."

부끄러울 것은 아무것도 없다. 사람을 죽이고 즐거워하는 것보다는 훨씬 더 인간적인 반응이었다.

세레이유는 웃으며 검을 받아들고는 검에 묻은 피를 닦아 칼집에 넣으려 했다. 하지만 좀처럼 들어가지 않았다. 나는 세레이유가 검을 칼집에 넣기를 잠자코 기다렸다.

검이 칼집에 들어가자 세레이유는 숨을 내쉬었다.

"괜찮아?"

"네, 괜찮아요. 한심한 모습을 보여드렸네요."

나는 사람은 죽인 적이 없지만(반쯤 죽인 적은 있지만), 피에 대해서는 마물 때문에 익숙했다. 하지만 세레이유는 그런 경험이 없을 것이다.

게다가 사람을 찌르는 것과 마물을 찌르는 것은 상황이 다르다. 그것이 얼마나 악인이라 할지라도, 사람을 죽인 기분은 당사자만이 알 것이다.

"그래서 이 남자는 어떻게 할 거야?"

엎어진 채 쓰러져 있는 남자에게 시선을 돌렸다.

"살아서 데려가지는 못했지만, 아버님께 데려가고 싶습니다. 나중에 제 말에 태워갈 생각입니다."

그러면 이중노동이 될 텐데.

그렇지만 곰돌이 등에 남자의 시체는 태우고 싶지 않았다. 엎드려 있는 상태라 잘은 모르겠지만 세레이유의 검에 찔려 피투성이가 되어 있을 것이다.

그렇게 되면 역시 그 방법뿐인가.

"말이 있는 곳까지라면 내가 옮길게."

"하지만."

세레이유가 곰돌이를 바라보았다.

"아니야. 곰돌이로 옮기려는 게 아니야."

나는 흙 마법으로 남자가 쓰러져 있는 지면을 떠오르게 해서 바퀴 달린 관 같은 것을 만들었다. 뚜껑도 잘 덮어서 보이지 않게 했다. 시체를 보는 것은 썩 기분 좋은 일이 아니니까.

마지막으로 미니 곰 골렘을 만들어 마차처럼 관을 운반하게 했다.

"정말 유나는 놀랄 일이 끝이 없네요."

우리는 바퀴 달린 관을 나르는 미니 곰 골렘이 가는 길을 따라 키스가 있는 곰 하우스로 향했다.

세레이유는 조금이라도 빨리 키스를 만나고 싶은지 앞서서 걸어갔다.

나는 곰돌이에게 올라타려고 하다가, 문득 곰돌이의 입에 무언가 물려 있는 것을 발견했다.

"곰돌이. 입에 뭘 물고 있는 거야?"

곰돌이는 물고 있던 것을 보여주었다.

곰돌이가 물고 있던 것은 남자가 세레이유의 마력을 봉하기 위해 목에 걸게 하려 했던 목걸이였다.

아무래도 주워둔 모양이었다.

그냥 버리기 아까워서 곰 박스에 넣어두기로 했다.

나는 곰돌이에 올라타고, 관을 끄는 미니 곰 골렘을 조종해 세레이유를 따라 곰 하우스로 향했다.

세레이유는 쓰러져 있는 마물을 보며 걸었고, 마지막에는 웜에게 시선을 돌렸다.

"유나, 웜은 어떻게 쓰러뜨렸어요? 유나가 불 마법을 입에 던진 것까지는 보였어요. 하지만 그것만으로 쓰러뜨렸을 것 같진 않은데……."

"이 곰으로 된 화염을 입에 던져서 웜의 몸속을 돌아다니게 했어."

나는 곰의 불꽃을 만들어냈다.

"웜의 체액으로 사라질 것 같은데요."

"이 곰 불 마법은 평범한 마법보다 더 강하거든. 그래서 웜의 몸속에서도 사라지지 않고 태울 수 있었던 거야."

곰 마법은 일반 마법보다 강하다. 평범한 마법으로 할 수 없는 일도 곰 마법이라면 할 수 있었다.

"듣기만 해서는 믿기 어렵지만, 제 눈으로 본 이상 믿을 수밖에 없겠네요. 그건 그렇고 유나는 정말 마지막까지 제 상상을 초월하는군요. 유나를 이기려고 했던 제 스스로가 바보같이 느껴져요. 그것도 이제 필요는 없어졌지만요."

마지막 부분은 작은 목소리로 말했지만, 내 귀에는 제대로 닿았다. 이제 어머니의 원수는 갚았고, 남자는 죽었다. 세레이유가 강해질 이유는 이제 사라진 것이다.

"그건 그렇고 불까지 곰 모양으로 만들다니 유나는 정말 곰을 좋아하는군요."

근사한 미소와 함께 그런 말을 들었다.

"크응~."

내가 대답을 하기도 전에 곰돌이가 기쁜 얼굴로 대답했다.

"방금 갑자기 곰 옷을 입기 시작했을 때는 놀랐는데, 그 모습도 뭔가 의미가 있는 건가요?"

이 질문은 늘 써먹는 변명을 사용해서 얼버무렸다.

"곰의 가호를 받고 있어서 곰 옷을 입으면 마법의 힘이 강해지거든."

"곰의 가호요? 그런 가호가 있나요?"

없다.

하지만 그런 말은 할 수 없었기에 거짓말을 이어갔다. 이제는 익숙해져서 거짓말이 술술 잘도 나왔다.

"그 증거로 곰돌이와 곰순이가 내 소환수고 나를 잘 따르고 있잖아?"

"확실히 그렇네요."

세레이유는 내가 타고 있는 곰돌이를 바라보았다.

"그럼 곰 얼굴의 장갑을 끼고 있던 것도……."

"비슷한 이유야. 지팡이보다 마력을 모으기 쉬워서."

네, 거짓말입니다. 지팡이로는 마법을 쓸 수 없었다.

"힘과 맞바꾼 곰 옷이라니……."

세레이유는 내 복장을 빤히 바라보더니 고민하는 표정을 지었다.

"방금 강해질 필요는 없다고 했잖아."

"들렸나요?"

세레이유는 수줍어했다.

"확실히 강해질 이유는 사라졌어요. 하지만 유나의 강한 힘이 존경스럽기도 해요. 소중한 사람을 지키기 위해서는 힘이 필요하니까요."

하지만 곰인데. 곰 옷을 입어야 강해질 수 있다.

"세레이유는 귀족이니까 굳이 자신이 강해질 필요는 없다고 생각해. 어느 쪽인가 하면 오히려 강한 사람에게 명령하는 입장이잖아."

"그렇긴 하지만요."

"권력도 힘의 하나야."

"그것은 제가 스스로 얻은 게 아니에요."

"태생은 누구도 선택할 수 없어. 그렇다면 귀족으로 태어난 이상 그 힘을 올바르게 사용하면 충분하다고 생각해."

이 세상에는 귀족으로 태어났다는 이유만으로 거만하게 구는 사람도 많았다. 적어도 그런 식으로는 권력을 쓰지 않았으면 했다.

"그렇군요. 그것도 제 힘 중 하나죠."

세레이유는 그렇게 말하고는 쓰러진 마물을 바라보았다.

여기저기 내가 토벌한 마물이 쓰러져 있었다. 이제 와서 생각하면 마물도 그 남자에게 조종당하고 있었을 뿐인데, 좀 불쌍한 것 같기도 했다. 하지만 조종당하던 것이 해제된 뒤에도 덮쳐왔으니 어쩔 수 없이 토벌했다.

이대로 둘 수는 없으니까 나중에 치워야겠다. 대부분은 도망쳐

버렸지만, 그래도 상당수의 마물이 쓰러져 있었다.

"처음 봤을 때보다 마물이 적은 것 같은데요?"

"와이번과 웜이 나타났을 때 도망갔어. 그때 마을 근처나 길가로 간 마물이 있을지도 모르니까 모험가를 다시 불러들여서 주위의 안전을 확인하는 게 좋을 것 같아."

역시 도망친 마물까지 다 처리할 수는 없었고, 내가 할 일도 아니었다.

"알겠습니다. 집에 돌아가면 아버님께 전해 드리겠습니다."

"그리고 이 시기에 마물이 사라지는 원인도 알았으니, 내년부터는 마물이 나타날 거라고 생각하니까 조심하는 게 좋겠어."

"아버님께 보고드릴 일이 많겠군요."

곰 하우스에 도착하자 곰 하우스를 지키고 있던 곰순이가 다가왔다.

"곰순이, 고마워."

"크응~."

곰돌이 머리를 쓰다듬었다. 그리고 서로의 무사함을 확인하듯 곰돌이와 곰순이가 몸을 비볐다.

"사이좋은 곰이네요."

"뭐, 사이가 좋은 만큼 한쪽만 신경 쓰면 한쪽이 삐지기도 해서 조금 번거롭긴 하지만."

"후후, 그만큼 주인인 유나를 좋아한다는 말이군요."

그건 기쁜 일이다.

"그래서 유나, 이 곰은 집인 거죠?"

"맞아. 여행용으로 쓰고 있는 거야. 이 집 안에 있으면 늑대나 고블린 정도의 마물까지는 들어올 수 없어서 안전해."

와이번의 공격은 받아본 적이 없어서 모르겠지만.

"정말로, 유나는 이상한 소녀군요."

곰돌이와 곰순이에게는 망을 부탁하고, 나는 곰 하우스 안으로 들어갔다. 세레이유는 신기한 것을 구경하는 표정으로 내 뒤를 따라왔다.

그리고 세레이유는 1층 소파에 잠든 키스를 발견하자마자 한달음에 달려갔다.

"키스!"

"괜찮아. 자고 있을 뿐이야."

"다행이다."

"약인지 마법인지는 모르겠지만, 지금은 깨우지 않는 게 좋을 것 같아."

나는 키스를 깨우려는 세레이유를 막았다.

여기서 깨우면 곰 하우스에 대해 설명해야만 한다. 곰 하우스 밖에는 곰돌이와 곰순이가 있고, 게다가 마물의 시체 옆에는 웜까지 쓰러져 있다.

내 입장에선 귀찮은 일이 더 늘어나는 거라 키스는 당분간 잠들어 있었으면 했다.

"그렇네요. 굳이 자고 있는데 깨울 필요는 없겠죠. 이대로 집으로 돌아가면 납치당했다는 사실조차 모른 채 끝날 거예요. 어린 시절의 공포는 마음에 오래 남으니까요. 모르는 편이 나은 일은 모른 채로 두죠."

눈앞에서 어머니가 살해당한 모습을 목격한 세레이유가 그렇게 말하니 설득력이 있었다. 나로서는 상상조차 할 수 없는 일이었다.

하지만 나도 눈앞에서 피나나 노아가 살해를 당한다면 영원히 마음에 남을 것 같았다.

자신이 납치된 것을 모른다면 그대로 두는 편이 낫다.

571 곰 씨, 대화하다

"그래서 세레이유. 이번 일 말인데, 나에 대한 건 말하지 않아 줬으면 좋겠어."

"침묵하라는 건가요?"

"이 집에 대한 거나 마물을 쓰러트린 일이나."

"집에 대한 건 말하지 않겠지만, 마물에 대한 것도 말하지 말아 달라는 건가요? 모험가 길드에 보고하면 포상금이 나올 거예요. 물론 바로 믿어주지 않을 테니 제가 말을 보태드릴 수는 있어요. 그리고 유나 덕분에 마을이 구원받았다는 사실을 아버님께 전할 테니, 아버님께서도 따로 보답을 하실 거예요."

"포상금도 필요 없고 세레이유 아버지가 주실 보답도 필요 없어."

"잠깐만요. 그러면 유나에게 아무런 보답을 할 수 없게 되잖아요."

"그러니까 보답은 필요 없다니까. 키스와 세레이유가 무사했으니 그것만으로도 충분해."

돈이나 보상을 바라고 도와준 것이 아니다. 내가 도와주지 않아서 아는 사람이 죽는 걸 보고 싶지 않았을 뿐이다. 만약 세레이유가 아는 사람이 아니었다면 말을 달리는 모습을 봤다 해도 신경도 쓰지 않았을 것이다. 일단 쫓아가지도 않았겠지. 아마 세레이유가 죽었다는 소식을 들어도 남의 일처럼 지나쳤을 것이다.

하지만 세레이유를 알게 되고 대화를 나누면서 세레이유라는 사람에 대해 알게 되었다. 그래서 도와준 것뿐이다. 보답을 위해서가 아니다. 자신을 위해서다.

"유나…… 당신이 남자였다면 반했을 것 같아요."

어떤 부분이 작긴 하지만 일단 여자다.

"아니, 키스가 후계자가 될 테니 여자들끼리라도……."

뭔가 작은 목소리로 이상한 소리를 들었는데 기분 탓이겠지.

"하지만 비밀로 해 달라는 건 유나의 행동이 알려지지 않는다는 뜻이에요."

"소란스러운 건 좋아하지 않으니까. 게다가 내가 마물을 쓰러뜨렸다고 해도 아무도 믿지 않을 거야. 만약 세레이유가 직접 보지 않고 이야기만 들었다면 믿을 수 있었을까?"

"그건……."

"그러니까 나에 대해 무리해서 이야기할 필요는 없어. 세레이유도 이상한 시선을 받을지도 모르고."

"하지만 유나 덕분에 저는 구원받았고, 키스도 구원받았고, 마을도 구원받았습니다. 그걸 말하지 말아달라니. 게다가 밖에 쓰러져 있는 마물도 있어요. 그걸 보여드리면 믿어주실 거라고 생각해요."

괜히 이상한 시선을 받게 될 수도 있고, 이상한 소문이 날 수도 있고, 무엇보다 귀찮았다.

“그리고 밖에 쓰러져 있는 마물에 대해서도 얘기해야 해요. 유나가 쓰러뜨렸는데 권리가 사라져 버리면 곤란해요.”

“그거라면 괜찮아. 필요한 건 아이템 봉투에 넣어둘 거고 다른 마물들도 처리해 둘게. 마물의 존재만 없다면 세레이유 혼자서 남자에게서 키스를 구해냈다고 이야기할 수 있을 거야.”

그게 제일 좋은 방법이었다.

나의 제안에 세레이유는 고민했다.

“알겠습니다. 유나가 그렇게 말한다면 강요하진 않겠습니다. 하지만 키스를 남자에게서 구해 준 것만은 함께 한 걸로 해주세요. 그 부분만은 양보할 수 없습니다.”

“알았어.”

나도 일부는 타협하기로 했다. 게다가 내가 함께 있는 편이 설명하기도 수월할 것 같았다.

서로 타협점을 찾으면서 이번 이야기는 마무리 되었다. 이제 남은 건 바깥에 있는 마물의 처리뿐이었다. 그 전에 곰 옷을 좀 벗을까?

치마가 인형 옷 안에서 젖혀진 탓에 이상한 상태가 되어 있었다. 게다가 교복을 입고 있어서 조금 더웠다. 그렇지만 바깥에 있는 마물을 처리하고 난 뒤에 하는 편이 좋겠지. 마물이 돌아올 수도 있으니까.

옷을 갈아입고 싶었지만 조금 더 곰 인형 옷을 입고 있기로 했다.

"세레이유는 이제 어떻게 할 거야?"

"유나는 어떻게 할 건가요?"

"아까도 말했지만 마물들을 처리하고 돌아갈 거야. 이대로 두면 소동이 일어날 테니까."

고블린이나 오크에게는 미안하지만, 마석은 필요가 없기 때문에 묻어버릴 예정이었다.

"그렇다면 저도 돕겠습니다."

"괜찮아? 가족들이 걱정하는 거 아니야?"

"그건……."

세레이유는 잠들어 있는 키스를 바라보았다.

"신경 쓰지 않아도 돼."

"아니요, 아버님께 혼나긴 하겠지만, 유나에게 도움을 받고 뒤처리까지 유나에게 떠넘긴다면 앞으로 유나를 볼 면목이 없을 것 같아요."

세레이유는 고개를 저었다.

"정말 신경 쓸 필요 없는데."

하지만 세레이유는 단호하게 물러서지 않았다.

여기서 실랑이를 하고 있어봐야 소용이 없으니 빨리 끝내고 마을로 돌아가기로 했다. 그게 더 빠르고, 쓸데없이 다투는 것도 귀찮았다.

"그렇다면, 고블린과 오크의 처리를 부탁해도 될까? 마석 같은 건 필요 없으니까 처리해 주면 고맙겠는데."

마물을 처리하지 않으면 다른 마물을 불러들일 수도 있었고 시체를 그대로 두면 병이 돌 수도 있었다. 태우든 묻든 처리를 해야 한다.

"네, 그 정도라면 맡겨 주세요."

나와 세레이유는 밖으로 나갔다.

"웜은 어떻게 할 건가요? 설마 해체하지는 않겠죠?"

"응. 아이템 봉투에 넣어둘 거야."

나는 그렇게 말하고 웜을 곰 박스에 넣었다.

"그러고 보니 아이템 봉투에서 이 집을 꺼냈었죠. 유나의 비상식적인 능력은 정말 놀라움뿐이네요."

다음에는 큰 와이번을 넣고, 남은 것은 울프뿐이었다. 정말 곰 박스는 편리하다.

내가 울프를 곰 박스에 넣으려고 하자, 곰돌이와 곰순이가 내게 다가왔다.

"왜 그래?"

""크응~.""

곰돌이와 곰순이가 어떤 방향을 바라보며 울었다.

뭐지? 혹시 마물이라도 왔나?

확인하기 위해 탐지 스킬을 사용했다.

반응은 사람이었다. 몇 명의 반응이 이쪽을 향해 이동하고 있었다.

"곰돌이와 곰순이한테 무슨 일이라도 있나요?"

근처에서 고블린을 처리하던 세레이유가 물었다.

"누군가가 이쪽으로 오고 있는 것 같아. 우선 이대로 놔두면 곤란하니까 어떻게든 해야겠다."

웜과 와이번은 정리했다. 하지만 울프와 고블린, 오크의 시체는 여기저기 널려 있었다.

그리고 곰 하우스. 아, 그리고 옷도 안 갈아입었다. 곰 옷 그대로다.

뭐, 이건 늘 있는 일이니까 괜찮다.

"세레이유, 키스를 부탁해."

곰 하우스 안에 키스가 있으면 곰 박스에 넣을 수 없었다.

"키스를요?"

이동이 빠르다. 말을 탄 상태였다.

"안 돼. 시간에 못 맞추겠어."

말을 탄 사람이 이쪽으로 다가오는 것이 보였다.

시간에 맞추지 못했다.

"아아, 세레이유. 일단은 얼버무려."

"얼버무리라니, 어떻게요?!"

"그건 알아서 해 줘."

"알겠습니다. 최선을 다해 볼게요."

모험가라면 적당히 둘러대면 된다. 마물은 낯선 모험가가 쓰러트리고 갔다거나. 가장 큰 문제는 곰 하우스의 설명이다.

어떻게 할까 고민하고 있는데, 세레이유의 입에서 예상치 못한 말이 나왔다.

"저건 아버님이세요."

나는 이쪽을 향해 다가오는 인물을 바라보았다.

정말이었다. 말을 탄 사람은 세레이유의 아버지였다. 그럼 곁에 있는 건 호위인가?

세레이유의 아버지는 주변에 널린 마물의 시체를 보며 우리에게 곧장 다가왔다.

"유나, 어떻게 할까요?!"

"나한테 물어도 모르지."

이번에는 세레이유가 당황하기 시작했다.

"아버님께 보고 드리려던 거 아니었어?"

"그렇긴 한데, 아직 마음의 준비가 안 됐어요."

나도 안 됐다.

그런 우리의 심정과 상관없이 세레이유의 아버지가 다가왔다.

"세레이유!"

세레이유의 아버지가 말에서 내려왔다.

"아버님…… 어째서 여기에."

"편지를 봤다. 네가 집을 나와 마을을 나간 걸 알고 쫓아왔다."

세레이유가 난처한 표정으로 나를 바라보았다. 곤란한 건 나다. 어떻게 해야 하지?

세레이유의 아버지는 가볍게 주위를 살펴보고는 세레이유를 바라보았다.

“세레이유, 다친 곳은 없느냐?”

“네, 괜찮습니다.”

“물어보고 싶은 게 많구나. 우선, 키스는 무사하냐?”

“네. 다치지도 않았고, 지금은 이 집 안에서 자고 있어요.”

세레이유의 아버지는 곰 하우스를 보고 미묘한 표정을 지었다.

하긴 납치당한 아들이 무사하다는 걸 알게 됐다고 해도, 이런 곰 모양 집에 있다고 하면 그런 표정이 되는 것도 어쩔 수 없었다.

“그렇구나. 무사한가. 그래서, 이 마물들은 다 뭐지?”

세레이유의 아버지가 주위를 둘러보았다. 울프나 고블린이 잔뜩 쓰러져 있었다.

이제는 설명할 수밖에 없었다.

그나마 다행인 건 웜과 와이번은 이미 곰 박스에 넣어두었다는 것뿐이었다.

“여기서 말하기도 그러니까, 집 안에서 얘기하지 않으실래요?”

아마 이야기가 길어질 것이다. 마을로 돌아간 후에 해도 되겠지만, 그럴 분위기는 아니었다.

어느 쪽이든 키스의 확인을 위해 곰 하우스 안으로 들어가야 한다.

내 제안에 세레이유의 아버지는 의아한 표정으로 곰 하우스를 바라보았다.

"그, 자네는 누구지?"

아무래도 곰 옷 때문에 나를 알아보지 못하는 모양이었다.

"아버님, 얼마 전 노아와 함께 집에 왔던 유나예요."

"……아, 노아 양과 함께 있었던. 그런데 왜 곰 옷을?"

"아버님, 지금은……."

내가 대답하려고 하자 세레이유가 거들어 주었다.

"그렇지. 지금은 이야기를 먼저 들으마."

호위하는 사람은 밖에 남겨두고, 곰돌이와 곰순이에게는 계속해서 주변을 살피게 했다.

그리고 호위하는 사람에게 곰돌이 곰순이가 안전하다는 것도 전해 두었다. 호위는 의아한 얼굴을 하면서도 고개를 끄덕였다.

그리고 나는 세레이유와 세레이유의 아버지를 데리고 곰 하우스 안으로 들어갔다.

세레이유의 아버지는 신기한 얼굴로 곰 하우스 안을 바라보았다. 그리고 소파 위에서 잠든 키스를 보더니 아까 세레이유와 마찬가지로 키스에게 달려갔다.

"아버님, 괜찮습니다. 잠들었을 뿐이에요."

세레이유가 아까 내가 했던 말과 똑같은 말을 아버지에게 전했다.

나는 차를 준비하고 테이블 위에 내려놓았다.

"차라도 드시면서 대화 나누세요. 전 자리를 비켜 드릴게요."

"아뇨, 유나 씨도 같이 있어 주세요."

도망치지 못했다.

나와 세레이유는 의자에 앉았고, 그 맞은편에 세레이유의 아버지가 앉았다.

세레이유의 아버지가 세레이유를 바라보았고, 그 눈을 피하듯이 세레이유가 눈을 돌렸다.

"그럼 설명해 보거라."

세레이유는 천천히 순서에 따라 말하기 시작했다.

572 곰 씨, 설명하다

세레이유는 천천히 말을 시작했다.

어머니가 살해당했을 때의 일부터, 어렴풋이 기억나는 남자의 말. 16번째 생일에 자신의 앞에 남자가 나타날 가능성이 있었다는 것. 누군가에게 말하면 동생이 살해당했을지도 모른다는 것. 몸을 지키기 위해, 그리고 어머니의 원수를 갚기 위해 검을 들고 마법을 배워 왔다는 것.

지금까지 있었던 일을 꺼내 놓는 세레이유의 이야기를 그녀의 아버지는 잠자코 듣고 있었다.

그리고 오늘 동생 키스가 납치되었고 방에 편지가 있었다는 것. 세레이유는 편지대로 혼자 향했다는 것. 그래서 내가 세레이유를 보고 위화감을 느껴서 뒤쫓아갔다는 것을 설명에 덧붙였다.

"미안하다. 네가 어머니가 눈앞에서 살해당한 일로 강해지겠다고 결심한 거라고만 생각하고 있었다. 설마 슈리아를 죽인 상대가 나타났을 때를 대비한 거라고는 생각하지 못했어."

"저도 아버님께는 제 몸을 지키기 위해서라고 말씀해 왔으니까요."

"책에 끼워져 있던 편지를 읽었을 때, 네가 죽음을 각오하고 있다고 생각했다. 만약 너와 키스를 잃으면 어쩌나 싶어서, 참지 못하고 달려나왔다."

“아버님…….”

“마음고생을 시켰구나.”

“아버님 잘못이 아니에요. 어머니가 살해당한 일은 악몽 같았어요. 그때의 저는 현실인지 아닌지조차 분간하지 못했어요. 다만 만약 남자가 했던 말이 사실일지도 모른다고 생각하면, 어린 마음에도 누구에게도 말할 수 없었어요. 제가 할 수 있던 건 검과 마법을 단련하고, 제 16번째 생일을 기다리는 것뿐이었습니다.”

생각만 해도 길었다. 나 같으면 미쳤을지도 모른다.

하지만 마침내 그 오랜 세월 짊어졌던 짐을 내려놓은 셈이었다. 세레이유도 아직 16살이다. 인생은 이제부터다.

“그래서, 그 남자는…….”

그 질문에 세레이유는 침을 삼켰고, 아버지를 똑바로 쳐다보며 천천히 입을 열었다.

“제가 죽였습니다.”

세레이유의 아버지는 의자에서 일어나 천천히 세레이유에게 다가갔다. 세레이유의 몸이 굳었다. 그런 세레이유를 부드럽게 껴안았다.

“정말 미안하다.”

“아버님…….”

세레이유의 눈에 눈물이 맺혔다.

다행이다, 정말 다행이다. 다만 옆에 곰 옷을 입고 있는 여자아이가 있는 탓에 감동적인 분위기가 다소 깨지는 느낌도 있었지만. 구도상 좀 애매하지.

그 후 이 자리에서 일어난 일을 나는 세레이유와 함께 일부는 적당히 얼버무리며 설명했다.

"마물을 조종한다…… 그렇게 모인 마물을, 그녀가 혼자서 쓰러뜨렸다고……."

하지만 밖에 쓰러져 있는 마물까지 얼버무릴 수는 없었고, 결국 밖에 있는 마물은 내가 쓰러뜨렸다고 말할 수밖에 없었다. 처음에는 믿기 힘든 얼굴이었지만, 세레이유의 설명과 실제로 쓰러져 있는 마물, 그리고 길드 카드를 보여주며 모험가 랭크가 C라는 사실을 확인시켜주자 납득해 주었다.

유일하게 웜과 와이번에 대해서는 입을 다물었다.

마물을 조종하는 이야기만으로도 믿을 수 없는 일인데, 굳이 웜이나 와이번 이야기까지 할 필요는 없었다.

"그러고 보니 유나. 남자는 마석을 호수에 던졌다고 하던데 어떻게 찾은 건가요?"

세레이유가 뒤늦게 떠올랐다는 얼굴로 물었다. 물론 솔직히 대답할 수는 없었다. 그래서 이렇게 대답했다.

"그건 소녀의 비밀이야."

"……소녀요?"

곰 옷을 입고 있지만 소녀다.

세레이유는 미묘한 표정을 지었지만, 그 이상은 묻지 않았다. 내가 말하고 싶지 않다는 것을 눈치챈 것일지도 모른다.

하지만 이로써 대략적인 이야기는 끝이 났다. 세레이유의 아버지도 모든 것을 완전히 받아들이지는 못했지만, 세레이유와 키스가 무사했기에 더는 캐묻지 않았다.

"유나 씨라고 했지요. 이번에는 딸아이를 도와주셔서 감사합니다."

그가 나를 향해 고개를 숙였다.

"세레이유도 키스도 무사해서 다행이에요."

그게 제일 중요하다.

그리고 앞으로의 일을 논의했다. 주로 곰 하우스 밖에 있는 마물에 관한 것이었다.

내가 처리하겠다고 나섰지만 세레이유의 아버지가 고개를 저었다.

"두 사람 다 지쳤겠지요. 여긴 호위 두 명을 남기겠습니다. 마물의 처리는 모험가 길드에 맡기도록 하죠."

"아버님, 방금 유나한테 들은 건데요. 매년 이 시기에 마물을 조종하는 실험을 했던 탓에 나타나는 마물의 수가 줄어들어, 현재는 모험가들이 많이 없는 상황이라고 해요."

"보고는 받았다. 그렇다면 길드 직원에게 맡기면 되지 않느냐. 마물을 처리할 인력 정도는 있겠지."

확실히 크리모니아에서도 길드 직원인 겐츠 씨 일행이 마물을 해체하기도 한다. 이 시기에는 한가하니 일이 들어와서 기뻐할지도 모른다.

나였으면 모처럼 얻은 한가로운 시간을 즐기고 싶었겠지만.

"그런데 어떻게 설명하죠? 유나에 대해서는 말하지 않기로 약속했어요."

여러 가지로 귀찮았기 때문에 비밀로 해 달라고 부탁했다.

"토벌한 사람이 와서 신고하지 않는 이상 발견한 사람 소유다. 그녀에 대한 얘기는 묻어두면 돼. 게다가 내가 부탁해 두면 깊이 캐묻진 않을 거다."

뭐, 이 마을의 영주님이니까. 깊이는 묻지 않겠지.

그리고, 마물을 처리한 뒤에 나온 소재는 돈으로 환전해 나에게 준다고 했다.

뭐, 돈이 많아서 나쁠 건 없으니 감사히 받기로 했다.

우리들은 마을로 돌아가게 되었다.

"그럼 전 옷 좀 갈아입을 테니까 잠깐 밖에서 기다려주세요."

내 말에 세레이유의 아버지는 의미를 짐작하고 키스를 업고 곰 하우스 밖으로 나갔다. 그 뒤를 세레이유가 따라갔다.

두 사람이 밖으로 나간 것을 확인한 나는 곰 인형 옷을 벗었다.

"하아~."

시원하다. 역시 교복을 입은 채로 곰 옷을 입는 건 좀 아니다. 땀도 살짝 났다. 나중에 목욕이나 하고 싶었다.

나는 곰 인형 옷을 곰 박스에 넣고 곰 하우스를 나왔다.

밖으로 나가자 세레이유가 다가왔다.

"유나, 죄송하지만 남자의 얼굴을 아버님께 보여주실 수 있을까요?"

들어보니 돌아가기 전에 남자의 얼굴을 확인하고 싶다고 한다. 관은 뚜껑이 벗겨지지 않게 단단히 고정되어 있었다.

나는 세레이유에게 등을 돌리고 관 쪽으로 다가갔다. 그때 곰돌이, 곰순이, 세레이유가 소리를 질렀다.

""크응~!""

"유나!"

나는 뒤를 돌아보았다.

"뭐야! 마물이라도 나타났어?!"

"아니에요! 치마에요! 치마가 말려 올라갔어요!"

곰돌이와 곰순이가 내 앞 뒤로 딱 붙었고, 세레이유가 달려와 내 치마를 정리해 주었다.

"혹시 봤어?!"

"아니요, 곰은 못 봤어요!"

"어?!"

그건 못 본 게 아니잖아. 내 얼굴이 순식간에 빨개졌다. 나는 도망치듯 곰 하우스로 뛰어 들어갔다.

곰 팬티를 보이고 말았다.

"유나, 괜찮아요. 저랑 곰돌이와 곰순이밖에 못 봤어요. 아버님

도 다른 분도 위치상으로는 보지 못했으니까 괜찮아요."

문 밖에서 세레이유가 필사적으로 설명했다.

"정말?"

"정말이에요. 다들 관 쪽을 보고 있었어요. 그리고 뒤를 돌아본 순간 곰돌이랑 곰순이가 뒤에 있었죠? 알아차렸을 때는 이미 곰돌이랑 곰순이가 지켜주고 있었어요. 그러니까 곰 팬티는 안 보였어요."

세레이유가 결정타를 날렸다.

역시 본 거 맞잖아.

하지만 언제까지나 곰 하우스에 틀어박혀 있을 수도 없었기에 마음을 가다듬고 곰 하우스를 나왔다.

모두를 바라보자 어쩐지 시선을 피하는 것처럼 보이기도 했다.

그렇지. 세레이유가 팬티, 팬티 외쳐댔으니 눈을 돌리는 것도 당연하다.

일단 평정심을 유지하고 다시 관 뚜껑을 열었다. 세레이유의 아버지는 내 쪽에는 조금도 시선을 주지 않고 남자의 얼굴을 확인했다.

"기억에 없는 얼굴이다. 이야기로 보면, 슈리아와 같은 학년의 학생이었을지도 모르겠군."

세레이유의 아버지는 어머니보다 세 살 연상이라고 했다.

호위로 온 사람 중 한 명이 관을 말에 매어 끌고 가기로 했다.

골렘에 대해서는 설명하지 않았더니 보자마자 고개를 갸우뚱했다. 운반해 준다고 하면 굳이 내가 운반할 필요는 없었기에 미니곰 골렘을 집어넣었다.

그 후 나는 곰 하우스를 곰 박스에 넣었다. 역시 그때는 모두가 놀랐다.

"갑자기 나타났을 때도 놀랐지만, 아이템 봉투에 들어가는 것도 놀랍네요."

"비밀로 해 줘."

그리고 세레이유의 아버지는 호위 네 명 중 두 명을 이 자리에 남겨두고, 나머지 두 명은 마을로 돌아가 모험가 길드에 마물 처리 의뢰를 하라고 지시했다.

세레이유의 아버지는 키스를 등에 업은 채 말에 올라탔다. 아직도 일어나지 않는 걸 보면 역시 약을 쓴 걸까?

가능하다면 집에 도착하기 전까지 자고 있었으면 좋겠다.

세레이유는 곰돌이를 타고, 나는 곰순이를 탔다.

그리고 우리는 세레이유의 말이 있는 곳까지 이동했다.

"곰돌이, 감사합니다."

"크응~."

세레이유가 곰돌이의 등에서 내리더니 자신의 말이 있는 곳으로 이동했다. 가볍게 말의 목을 쓰다듬고 말을 탔다. 말도 세레이유가 돌아온 것에 기뻐했다.

그리고 아무 일 없이 마을로 돌아왔지만, 문지기가 곰순이와 나를 뚫어져라 바라보았다.

뭐, 여자애가 하얀 곰에 타고 있으면 누구든 놀라겠지.

곰순이에 대해서는 세레이유의 아버지가 말을 보태준 덕분에 별다른 문제는 생기지 않았다.

역시 이 마을의 영주님이다.

"그럼 나는 노아에게 가볼게."

"유나, 정말 감사해요. 내일 보답을 할 테니까 꼭 와 주세요."

보답은 거절했지만, 세레이유에 아버지까지 나서서 부탁한 탓에 끝까지 거절하지 못했다. 그래서 오늘은 여러 가지 할 일도 있고 세레이유도 피곤하다는 이유로 내일로 미루게 되었다.

무엇보다 세레이유는 육체적으로나 정신적으로 지쳐 있을 것이다.

"푹 쉬어."

"그렇게 말하자면 유나가 더 피곤하겠죠. 혼자서 얼마나 많은 마물을 토벌했는지는 아세요?"

세레이유가 걱정해 주었지만 나는 별로 피곤하지는 않았다.

최소한으로 곰 신발만 있으면 뛰어도 지치지 않는다.

나는 세레이유 일행과 헤어져 학원 쪽으로 향했다.

노아, 화내고 있진 않을까?

573 곰 씨, 실패하다

세레이유와 헤어진 나는 노아와 시아가 있는 호수 쪽으로 향했다.

괜찮을 거라 생각하지만 조금 걱정도 된다. 아주 잠깐 세레이유 집에 들렀다 오려던 게, 마을 밖까지 나가 마물과 싸우게 될 줄은 꿈에도 몰랐으니까.

나는 학원 안으로 들어가 호수로 향했다. 내 걱정과는 달리 세레이유의 집에 가기 전과 달라진 것 없는 풍경이 펼쳐져 있었다. 학생들의 신나게 노는 소리가 들리고, 바비큐 같은 것도 준비되어 있는지 먹음직스러운 냄새까지 났다.

조금만 일이 틀어졌어도 이 광경은 없었을지도 모른다. 정말 남자의 계획을 미리 막을 수 있어서 다행이었다.

한 남자의 사랑 때문에 많은 사람이 불행해질 뻔했다. 정말로 성가신 남자였다. 마법의 재능은 있었으니까 좋은 방향으로 썼다면 다른 여자와 행복한 삶을 꾸려나갈 수 있었을지도 모르는데.

자, 노아는 어디에 있나?

"아, 유나 씨!"

내가 노아를 찾기도 전에 노아가 나를 먼저 발견했다. 수영복 차림의 노아가 다가왔다.

"유나 씨, 늦었네요. 세레이유 님은 만나셨나요?"

"잘 만났어. 조금 이야기하다 보니 늦어버렸네, 미안."

"아니요, 유나 씨에게 아무 일도 없었던 것 같아 다행이에요. 늦게 오시길래 뭔가 문제에 휘말린 게 아닌가 생각했거든요."

예리하네.

"오늘은 곰 옷을 입고 있지 않으니까 괜찮을 거라고 생각했는데, 그래도 걱정했어요."

확실히, 언제나 곰 옷차림 때문에 트러블에 휘말리는 경우가 많았다. 하지만 이번에는 달랐다.

곰 옷을 입고 있지 않은데도 사건에 말려들었다는 건, 나 자신이 트러블에 잘 휘말리는 체질인 걸까?

"그럼 세레이유 님 일은 다 끝났나요?"

"끝났어."

세레이유 일행은 남자에 대해 조사할 것도 있고 아직 할 일이 남아 있겠지만, 난 더 이상 할 일이 없었다.

"그럼 같이 놀아요. 유나 씨도 빨리 수영복으로 갈아입으세요."

노아가 내 곰 장갑을 잡았다.

"아니, 난 됐어."

"돌아오면 같이 놀아주겠다고 약속했잖아요."

아아, 그러고 보니 그런 약속을 한 것도 같았다. 너무 많은 일이 있어서 잊고 있었다.

"자, 가요."

노아가 즐거운 얼굴로 내 손을 잡아끌고 걷기 시작했다.

결국 노아에게서 도망치지 못한 나는 수영복으로 갈아입고, 노아와 시아와 함께 놀게 되었다.

논 것까지는 좋은데 내 다리와 허리가 젊은 체력을 따라갈 수 있을 리가 없었고, 일찍 나가떨어진 건 말할 필요도 없었다. 기운 넘치는 젊은 사람들과 함께 노는 이벤트는 전 히키코모리에게는 난이도가 높았다.

참고로 나는 곰 박스에 곰 장비를 넣어두고 곰 장갑만 끼고 놀았다.

"그럼 시아 일행은 내일 마을을 떠나는 거네."

"네, 유나 씨도 같이 가실래요? 왕도에 들렀다 가실 거죠?"

"왕도에 들르긴 하겠지만 내일은 세레이유네 집에 갈 예정이라 같이 돌아가긴 어려울 것 같아."

그리고 곰돌이와 곰순이를 타고 돌아가면 다른 학생들이 보게 될 것이다. 그건 그거대로 귀찮아질 것 같았기에 함께 돌아가는 건 사양하고 싶었다.

"노아는 어떻게 할래? 시아랑 같이 왕도로 돌아갈래, 아니면 나랑 같이 갈래?"

노아의 호위로 와 있었지만 시아 일행 학생과 함께라면 안전할 것이다.

"당연히 유나 씨랑 같이 돌아갈 거예요."

노아는 망설임 없이 대답했다.

"괜찮아? 돌아가는 게 조금 늦어질 텐데."

"네, 며칠 정도면 아버님도 화내지 않으실 거예요. 게다가 언니와 함께 돌아가면 유나 씨가 일을 포기했다고 생각할 수도 있고요. 물론 제대로 설명하면 어머님도 아버님도 이해해 주시겠지만, 불필요한 귀찮음을 늘릴 필요는 없다고 생각해요."

하긴 노아 혼자 왕도로 먼저 돌아가면 엘레로라 씨가 알게 될 것이다. 그렇게 되면 클리프의 귀에도 들어갈지도 모른다. 설명하면 괜찮을 것 같긴 한데, 그 설명이 귀찮을 수도 있다는 건 확실했다.

"게다가 모처럼 곰돌이와 곰순이를 타고 돌아갈 수 있어요. 그 기회를 놓칠 수는 없어요."

노아는 힘차게 대답했다.

"언니는 곰한테 졌네."

시아가 보란 듯이 슬픈 표정을 지었다.

"언니, 그런 표정 짓지 마세요. 그 대신 오늘 밤에도 언니와 함께 자기로 약속했잖아요. 게다가 왕도에도 가니까 또 같이 있을 수 있어요."

아무래도 오늘 밤에도 시아와 함께 자기로 약속한 모양이었다. 하긴 어제는 놀다가 지쳐서 시아의 방에서 잠든 것뿐이니까.

"유나 씨. 멋대로 정해 버렸는데, 언니와 함께 자고 가도 괜찮을까요?"

"괜찮아. 오랜만에 시아랑 만난 거니까 마음껏 놀다가 와."

자매 사이가 좋은 것은 좋은 일이었다.

그리고 시아가 기념품을 사는 것을 도와주다 보니 저녁 시간이 되었다.

"그럼 내일 아침, 오늘이랑 똑같이 학원 앞으로 갈게."

"네."

덧붙여서 어제는 곰돌이가 호위를 했기 때문에, 오늘은 곰순이가 노아의 호위를 맡았다. 교대로 하고 있었다.

"곰순이, 노아를 부탁해."

"크응~."

노아는 꼬맹이화한 곰순이를 끌어안고 시아와 함께 시아가 묵고 있는 방으로 향했다.

혼자 숙소로 돌아온 나는 침대에 쓰러졌다.

"피곤하다~."

저녁 식사를 마치고, 이제 목욕을 하고 자는 것만 남았다.

곰 장비를 하지 않아서 그런지 육체적으로도 피곤했고, 젊은 아이들의 넘치는 파워에 눌려 정신적으로도 피곤했다.

정말 젊음이란 굉장하구나.

어딘가에서 너도 열다섯이잖아, 라는 소리가 들려왔지만 신경 쓰지 않았다.

솔직히 말하자면 마물과 싸우는 것보다 노아 일행과 호수에서 노는 게 몇십 배는 더 피곤했다. 신발을 신지 않고 돌아다니면 정말 피곤하다. 심지어 물속은 움직임도 둔해지고 몸에 가해지는 부담도 커진다. 운동하기는 좋지만 피곤한 건 어쩔 수 없었다.

초등학교 때 있었던 수영장 수업이 떠올랐다. 몸이 나른해지며 잠이 쏟아졌다.

화의 나라 온천에 가서 오늘 하루의 피로를 싹 풀고 싶었다.

"온천 가고 싶다."

한번 그런 생각을 하고 나자 온천에 가고 싶다는 마음이 간절해졌다.

노아의 호위를 하고 있는 곰순이에게는 미안하지만, 곰돌이와 화의 나라 온천에 가기로 했다.

나는 곰 이동문을 꺼내 화의 나라 온천으로 이동했다.

방이 온통 캄캄해서 곰의 빛 마법을 사용해 방을 밝혔다. 당연한 말이지만 사용하지 않는 방의 불은 꺼져 있었다. 불이 켜져 있는 곳은 카가리 씨의 방 정도겠지.

나는 카가리 씨에게 인사 먼저 하고 온천에 가기로 했다.

카가리 씨의 방에 들어서자, 방 안쪽에서 창문을 열고 밖을 내다보며 술을 맛있게 마시고 있는 카가리 씨의 모습이 있었다. 기분이 좋은지 옷 밑으로 삐져나온 꼬리가 흔들리고 있었다.

참고로 카가리 씨는 여전히 어린아이 모습이었다.

"카가리 씨, 안녕하세요."

"역시 너였구나. 온천이냐?"

카가리 씨는 기척으로 알아차린 모양이다.

여우라서 그런 걸까?

"네, 좀 피곤해서 온천에 들어가려고 왔어요."

"그래서, 그 요사스러운 차림은 뭐냐. 순간 누구인지 몰라볼 뻔했다."

나는 여전히 교복을 입고 있었다.

어차피 온천에 들어가면 옷을 갈아입을 거라 생각해서 그냥 왔다.

그런데 요사스러운 모습이라니. 화의 나라에서 이런 교복은 낯선 복장인 모양이었다.

"옷에 대해서는 노코멘트 할게요. 그럼 온천 좀 빌릴게요."

"여긴 네 집 아니냐. 내 허락을 받을 필요는 없다."

"그래도 일단 카가리 씨가 관리해 주고 있으니까요."

그것이 예의였고, 카가리 씨도 아무 말 없이 온천에 들어가면 기분이 나쁠지도 모른다.

그래서 왔을 때는 한마디 정도는 해 두는 편이었다.

나는 카가리 씨에게 인사를 마치고 온천으로 향했다.

탈의실로 들어가 꼬맹이화한 곰돌이를 소환했다. 그리고 교복을 벗고 곰돌이와 함께 온천으로 향했다.

나는 빨리 온천에 들어가고 싶은 것을 참고 세레이유를 지켜준 곰돌이의 몸을 먼저 씻겨주었다. 곰돌이는 기분이 좋아 보였다. 다음에 오면 곰순이 몸도 씻겨줘야지.

그때의 나는 다음에 왔을 때 곰순이의 몸을 씻겨주면 좋겠다고 생각하고 있었다. 그 후, 그런 일이 벌어질 줄은 생각하지 못한 채…….

나는 곰돌이의 몸을 다 씻겨준 뒤 내 몸까지 씻고 나서 온천에 들어갔다.

"후아."

조금 뜨겁긴 하지만 온천의 따뜻함이 몸에 스며들었다.

기분 좋다. 근육통이 생기지 않게 허벅지나 팔뚝을 풀어주었다.

역시 곰 장비 없이도 조금은 단련을 해야 할까?

그런 생각도 벌써 몇 번째인지 모른다. 대부분 작심삼일로 끝난다.

왜냐하면 근력 운동은 피곤하고 귀찮으니까.

몸의 피로를 푼 나는 온천에서 나와 곰돌이의 털을 말리고 빗질을 해 주었다. 그리고 유파리아의 숙소로 돌아오자마자 그대로 곰돌이와 함께 침대에 쓰러져 꿈나라로 빠져들었다.

다음 날, 곰돌이의 도움을 받아 일어난 나는 학원으로 향했다. 교문 앞으로 가자 어제와 마찬가지로 노아와 시아가 기다리고 있었다.

“둘 다 안녕.”

“유나 씨, 큰일이에요.”

노아가 내게로 달려왔다.

“왜 그래. 무슨 일 있어?”

“잘은 모르겠는데, 아침에 일어났더니 곰순이가 이런 상태였어요.”

노아가 안고 있던 곰순이를 보여주었다.

곰순이는 슬픈 표정을 짓고 있었다.

“곰순이, 무슨 일이야?”

노아의 품 안에서 「크응~」 하고 서운하게 울면서 나를 쳐다보지도 않는다. 삐진 건가?

혹시 내가 곰돌이랑 둘이서만 화의 나라 온천에 다녀온 걸 들킨 건가?

아니, 무조건 들킨 거겠지. 딱히 숨길 생각은 없었지만. 이건 분명 곰순이만 놔두고 곰돌이와 온천에 간 일로 삐진 것이다.

“유나 씨, 어떡하죠? 제가 뭔가 잘못한 걸까요?”

노아가 불안한 표정으로 물었다.

“노아는 아무 잘못 없어. 내 잘못이야.”

“유나 씨가요?”

“어젯밤에 곰돌이와 잠깐 외출했거든. 곰순이가 혼자만 따돌렸다고 생각해서 토라진 모양이야.”

나는 노아에게서 곰순이를 받아 안아들었다.

“곰순이, 미안해. 혼자 두려고 한 건 아니야. 다음에는 같이 가자. 몸도 씻겨주고 같이 잠도 자줄게.”

“크응~.”

곰순이는 시선을 피하면서 울었다.

이건 한동안 같이 있어줘야 할 것 같았다.

교훈, 아무리 피곤해도 한쪽만 놔두고 온천에 가면 안 된다는 것을 배웠다.

574 곰 씨, 세레이유의 집에 이야기를 들으러 가다

나는 토라진 곰순이를 끌어안고 상냥하게 쓰다듬어 주었다. 곰순이는 어리광을 부리는 것처럼 더욱 파고들었다.

"곰순이. 유나 씨가 자기를 두고 어딘가 가버렸다고 생각한 거군요. 아침에 일어났더니 굉장히 슬픈 얼굴을 하고 있길래 제가 뭔가 실수를 한 줄 알았어요."

노아는 내가 안고 있는 곰순이의 머리를 쓰다듬었다.

"유나 씨. 이제 곰순이 혼자 놔두고 어디 가시면 안 돼요."

나는 노아에게 꾸중을 들었다.

어제는 너무 피곤해서 온천에 대한 욕구를 이기지 못했다.

하지만 앞으로는 말없이 혼자 두고 가지 않기로 약속했다.

그 후, 노아가 시아나 왕도의 학생들을 배웅하고 싶다는 말을 꺼냈다.

이 며칠 사이에 노아는 학생들과 무척 가까워졌다. 어제도 내가 호수에서 나가떨어진 이후에도 시아와 함께 다른 학생들과 놀고 있었다.

나도 단체전에서는 신세를 졌기 때문에 인사 정도는 해 두기로 했다.

그래서 한번 곰순이를 돌려보냈다. 밤에 다시 소환해서 목욕을 하고 같이 자자는 약속을 했다.

유파리아의 학생들도 배웅을 위해 나와 있었다. 내년에 대한 일을 이야기하고 있었는데, 그중에는 세레이유의 모습도 있었다. 표정은 웃고 있지만 피곤해 보였다.

어제 그런 일이 있었으니 피곤한 것도 당연하다. 그런 세레이유가 나에게 다가왔다.

"유나도 와 있었군요."

"세레이유, 괜찮아? 배웅 정도는 쉬어도 됐을 텐데."

"아버님께도 같은 말씀을 들었습니다. 그래도 푹 쉬었으니까 괜찮아요. 저보다 유나가 더 피곤하지 않나요?"

"목욕하고 푹 자서 나도 괜찮아."

배웅 정도는 쉬어도 된다고 생각했지만, 귀족이자 영주의 딸이라는 입장상 여러 사정이 있을 것 같았다.

"유나. 그럼 나중에 봐요."

아직 인사가 남은 모양이었다.

세레이유는 나에게서 떨어져 선생님이나 왕도의 학생들에게 인사를 하며 돌아다녔다.

입장도 입장이지만 책임감이 강한 거겠지. 그래서 학년을 불문하고 모두에게 호감을 사는 것이다. 언제나 세레이유 주위에는 사람이 모여 있었다.

나는 노아가 있는 곳으로 이동했다.

"그럼 노아. 먼저 왕도로 돌아가 있을게. 유나 씨 말 잘 듣고 있어."

"네. 언니도 조심해서 돌아가세요."

"유나 씨, 노아를 잘 부탁해요."

"잘 데려갈게."

"유우나와 느와르는 같이 돌아가지 않는 건가요?"

우리들의 대화를 듣고 있던 왕도의 학생이 말을 걸어왔다.

"나와 노아는 조금 더 마을에 있을 거야."

"그렇군요. 같이 이야기하고 싶었는데 아쉽네요."

학생들이 모두 마차에 올라탔고, 마차는 왕도를 향해 출발했다.

노아는 손을 흔들어 마차를 배웅했다.

"언니가 가버렸네요."

"왕도에 가면 곧 만날 수 있을 거야."

"그러네요."

유파리아 학생들은 수업이 있기 때문에 이대로 교실로 향했다. 학생의 본분은 공부이기 때문에 어쩔 수 없었다.

그러던 중 세레이유가 남아 내게 다가왔다.

"유나, 오래 기다리셨죠. 그럼 집으로 갈까요."

"학원 쪽은 괜찮아?"

"오늘은 가정 사정으로 휴가를 받았으니 괜찮아요."

뭐, 납치 사건이 있었으니까. 이유로는 충분하다.

그리고 세레이유가 준비해 놓은 마차에 올라타 집으로 향했다. 세레이유의 몸 상태를 걱정해 그녀의 아버지가 직접 준비해 주었다고 한다.

"그래서 유나 씨는 왜 세레이유 님의 집에 가는 거예요?"

어제의 일을 모르는 노아가 물었다.

"얘기하지 않았군요."

"떠벌릴 일은 아니니까요."

"감사합니다."

"무슨 일이 있었나요?"

우리들의 대화에서 무언가를 감지한 노아가 물었다.

"자세한 내용은 말씀드릴 수 없지만, 어제 유나가 제 목숨을 구해 주었습니다. 오늘은 그 보답으로 집에 초대하는 거고요."

"목숨……."

노아가 세레이유의 말의 무게를 느낀 것인지 작은 목소리로 중얼거렸다.

"유나가 없었다면 전 죽었을 거예요. 비록 죽지는 않았더라도 여기에 없었을지도 몰라요. 유나에게는 아무리 감사해도 부족해요."

내가 끼어들지 않았다면 세레이유는 동생을 위해, 그리고 마을을 위해서라며 자신의 몸을 바쳤을 것이다. 도울 수 있었던 것은 정말 우연이었다.

내 행동이 조금만 늦었더라면 세레이유를 만날 수 없었을 것이다. 호수에서 남자가 버린 것을 궁금해하지 않았더라면, 마석을 줍는 일이 없었다면 세레이유에게 상의하러 가자는 생각도 하지 않았을 것이다.

그렇게 생각하면 노아가 늦게까지 시아와 놀아준 덕분이라고 할 수 있었다. 덕분에 마석을 버리는 현장을 볼 수 있었으니까.

"어제 그런 일이 있었군요."

말을 들은 노아의 표정이 어두워졌다.

"그래서 유나 씨가 호수에 왔을 때 피곤해 보였던 거군요. 근데 저는 억지로 놀자고 하고……."

노아가 어제 일을 떠올리고 풀이 죽었다.

아니, 그건 곰 장비가 없어서 단순히 체력이 부족해 피곤했던 거다.

결코 마물과 싸워서 그런 것이 아니다.

"노아, 신경 쓰지 않아도 돼. 나도 노아랑 놀아서 즐거웠으니까."

"유나 씨……."

나는 노아의 머리를 살짝 쓰다듬었다.

"그런 중요한 이야기를 하는데 제가 따라가도 될까요? 저는 숙소에서 기다릴게요."

노아가 배려해서 그렇게 말했다.

"아니요, 노아도 함께 와도 괜찮아요. 다만, 자세한 이야기는 할 수 없기 때문에 아마 다른 방에 있게 되겠지만요."

어떤 이야기를 하게 될지는 모르겠지만, 어제 들은 이야기를 한다면 노아에게 들려주고 싶지는 않았다. 키스가 납치된 이야기를 하면 미사가 납치되었을 때의 일을 떠올릴지도 모른다. 세레이유의 어머니가 돌아가신 이유를 들으면 슬퍼할지도 모른다.

노아와 상관없는 일로 마음 아파할 필요는 없었다.

"저도 귀족의 딸이에요. 이해하려고 노력하겠습니다. 목숨이 오간 일도 본래라면 말할 수 없었던 일이라고 생각합니다. 세레이유님이 그걸 알려주셨다는 것만으로도 배려해 주시는 마음이 느껴졌어요. 그러니 신경 쓰지 않으셔도 괜찮아요."

노아는 귀족 아가씨다운 대응을 보였다.

사실은 자세히 알고 싶을 텐데, 분별력 있게 깊이 묻지 않는 태도를 보였다. 정말 그런 점은 참 대단하다고 느꼈다.

평소에는 어린아이 같지만, 이럴 때는 귀족답게 행동한다.

"노아, 고마워."

마차는 세레이유의 집에 도착하고, 우리는 집 안으로 들어가 방 앞에서 멈췄다.

"그럼 노아는 이쪽 방에서 기다려 주세요. 나중에 맛있는 과자를 가져다 드릴게요."

"네, 신경 써 주셔서 감사합니다."

노아가 방으로 들어가는 것을 확인한 뒤, 나와 세레이유는 다른 방으로 향했다.

조금 걸어 문 앞에 서자 세레이유가 노크하고 문을 열었다.

"아버님, 돌아왔습니다."

방 안에는 세레이유의 아버지가 앉아 있었다.

의자에 앉으라는 권유에 나는 세레이유의 아버지 앞에 앉고, 세레이유는 부친 옆자리에 앉았다.

"와주셔서 감사합니다."

세레이유의 아버지가 가볍게 고개를 숙였다.

나는 먼저 노아가 있어서 물어보지 못했던 걸 물었다.

"동생은 괜찮나요? 깨어났어요?"

이대로 깨어나지 않으면 상당한 문제가 된다. 마법으로 잠들어 영영 깨어나지 못할 가능성도 있었다.

"어제 저녁 무렵 깨어났습니다."

세레이유의 말에 안도의 숨을 내쉬었다.

최악의 상황은 되지 않은 것 같았다.

"잠에서 깼을 때 하루가 지나 있었다고 하니 놀라더군요. 아무래도 납치됐을 당시의 일은 기억하지 못하는 것 같았습니다."

세레이유의 아버지가 안도하는 표정으로 말했다.

"아버님이 키스를 끌어안으시니까 키스가 영문을 모르겠다는 얼굴을 하고 있었어요."

"아니, 너도 끌어안지 않았느냐."

"누나가 동생을 걱정하는 건 당연한 일이죠."

"아버지가 아들을 소중하게 아끼는 것도 당연한 일이다."

서로 가족을 걱정하고 있었다.

나한테는 눈이 부신 광경이었다. 이런 가족이 있었다면 나도 이 세계에 안 오지 않았을까?

하지만 이 세계에 온 뒤로 소중한 것들이 많이 생겼다. 지금은 이 세계에 와서 다행이라고 생각한다.

세레이유의 아버지는 조금 멋쩍은 얼굴로 화제를 바꿨다.

"우선 이걸 받아주세요. 유나 씨가 마물을 토벌한 보수입니다."

세레이유의 아버지가 돈이 든 자루를 내 앞에 내밀었다.

"많지 않나요?"

"딸과 아들을 구해준 사례금도 들어 있습니다. 부디 받아주세요."

"세레이유에게도 말했지만, 친구를 도와준 것뿐이니까 사례는 필요 없어요."

"이것은 아버지로서 드리는 감사한 마음입니다. 딸의 친구라고 해도 사례를 하지 않을 이유가 되지는 않지요."

그렇게 말하면 거절할 수 없었기에 순순히 돈을 받았다.

그 후 남자에 대해 알려주었는데, 아직 조사 중이라고 했다.

뭐, 이제 겨우 하루가 지났으니까. 당장은 정보가 모이지 않을 것이다. 그리고 이번 일을 국왕에게 보고한다는 말도 들었다.

"믿어주실지 모르겠습니다만."

세레이유 아버지는 자신 없어 보였다.

"믿어주실 겁니다."

마물들이 왕도에 모였던 그 사건을 아는 왕이라면 믿어줄 거라고 생각했다.

"만약 믿어주지 않는다면 제 이름을 써도 돼요."

"유나 씨의 이름을요?"

"아마 그럼 믿어주실 거예요."

귀찮아질 것 같긴 하지만, 믿어주지 않는 게 더 곤란하다.

"유나 씨, 당신은요?"

"국왕 폐하와 좀 아는 사이라서요."

내 말에 두 사람은 믿을 수 없다는 표정을 지었다.

곰 옷을 입은 인물의 말보다는 더 믿을 수 있겠지?

575 곰 씨, 생일 파티에 참석하다

어제 경위에 대한 보고는 거기까지였다.

"그럼 전 이만."

"유나, 잠깐만요."

의자에서 일어나려는 나를 세레이유가 붙잡았다.

"실은 오늘로서 저는 16살이 되었어요."

"그래? 세레이유, 축하해!"

그러고 보니 그 남자는 세레이유가 16살일 때 데리러 오겠다고 했었다.

"감사합니다. 그래서 어제 그런 일이 있었지만, 오늘 제 생일 파티는 진행하게 됐어요. 취소할까도 생각했는데, 원래부터 예정되어 있던 일이었기 때문에 취소하지 않으실 거라고 아버님이 말씀하셔서……."

세레이유는 아버지 쪽을 바라보았다.

"요리도 준비하고 있으니까요. 게다가 취소하면 하인들이 걱정할 겁니다. 무엇보다 죽은 슈리아도 중지는 바라지 않을 거고요."

"제 생일 파티와 겹쳐서 죄송하지만, 유나에 대한 답례도 겸하고 싶어요. 참가해 주시지 않겠어요?"

세레이유가 진지한 눈으로 나를 바라보았다.

평소라면 거절했겠지만, 세레이유의 진지한 눈빛을 보니 쉽게 거절할 수가 없었다.

“참석자는?”

“저희 가족뿐입니다. 사실 만약의 일을 생각해서 오래 전부터 아버님께는 16세 생일 파티는 가족끼리만 하고 싶다고 부탁드렸어요. 생일 파티 당일에 제가 없을지도 모를 상황을 대비해서요.”

세레이유는 아버지 옆이라 조금 말하기 어려운 얼굴로 말했다.

그만한 각오가 되어 있었다는 뜻이었다.

“실은 이미 유나와 노아의 것도 준비하라고 전해 두었습니다.”

“저도 부탁드리겠습니다. 꼭 참석해 주세요.”

세레이유의 아버지마저 간곡히 부탁해 온다.

하지만 나 혼자만의 생각으로는 결정할 수 없었다.

“노아와 상의해도 될까?”

“네. 물론 상관없습니다.”

나와 세레이유는 노아가 있는 방으로 가서 세레이유의 생일 파티에 대해 설명했다.

“세레이유 님의 생일 파티요?”

“네. 괜찮다면 참가해 주세요.”

“하지만 저는 선물을 준비하지 못했는데요.”

“그런 건 필요 없어요. 그 대신 노아가 알고 있는 유나의 이야기를 들려주시면 감사할 것 같아요.”

"그렇다면 참가할게요. 유나 씨의 이야기라면 맡겨주세요."

"후후, 기대하고 있을게요."

"둘 다 농담하는 거지?"

내 말에 두 사람은 미소만 지을 뿐이었다.

개인적인 거니까 진짜로 하지 마.

근데 선물이라. 생일 하면 역시 그거지.

"노아. 선물인데 같이 케이크나 만들까?"

"케이크요?"

"시간도 있으니까 만들 수 있을 것 같아."

"유나 씨, 정말 좋은 생각인 것 같아요."

내 아이디어에 노아도 동의했다.

케이크라면 곰 박스에 들어 있지만, 직접 만들어 편이 선물로서는 좋을 것이다. 노아도 선물을 준비할 수 있고. 게다가 선물을 준비한 셈이니까 내 이야기는 하지 않겠지?

"그럼 세레이유. 주방을……."

주방을 빌리려고 했는데, 요리사가 생일 파티 음식을 준비 중이라 빌릴 수 없다는 걸 깨달았다. 같이 만들면 방해가 될 테니까.

케이크 만들 장소가 없었다.

최후의 수단은 정원에 곰 하우스를 꺼내는 방법뿐이었다. 하지만 그러면 하인들이나 인근 주민들이 놀랄지도 모른다. 괜한 소동이 벌어질 것 같았다.

"주방이요?"

"세레이유에게 맛있는 음식을 해 주려고 했는데. 요리사가 요리를 만들고 있으니 빌릴 수 없잖아?"

내 말에 세레이유는 잠시 고민했다.

"별채 쪽에도 주방은 있으니 아마 그쪽이라면 괜찮을 것 같아요. 하지만 유나와 노아는 손님입니다. 아무것도 하지 말고 편히 기다려 주시면 좋겠는데요."

"세레이유 님. 유나 씨가 만든 케이크는 정말 맛있어요. 세레이유 님도 꼭 드셔보셨으면 좋겠어요. 선물은 준비할 수 없지만, 그거라도 만들게 해 주실 수 없을까요?"

나 대신 노아가 부탁했다.

"알겠습니다. 별채의 주방을 자유롭게 쓰도록 하세요. 기대하면서 기다리겠습니다."

"네, 기대해 주세요."

우리는 바로 주방으로 이동했다. 작지만 제대로 된 주방이었다. 케이크를 만들기에는 충분하다.

"그럼 만들까?"

"네!"

나는 곰 박스에서 조리 기구와 재료를 꺼내 노아와 케이크를 만들기 시작했다.

"미사의 생일 파티 때는 함께 만들지 못했지만, 이번에는 함께 만들 수 있어요."

미사의 생일 케이크를 만들 땐 노아를 초대하지 않았었다. 그 일을 볼을 부풀리며 말한다.

"노아, 잘하네."

"감사해요. 유나 씨가 그렇게 말씀해 주시니 기쁘네요. 실은 가끔 요리를 만드는 일도 돕고 있어요."

"귀족 아가씨인데 요리도 만들어?"

"유나 씨를 만나기 전까지는 거의 만들어 본 적이 없었어요. 하지만 유나 씨와 피나가 만드는 걸 보고 저도 해 보고 싶어졌거든요. 피나랑 같이 곰빵을 만들었던 게 정말 즐거웠으니까요."

그 곰빵이 노아가 요리하는 즐거움이 되었다니 부끄럽지만 기뻤다.

노아는 서투른 손길이었지만 내 지시에 따라 잘 도와주었고, 곧 스폰지 케이크가 완성되었다. 이제 크림을 바르고 딸기 같은 과일을 얹고 마지막으로 세레이유에게 보낼 생일 축하한다는 말만 적으면 된다. 그 역할은 노아에게 맡기기로 했다.

"제가 써도 될까요?"

"미사의 생일 케이크 때도 피나가 써줬어."

"그렇다면 피나에게 질 수는 없죠."

무슨 승부인지는 모르겠지만, 노아는 의욕 넘치는 모습으로 천천히 딸기 크림으로 글씨를 써 내려갔다.

"다 됐어요."

노아의 손에 의해 『생일 축하해』라는 글이 적혔다. 이것으로 생일 케이크가 완성되었다.

"이 정도면 세레이유가 기뻐하겠지."

"네!"

우리는 케이크가 완성된 것을 세레이유에게 보고하러 갔다.

"끝났나요?"

"끝났어."

"잘 만들었어요."

케이크는 요리의 마지막에 내놓고 싶다고 말했다.

"후후, 알겠습니다. 마지막의 즐거움이군요. 그럼 여기도 준비가 끝났으니 이쪽으로 와 주세요."

준비라니 뭐지?

나와 노아는 세레이유의 뒤를 따라갔다.

긴 복도를 지나 방 앞에 멈춰 섰다.

"이 방입니다."

세레이유가 그렇게 말하고 문을 열더니 방 안으로 들어갔다.

나와 노아도 뒤따라 방 안으로 들어갔다.

방에 들어가는 순간 내 몸이 굳었다.

"모처럼이라 드레스를 준비했어요."

방 안에는 드레스 몇 벌이 행거에 걸려 있었다.

"우와, 예뻐요."

"노아한테는 제가 어렸을 때 입었던 게 맞을 것 같아요. 여기서 마음에 드는 걸 골라보세요. 유나는 이쪽에서 골라주시고요."

역시 나도 입는 거구나.

드레스라면 노아에게 받은 드레스가 곰 박스에 들어 있었다.

나는 세레이유의 체형과 나의 체형을 비교해 보았다. 저 드레스는 세레이유가 몇 살쯤 입었던 것일까? 아니면 지금도 입고 있는 드레스일까.

나는 짧은 시간 갈등했다.

노아가 준 드레스를 꺼내 스스로 입어야 할까. 아니면 어울리지 않는다고 하며 드레스를 입지 않는 쪽으로 이야기를 진행해야 할까?

후자는 틀림없이 불가능했다. 노아와 세레이유가 강제로 입힐 것이다.

그래서 나는 이렇게 대답했다.

"드레스라면 노아가 준 걸 가지고 있으니까 괜찮아."

그렇게 대답한 나는 어색한 얼굴을 하고 있었을지도 모른다.

나는 고민 끝에 노아가 선물한 드레스를 입기로 했다.

왜냐하면 세레이유의 드레스를 빌렸는데 만약 어느 부분이 크게 비어 있으면 눈물로 베개를 적실지도 모른다. 「죄송해요. 그렇게 작을 줄은 몰랐어요」라든가 「저와 같은 나이죠?」라는 말을 듣는다면 다시 회복할 수 없을지도 모른다.

그래서 치명상을 피하기 위해 노아가 선물한 드레스를 골랐다.

"유나 씨, 갖고 계셨던 건가요?!"

"아이템 봉투에 들어 있었던 것뿐이야."

내가 곰 박스에서 드레스를 꺼내자 노아는 기뻐했다.

"그럼 노아도 골라볼까요?"

"네."

노아와 세레이유는 드레스 선택을 시작했다.

"하아."

한숨밖에 나오지 않았다.

귀족인 두 사람과 달리 난 드레스는 익숙하지 않다고, 라고 외치고 싶었다.

그리고 노아는 밝은 색의 파란 드레스를 골라 옷을 갈아입었다. 세레이유도 함께 드레스로 갈아입고 나도 마지못해 드레스로 갈아입었다. 교복을 입었을 때보다 훨씬 더 어색했다.

드레스로 갈아입은 우리는 마지막으로 메이드에게 머리 손질을 부탁했다.

"유나는 원래도 예쁘다고 생각하긴 했지만, 드레스를 입으니 더 예뻐졌네요."

"유나 씨는 귀엽고 예뻐요."

"두 사람이 더 귀엽고 예뻐."

노아가 더 귀엽고 세레이유가 더 예쁘다. 대조가 되는 탓에 더

극명하게 보였다. 나는 아래를 바라보았다. 세레이유의 가슴을 바라보았다.

응, 세레이유의 드레스를 빌리지 않아서 다행이다.

슬퍼지니까 이 이상은 비교하지 말자.

아직 시작도 안 했는데 벌써 끝나길 바라는 자신이 있었다.

"그래도 제가 선물한 드레스를 입어줘서 기뻐요."

그나마 다행인 것은 노아가 기뻐하고 있다는 것 정도다.

"그럼 갈까요. 아버님과 키스가 기다리고 있습니다."

식당에 가자 세레이유의 아버지와 건강해 보이는 얼굴의 키스가 있었다.

건강한 모습을 보니 무사히 도울 수 있어서 다행이라는 생각이 들었다.

그런 키스는 노아를 보고 있었다.

어린 나이라고 해도 남자라는 거겠지. 하지만 노아에게 눈길이 가는 것은 어쩔 수 없었다. 노아는 드레스를 입은 것만으로도 귀여움이 배가 되었으니까.

세레이유의 아버지에게 우리들의 드레스 차림을 칭찬받고 자리에 앉았다.

그리고 곧 요리가 차려졌다.

다 맛있어 보이는 것들뿐이었다.

세레이유의 짤막한 인사를 들은 뒤 우리는 요리를 먹기 시작했다. 그리고 학원의 교류회 화제가 나오며 분위기가 달아올랐다. 개인 종목부터 시작해 마지막에 있었던 단체전 이야기까지 나왔다.

"유나는 정말 강했어요. 유나가 없었더라면 유파리아가 이겼을 거예요."

"누님이 졌다는 건가요?"

"안타깝게도 졌어. 유나는 정말 강하고, 저는 물론 그 누구보다 강했거든."

"그럼 다음에 제가 이길게요."

"그래, 맡길게."

누나인 세레이유를 이긴 일을 계기로 동생 키스에게 대항심이 생긴 모양이었다. 뭐, 키스와 시합을 할 일은 없으니 신경 쓰지 말자.

"전 누님을 지킬 수 있는 강한 남자가 되고 싶어요."

"그래. 난 이 이상 강해질 필요가 없으니, 강해지는 건 키스에게 맡길게."

"누님, 무슨 일 있으셨나요?"

평소의 분위기와 다른 세레이유를 보고 무언가 느낀 모양이었다.

"아무것도 아니야. 하지만 강하기만 한 남자는 안 돼. 제대로 공부도 하고 남을 배려하는 마음도 중요하지. 그래, 유나처럼 되어줬으면 좋겠어."

나?

귀차니즘 말기에 신에게 받은 곰 장비로 싸우고 있을 뿐인데.

"세레이유, 나를 본받는 건 별로 추천하지 않는데……."

내가 부정하려고 했는데 옆에서 동의하는 소리가 들렸다.

"저도 그렇게 생각해요. 유나 씨는 강하고, 상냥하고, 훌륭한 사람이에요."

"노아, 나는 그렇게 칭찬받을 만한 사람이 아니야."

"그렇지 않습니다. 유나 씨는 고아원의 아이들도 구해 주셨고, 저희 아버님도 구해 주셨고, 언니도 구해 주셨어요. 그뿐만이 아니에요. 유나 씨는……."

"알았으니까 더 이상 말하지 마."

더 이상 쓸데없는 말이 나오기 전에 노아를 막았다.

"이제부터 유나 씨의 훌륭함에 대해 말씀드리려고 했는데."

"안 해도 돼."

"후후, 노아는 유나를 정말 좋아하는구나."

"네! 너무 좋아요."

"노아, 부끄러우니까 그만해."

"왜요?"

제발 그런 순수한 눈으로 나를 보지 말아줘.

576 곰 씨, 왕도로 돌아가다

그 뒤로 메인 요리도 끝나고, 마지막으로 나와 노아가 만든 딸기 쇼트케이크가 세레이유 앞에 놓였다.

"이게 유나와 노아가 만든 케이크인가요?"

"마음에 들었으면 좋겠다."

"글씨가 적혀 있네요."

쇼트케이크에는 노아가 적어준 「생일 축하해」라는 글씨가 있었다.

"노아가 적어준 거야."

"노아, 감사합니다."

감사의 말을 들은 노아는 기뻐했다.

"그럼 자를게."

"글씨가 사라져 버리는 게 아쉽네요."

"뭐, 음식이니까. 마음에 새기고 언제까지나 기억해 준다면 좋겠어."

"네, 평생의 추억으로 마음에 간직하겠습니다."

지금 내 입으로 부끄러운 대사를 했다는 걸 깨달았지만, 세레이유는 신경 쓰는 기색도 없이 동의해 주었다.

"마음에 새긴다. 좋은 말이군요."

노아도 동의하지 마. 부끄러운 대사를 해서 부끄러우니까.

나는 칼을 손에 들고 쇼트케이크를 잘랐다. 그리고 쇼트케이크를 작은 접시에 올려 각각의 앞에 놓았다.

"그럼 잘 먹겠습니다."

세레이유는 포크를 들고 쇼트케이크를 한 입 크기로 잘라 아가씨답게 작은 입으로 가져갔다.

"맛있어요."

세레이유의 말을 들은 세레이유의 아버지와 키스 역시 쇼트케이크를 먹었다.

"누님, 맛있어요."

키스는 함박웃음을 지으며 쇼트케이크의 소감을 밝혔다. 두 사람뿐만 아니라 세레이유의 아버지도 맛있게 먹고 있었다.

다행이다. 세 사람에게 모두 반응이 좋네.

나도 먹어보았다.

응, 맛있게 잘 만들어졌다.

쇼트케이크를 먹고 있는데, 세레이유의 손이 멈췄다.

"유나, 노아, 감사해요. 아버님과 키스도 고마워요. 이렇게 기쁜 생일은 처음이에요. 매년 16번째 생일이 다가오는 게 불안했어요. 그래서 모두에게 축하를 받고 있어도 마음 한구석이 식어 있는 기분이었죠. 그런데 오늘은 진심으로 기뻐요."

세레이유는 환한 미소를 지었지만, 그 눈에는 희미하게 눈물이 맺혀 있었다.

"세레이유……."

"누님?!"

세레이유의 아버지는 걱정했고, 키스는 누나가 눈물을 흘린 것에 당황했다.

"어? 이상하네요. 이렇게 기쁜데 왜일까요? 눈물이 멈추지 않아요."

세레이유는 눈물을 닦아내려고 하지만, 한번 흐르기 시작한 눈물은 멈추지 않았다.

"세레이유."

"누님, 울지 마세요."

세레이유의 아버지는 일어나 세레이유를 끌어안았다. 키스는 걱정스러운 얼굴로 세레이유의 손을 잡아주었다.

어쩌면 지금까지 계속 의연한 태도를 보이다가, 열여섯 번째 생일을 맞으면서 긴장의 끈이 풀린 것일지도 모른다.

지금까지 오랜 시간 누구에게도 말하지 못하고 혼자서 끌어안아 왔다. 그것을 겨우 아버지에게 말할 수 있었고, 지금까지 자신을 괴롭혀 왔던 일을 매듭지을 수 있었다.

앞서 한 말과 달리, 16번째 생일을 축하할 수 없을지도 모른다고 생각한 순간도 있을 것이다. 그런 세레이유가 마침내 가족이 보내는 축하를, 진심어린 행복을 받아들인 것일지도 모른다.

세레이유가 눈물을 흘리는 것은 이상한 일이 아니었다.

세레이유의 아버지는 다시 한번 세레이유를 안아주었다. 조용한 방에 세레이유의 우는 소리만이 들렸다.

"노아."

나는 작은 목소리로 노아를 부르고 살짝 문 쪽을 바라보았다. 노아는 이해한 얼굴로 작게 고개를 끄덕였다. 나와 노아는 일어나 조용히 방을 나갔다. 그 자리에 있어도 되는 것은 가족뿐이었다.

나와 노아는 방으로 돌아왔다.

"세레이유 님, 많이 괴로우셨던 모양이에요."

"자세히는 말할 수 없지만, 16번째 생일에 목숨이 위험할지도 모르는 일이 있었어. 세레이유는 그걸 피하기 위해 검과 마법을 배워왔고. 드디어 그 일에서 해방된 거야."

"그 일을 유나 씨가 도와주신 거죠?"

"우연히 세레이유가 위험에 처한 순간 내가 있었을 뿐이야. 게다가 오늘까지 견뎌온 건 세레이유 자신이니까. 하지만 이걸로 겨우 해방됐으니, 이제는 아무 것에도 얽매이지 않고 즐겼으면 좋겠어."

"그렇군요."

아직 16살. 인생은 지금부터다. 이제 세레이유를 묶어둘 것은 아무것도 없다. 학원 생활을 즐겨도 되고, 친구들과 놀아도 된다. 귀족이라는 굴레가 있을지도 모르지만, 노아처럼 자유롭게 살았으면 좋겠다.

"왜요?"

내가 노아를 보고 있자 노아가 의아한 표정을 지었다.

"아무것도 아니야."

나는 노아의 머리를 쓰다듬었다.

"정말 뭔가요?!"

내 알쏭달쏭한 행동에 노아가 볼을 부풀렸다.

방에 돌아오고 시간이 좀 지났다. 드레스를 벗을까 말까 고민하고 있는데 세레이유가 방에 찾아왔다.

"유나, 노아. 아까는 보기 흉한 모습을 보여드렸네요. 배려해 주셔서 감사해요."

세레이유는 조금 수줍은 얼굴로 말했다. 눈도 약간 붉어져 있었다.

"신경 쓰지 마. 세레이유는 지금까지 열심히 애써 왔으니까, 울 권리쯤은 있다고 생각해. 만약 세레이유가 울었다고 해서 무시하는 사람이 있다면 내가 대신 한대 때려줄게."

"자세한 사정은 모르겠지만 세레이유 님께 힘든 일이 있었다는 건 알겠어요. 그리고 세레이유 님이 우는 모습은 조금도 보기 흉하지 않았어요."

"두 사람 다 고마워요."

세레이유가 미소 지었다.

"세레이유는 강하네."

"유나가 더 강하다고 생각하는데요."

세레이유의 말에 나는 고개를 저었다.

"아니, 마음이 강하다는 뜻이야. 어릴 때부터 혼자 짊어지고, 혼자 지키려 해 왔잖아. 마음이 지쳐서 무너졌다고 해도 이상하지 않았을 거야."

남에게 화풀이하거나, 귀족이라는 지위와 권력을 이용해 누군가를 괴롭혔을 가능성도 있었을 것이다. 마음이 망가졌다면 충분히 그럴 수 있었다.

하지만 그렇게 되지 않았고, 세레이유는 올곧게 성장했다.

"그렇진 않은데."

"유파리아 학생들이 세레이유를 대하는 태도를 보면 알 수 있어. 다들 세레이유를 존경하고 따르고 있더라."

"……다들 이런 절 존경해 주고 있어요. 어떻게 감사해야 할지도 모르겠어요."

"속박에서 벗어났으니 이제는 즐겁게 살면 되지 않을까?"

그것이 인생이다. 즐기는 사람이 이기는 법이다.

"그렇군요. 당분간은 검 연습도 마법 연습도 쉴 생각이에요. 그동안 다른 걸 소홀히 해왔거든요. 유나의 말대로 즐거운 일을 찾아볼 생각이에요. 지금까지 하지 못했던 일을."

"힘내."

"네."

세레이유는 환한 미소를 지었다.

더 이상 걱정할 건 없어 보였다.

그날 밤은 세레이유네 집에 묵게 되었다. 숙소의 수속은 세레이유 쪽에서 해 준다고 하기에 부탁해 두었다. 짐도 따로 놔두지 않아서 그대로 체크아웃을 했다.

그리고 온천은 아니지만 그녀의 집에서 욕실을 빌린 덕분에 곰순이의 몸을 씻겨주고 밤에는 함께 잠들 수 있었다. 물론 똑같이 하얀 곰 옷으로 갈아입었다. 곰순이는 기뻐했다.

"그럼 제가 곰돌이와 함께 자줄게요."

노아는 꼬맹이화한 곰돌이에게 말을 걸었다.

오늘 아침 일을 알고 있는 노아가 「곰돌이가 삐질지도 몰라요. 그러니 오늘은 제가 돌봐드릴게요」라고 말하며 곰돌이를 품에 안았다.

노아도 기뻐하고 있고, 곰돌이도 기뻐하는 기색이었다. 곰돌이에게 오늘은 곰순이와 함께 있겠다는 허락도 제대로 받아 두었다.

곰돌이도 이해한 것인지 다행히 삐지지도 않았다.

우리는 불을 끄고 각자의 침대로 들어갔다.

"곰순이, 잘 자."

"크응~."

"곰돌이, 안녕히 주무세요."

"크응~."

우리는 잠이 들었다.

다음 날, 우리는 왕도로 돌아가기로 했다.

물론 노아의 호위를 하고 있기 때문에 아침부터 검은 곰 옷으로 갈아입었다. 그 곰 옷을 본 세레이유와 세레이유의 아버지는 복잡미묘한 표정을 짓고 있었다.

"유나, 그 차림으로 돌아갈 건가요?"

"아무 말도 하지 말아줬으면 좋겠어."

일단 곰의 가호라는 변명을 미리 해 둔 상태였기에 납득은 한 얼굴이었다.

무엇보다 안전하다는 점을 포함해서 곰 옷은 편안했다.

"유나 씨는 역시 그 곰 옷이 가장 잘 어울려요."

노아, 그건 칭찬이 아니라니까.

스스로 입고 이렇게 말하긴 뭐하지만, 다른 사람에게 들으면 납득하지 못하는 자신이 있었다.

그리고 세레이유 아버지의 배려로 마을 문까지 마차를 타고 가게 되었다. 마차에는 세레이유도 함께 탔다.

그리고 유파리아의 입구에 도착했다.

"유나, 노아. 얼굴만 비춰줘도 기쁠 테니까 유파리아에 올 일이 있으면 꼭 집에 들러주세요. 대접을 해 드릴게요."

"대접은 필요 없지만, 올 일이 있으면 얼굴을 비출게."

"네, 꼭 들를게요."

"약속이에요."

그리고 세레이유가 말을 보태준 덕분인지 별다른 추궁 없이 유파리아 밖으로 나갈 수 있었다.

뒤를 돌아보니 세레이유가 마을 안에서 우리를 바라보고 있었다.

"세레이유, 또 봐!"

나는 곰돌이와 곰순이를 소환했다. 노아는 곰돌이를, 나는 기분이 좋아진 곰순이 등에 올라타고 함께 왕도를 향해 출발했다.

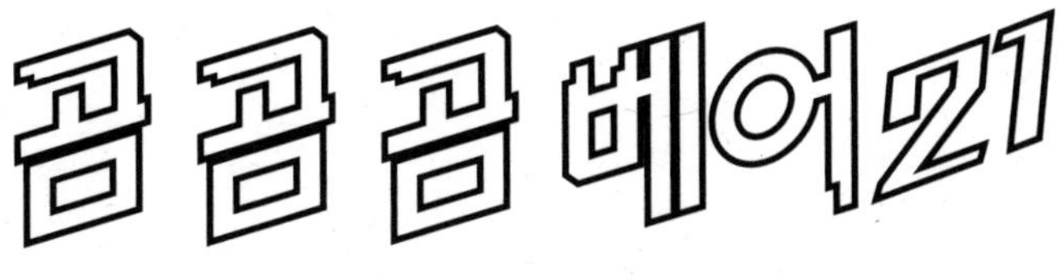
곰곰곰 베어21

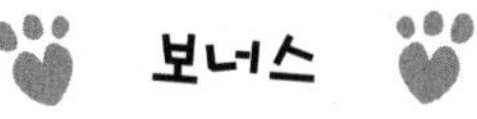
보너스

그 후 세레이유 편

모든 것이 끝났습니다.

유나와 노아가 돌아간 그날 밤, 나는 잠들지 않고 창문을 열고 밤하늘을 올려다 보았습니다.

어머니가 돌아가신 후 동생을 지키기 위해, 자신이 살아남기 위해 노력해 왔습니다.

자신의 손을 바라보았습니다.

손에는 단단한 굳은살이 박혀있었습니다.

몇 번이나 검을 휘두르며 생긴 흔적들.

매일 아침 일찍 일어나 검을 휘두르고 마법 연습을 했지만, 이제 검을 휘두를 이유도 마법을 연습할 이유도 사라졌습니다.

저는 몇 년이나 같은 일을 반복해 왔습니다.

내일부터 어떻게 살아야 할지, 모르겠습니다.

마음속에 구멍이 뻥 뚫려버린 듯한 허무감.

제게서 검과 마법이 사라지면 대체 무엇이 남는 것일까요.

자신에게는 아무것도 없다는 것을 깨달았습니다.

“어머니, 저는 어떻게 하면 좋을까요?”

하늘에서 어머니가 보고 계신 것처럼 별을 향해 그렇게 물었습니다.

물론 대답은 없었습니다.

똑똑.

별을 바라보고 있는데 문을 두드리는 소리가 들렸습니다.

이 늦은 밤에 누구일까요?

"네."

"나다."

아버님의 목소리입니다.

"들어가도 될까?"

"네, 들어오세요."

제가 대답을 하자 아버님이 방으로 들어왔습니다.

"이 늦은 밤에 무슨 일인가요?"

"일을 마무리하고 방으로 가려다 창문으로 네가 밖을 보고 있는 게 보였다."

그래서 걱정이 돼서 와주신 모양입니다.

아버님께 걱정을 끼쳐드린 것 같아요.

"잠이 안 오느냐?"

"네. 이제부터 어떻게 살아가야 할지 모르겠어요."

저는 솔직하게 대답했습니다.

"저는 어머니를 죽인 자를 찾아오는 순간을 위해 검을 쥐고 마법 연습을 해 왔습니다. 하지만 이제 그럴 필요는 없어졌어요."

남자는 죽었고, 더는 제 앞에 나타나지 않을 겁니다.

"너는 아직 16살이다. 할 수 있는 것도, 하고 싶은 것도 뭐든 다 할 수 있지."

내가 하고 싶은 것…….

"나는 네가 검을 잡고 싶다고 하면 허락했다. 마법을 배우고 싶다 하면 교사를 붙여주었지. 네가 하고 싶은 게 있으면 뭐든지 해라. 이래 봬도 난 귀족이다. 딸이 하고 싶은 걸 하게 해 줄만한 힘은 있어."

"후후, 아버님, 권력 남용이에요."

"딱히 나쁜 짓을 하는 것도 아니지 않느냐. 예쁜 딸을 위해 쓰는 정도는 괜찮지."

아버님은 언제나 지켜봐 주셨습니다.

다시 한 번 아버님께 의지하고 있었다는 것을 깨달았습니다.

"하지만 그 딸이 잘못을 저지르면 어떡하실 건가요?"

"할 거냐?"

"모르겠어요."

"만약 딸이 잘못된 짓을 한다면 부모로서 말리겠지. 그러니 좋아하는 일을 해라. 만약 검도 마법도 계속하고 싶다면, 자유롭게 하면 돼."

"……자유."

원하는 것을 선택할 수 있다.

그것은 행복한 일입니다.

하고 싶어도 못하는 사람이 더 많습니다.

저는 운이 좋습니다.

이 얼마나 사치스러운 고민일까요.

“이제 너를 묶을 것은 아무것도 없다. 그렇다면 영지 경영을 공부하는 것도 좋겠지.”

“영지 경영이라면 동생 키스가…….”

“여기서 누군가와 결혼해서 키스를 도와주면 되지. 다른 땅으로 시집을 간다 하더라도 공부한 게 헛되지는 않을 거다.”

결혼, 생각해 본 적도 없었습니다.

가끔 친구들이 남자 얘기를 하는 것을 들어도 자신과는 상관없는 일이라고 생각해 흘려들었습니다.

나에게는 필요 없는 일이라고 생각하면서.

하지만 모든 것이 해결되고 미래가 열렸습니다.

자유롭게 원하는 일을 할 수 있게 되었습니다.

연애도, 결혼도.

그런데 연애는 어떻게 해야 할지 모르겠습니다.

“아버님, 자유란 참 어렵네요.”

모든 게 손에 잡히지 않습니다.

또래 여자가 좋아하는 것도 잘 모르겠습니다.

“그렇지. 자유란 스스로 생각하고 그 행동에 책임을 지는 것이다. 이걸 했더니 시간을 허비했다거나, 이걸 하지 않아서 곤란해졌다거나, 그건 모두 자기 책임이지."

"자기 책임……."

"지난 10년간 검을 휘두르고 마법을 배운 것을 후회하느냐?"

후회?

친구들과 거의 놀지도 않고 검을 휘두르며 마법 연습을 해 왔습니다.

생각해 봐도 답은 나오지 않았습니다.

"모르겠어요."

어머니를 죽인 자가 나타날지도 모른다. 단지 그 하나의 이유만을 위해 노력해 왔습니다.

만약 검과 마법을 열심히 배우지 않았다면 지금의 저는 없었을 겁니다.

제게서 검과 마법을 빼면 무엇이 남을까요?

"미안하구나, 잔인한 질문을 했어. 하지만 이것만은 기억해다오. 네가 노력해 온 10년 동안 잃은 것도 있을지 모르지. 하지만 노력해 온 시간은 사라지지 않는다."

만약 검과 마법을 배우지 않았다면 그 남자에게 맞설 수 없었을 것입니다.

두려움에 떨었을지도 모릅니다.

어머니의 원수를 갚지도 못했을 겁니다.

어쩌면 동생이 살해당했을지도 모릅니다.

그 남자가 시키는 대로 했을지도 모릅니다.

검과 마법을 연마한 덕분에 두려움에 맞설 수 있는 강한 힘을 얻었습니다.

그것도 다 함께 싸워준 여자아이 덕분입니다.

"유나는 누구일까요? 모험가라고 하던데요."

유나가 도와주지 않았다면 저는 죽었을 겁니다.

저뿐만이 아닙니다.

동생도 살해당했을지도 모릅니다.

마물 무리가 마을에 왔다면 많은 주민이 죽었을지도 모릅니다.

하지만 그 많은 마물 무리를 유나 혼자서 쓰러뜨렸습니다.

"확인된 건 그녀는 학생이 아니라 정말 모험가라는 거다. 게다가 C랭크. 그 나이로 보면 대단한 일이지만 실력을 알고 있으니 어쩌면 당연하지."

노아와 시아에게 유나가 모험가라는 말을 들었습니다.

하지만 말뿐인 모험가라고 생각해서 유나에게 싸움을 걸었지만 완패했습니다.

유나가 그렇게 강할 줄은 몰랐습니다.

모든 일을 무사히 해결할 수 있었던 건 그 신기한 소녀 덕분입니다.

유나 덕분에 저는 구원을 받았고 악몽에서 깨어날 수 있었습니다.

신기한 여자아이.

귀여운 여자아이.

다음 날 아침, 저는 처음으로 늦잠을 잤습니다.

어젯밤 아버님과 늦은 시간까지 대화를 했던 것이 원인인 것 같았습니다.

게다가 아버님이 하인들에게 저를 깨우지 말라고 말해 준 덕분에 아무도 저를 깨우지 않았습니다.

달리지 않고, 검을 휘두르지 않고, 마법을 쓰지 않는다.

아무것도 하지 않는 아침은 오랜만입니다.

조금 나쁜 짓을 한 기분이 들었습니다.

아버님께 인사를 드리고, 식사를 하고, 학원으로 향했습니다.

아버님께서는 잠시 쉬어도 좋다고 말씀하셨습니다만, 집에 가만히 있을 수는 없었습니다.

학원에 도착하자 반 아이가 말을 걸어왔습니다.

"세레이유 님, 좋은 아침이에요."

"네, 좋은 아침이에요."

그리고 제 자리를 중심으로 사람들이 모여들며 교류회의 이야기가 시작되었습니다.

시합은 어땠다, 내년에는 더 열심히 하자.

그리고 이야기는 유나에 대한 것으로 이어졌습니다.

"세레이유 님, 그 유우나라는 사람은 돌아갔나요?"

"어제 돌아갔어요."

다들 아쉬워했습니다.

딱 한 번, 마지막 종목에 출전했을 뿐인데 모두의 마음에 깊이 남은 모양입니다.

하지만 유나의 진짜 실력을 알고 있는 사람은 저뿐입니다.

그 사실이 조금 기쁘게 느껴졌습니다.

그날, 저는 반 친구들과 함께 외출을 했습니다.

반 친구들은 조금 놀란 표정을 지었지만, 기뻐해 주었습니다.

그날 밤 아버님의 방으로 갔습니다.

"아버님, 왕도에 가시는군요."

"그래, 이번 일은 국왕 폐하께 보고해야 하니까."

마물을 불러들이는 마석.

그 마석은 위험합니다.

유나가 호수에서 회수해 주지 않았다면 큰일이 났을 겁니다.

마물이 마을을 덮쳤다면 많은 사람이 죽었을지도 모릅니다.

모인 마물들은 유나가 쓰러뜨려 주었지만, 많은 마물들은 도망갔습니다.

아버님은 도망친 마물 토벌과 주변 감시 강화를 위해 모험가 길드에 의뢰를 했지만, 모험가가 없어 어려움을 겪고 있다고 들었습니다.

모험가 길드에 긴급히 모험가 소환을 부탁한다는 지시를 내렸다고 했습니다.

"귀족도 아닌 유나가 국왕 폐하와 친분이 있다는 말이 사실일까요?"

귀족인 저도 국왕 폐하를 만난 건 손에 꼽을 정도입니다. 가끔 파티에 참가해서 먼발치서 뵙거나, 아버님과 동행해 인사를 하는 것이 전부였습니다.

그 정도로는 아는 사이라고 말하기 어렵습니다.

유나 씨의 말투로 보면 가까운 사이인 것 같았습니다.

"그건 국왕 폐하를 만나봐야 아는 일이지. 우선은 이번 보고서를 만들고, 그리고 나서 알현 허가를 신청하는 게 우선이다."

"후후, 고생이시네요."

"대량의 마물이 마을에 쳐들어왔을 걸 생각하면 대단한 일도 아니지."

일반적으로 생각하면 마을이 하나 멸망하게 될 수도 있는 대사건입니다.

이렇게 여유롭게 대화할 수 있는 것도 유나 덕분입니다.

"너와 그녀가 해결해 버렸으니, 뒤처리 정도는 영주인 내가 할 일이지."

아버님은 상냥하게 미소 지으셨습니다.

그리고 영주로서의 일을 마친 아버님은 왕도로 향하셨습니다.

어린 날의 세레이유

어머니를 죽인 남자의 말과 입가의 미소가 머릿속에서 떠나질 않았습니다.

내가 16살이 되었을 때 데리러 오겠다.

아직도 그게 정말 있었던 일인지 어떤지도 알 수 없었습니다.

단지 잊지 않기 위해서인지 가끔 꿈을 꿉니다. 남자의 입꼬리, 말. 요새는 더욱 잦아졌습니다.

그것도 제 16번째 생일이 다가오고 있기 때문일지도 모릅니다.

당시 어렸던 저는 아버님께 부탁을 드려 검을 다루는 법을 배우게 해달라는 허락을 받았습니다.

아버님은 선생님을 붙여 주셨습니다.

어렸던 저는 검을 휘두를 수 없었습니다.

우선은 체력을 기르기 위해 집 주위를 달렸습니다.

계속 움직일 체력이 없으면 무기를 다루는 건 불가능하다고 했습니다.

계속 달리게 해서 아버님도 선생님도 제가 검을 잡는 걸 포기하게 만들 생각이었던 것 같습니다.

처음에는 한 바퀴 도는 게 한계였습니다.

숨은 끊어지고, 다리는 부들부들 떨리고, 제대로 달릴 수도 없었습니다.

하지만 저는 포기하지 않고, 비가 오나 날이 더우나 매일 달렸습니다.

매일 달리기를 하다 보니 서서히 피곤하지 않게 되었고, 2바퀴, 3바퀴도 달릴 수 있게 되었습니다.

체력이 붙자 나이프 크기의 목검을 들게 되었습니다.

그 뒤로는 달리면서 체력을 기르고 나이프를 다루는 법을 배웠습니다.

아버님도 포기하신 모양인지 무모한 짓을 하지 않는 이상 말리는 일은 없어졌습니다.

제가 아홉 살 무렵이 되자 체력이 붙고 몸집도 커져서, 나이프에서 작은 검을 쥐게 되었습니다.

그리고 저는 연습 일과가 끝나면 기사들의 연습을 보러 갔습니다.

검과 검이 부딪칩니다.

제가 들고 있는 작은 검이 아닌 큰 검. 저런 큰 검을 남자가 나타나기 전까지 들 수 있게 될지 불안했습니다.

아직 16살이 될 때까지 시간은 있습니다.

더 자랄 것입니다.

힘이 부족하면 검에서 밀려날 뿐입니다.

저는 힘이 없습니다.

지금은 한 걸음, 한 걸음 나아갈 수밖에 없습니다.

저는 미래를 생각하며 기사들의 연습을 지켜보았습니다.

그중 한 기사가 있었습니다.

검을 받아내는 것이 아니라 흘려보내서 피한다.

제가 지향하는 검이라고 생각했습니다.

저는 며칠 동안 그 기사의 연습을 보았습니다.

"아가씨, 계속 저만 쳐다보시네요."

"당신의 검은 힘이 부족한 제 이상이에요."

"저는 힘이 없어서 정면에서 받아낼 수가 없어요. 그래서 피하는 것뿐입니다."

저도 힘이 없습니다. 그래서 이 기사처럼 상대방의 검을 흘려보내 피할 수 있다면 좋겠다고 생각했습니다.

"저도 할 수 있어요?"

"그건……."

기사는 난처한 표정을 지었습니다.

그런 우리에게 다가오는 사람이 있었습니다.

"확실히 머리 좋은 아가씨라면 이 녀석을 본보기로 삼는 게 좋을지도 모르겠군요."

말을 걸어온 사람은 기사단장이었습니다.

"이 녀석은 눈과 머리가 좋습니다."

눈은 빠른 검의 움직임을 제대로 포착해야 합니다.

검은 여러 형태로 움직입니다.

그것을 제대로 보지 않으면 막을 수도 피할 수도 없습니다.

"눈은 알겠지만 머리는 뭔가요?"

"싸움에서 이기려면 머리가 좋아야 합니다. 물론 머리보다 몸이 먼저 움직이는 천재도 있지만요. 일반적인 검사는 머리가 나쁘면 이길 수 없습니다."

"힘이 있으면 이길 수 있지 않을까요?"

그래서 저는 매일 달리고, 근력을 키우는 연습도 해 왔습니다.

"물론 아가씨가 하는 말씀도 맞습니다. 하지만 생각해 보세요. 체력도 힘도 기술도 같은 사람끼리 싸우면 누가 이길 것 같습니까?"

"다 똑같으면 운이 좋은 쪽이 이기지 않을까요?"

기사단장은 고개를 저었습니다.

"머리가 좋은 쪽이 이깁니다."

"머리요?"

"맞습니다. 검을 계속 휘두르는 건 누구나 할 수 없는 일입니다. 그건 아시죠?"

저는 고개를 끄덕였습니다.

목검을 휘두르고 있지만, 휘두르면 휘두를수록 팔이 무거워 계속 휘두를 수 없었습니다.

"하지만 머리가 좋은 기사는 싸움에 머리를 씁니다. 이 검을 휘두를 때 힘을 빼죠. 상대가 마음껏 힘을 줘서 검을 휘두르면, 받아내는 것이 아니라 피해버리면서요. 머리를 써서 싸웁니다. 그렇게 상대의 체력을 빼앗고, 자신의 체력을 아끼면서 이기는 겁니다."

그렇군요. 모든 기술이 같다면, 머리를 써서 싸운 자가 이긴다.

"어렵네요."

"강해지려면 체력과 힘은 필요합니다. 하지만 그 이상으로 머리가 좋아야 이길 수 있다고 생각합니다. 그 녀석은 그 판단력이 아주 뛰어나고요."

대장이 기사를 바라보았다.

"맞아, 이 녀석의 싸움 방식은 좀 비겁하다고 할까? 정면에서 오지 않으니까 열받는단 말이지."

동료 기사가 그의 머리를 가볍게 두드렸다.

"맞아맞아, 아무리 열심히 때려도 다 피해버리니까, 가끔은 좀 받아줘라 하는 생각도 들어."

"너희들, 그런 생각을 하고 있었어?"

"기사들 중에도 싸움 방식이 다른 자가 있으면 연습이 되니까."

모두가 같은 전법을 쓰는 것은 아니라는 것은 연습을 보고 있으면 알 수 있었습니다.

그래서 이 기사의 방식이 저에게 맞는 것 같다는 생각이 들어 관찰을 계속한 것입니다.

"아가씨, 단순히 견학만 할 게 아니라 앞으로는 그가 되었다고 생각하고 관찰해 보세요."

"그가 되라고요?"

"네. 상대의 공격을 받고 피하는 순간을 머릿속에서 상상해 보시는 겁니다. 그렇게 하면 그의 검을 배울 수 있을 겁니다."

"……."

"그뿐만이 아닙니다. 상대를 봄으로써, 상대가 전력을 다해 공격을 하고 있는지, 페인트를 하고 있는지도 서서히 알 수 있게 될 겁니다."

"제가 할 수 있을까요?"

"그건 아무도 모르죠. 저희도 쉽게 할 수 있었다면 연습은 하지 않았을 겁니다. 실력이 좋을수록 페인트를 잘 쓰고 걸리기도 쉬워지거든요."

"어렵군요."

"체력을 키우는 것과 마찬가지입니다. 조금씩 나아갈 수밖에 없죠. 하지 않으면 나아갈 수 없습니다. 아무것도 하지 않고 할 수 있는 건 극히 일부의 천재뿐이죠."

"그런 천재가 있나요?"

"있습니다. 어떤 공격을 해도 피하고 받아내고 마치 이쪽의 생각을 읽고 있는 것처럼 움직이는 사람이."

"굉장하군요."

"하지만, 그런 사람은 극히 일부입니다."

"이 안에는 없나요?"

나는 기사들을 바라보았습니다.

그러자 모두가 시선을 피했습니다.

"안타깝게도 천재는 없습니다. 그러니까 다들 노력하고 있는 거고요."

저도 천재는 아닙니다. 그렇기에 다른 사람들처럼 노력해야 합니다.

자신이 나아갈 길이 보인 기분이었습니다.

그날 이후 저는 열심히 관찰을 했습니다.

다행히도 저는 눈이 좋았습니다.

상대의 움직임을 확인할 수 있었습니다.

이것도 어릴 때부터 기사들의 연습 풍경을 봤기 때문인지도 모릅니다.

판단력 훈련도 병행했습니다.

머리를 최대한 써서 상대의 움직임을 몇 가지 패턴으로 상정하고, 그 움직임에 순간적으로 대응할 수 있도록 하는 것이 이상적이라고 했습니다.

그것을 몸에 익히는 것이 경험이었습니다.

저는 많은 사람과 검을 맞대고 싸웠습니다.

물론 봐준 거겠지만, 제 실력은 신인 병사에게도 미치지 못했습니다.

한 걸음씩 나아갈 수밖에 없었습니다.

그리고 10번째 생일을 맞아 마법을 배우게 되었습니다.

아버님은 마지못해 용서해 주셨습니다.

마력을 가진 귀족이라면 자신의 호위를 위해 마법을 익히는 것은 당연한 일이었기 때문입니다.

아버님의 걱정은 제가 위험한 짓을 하지 않을까 하는 것이었습니다.

허락은 받았지만 조건도 달렸습니다.

귀족 영애로서의 매너도 익힐 것.

식사예절, 걸음걸이, 인사법, 예의범절, 춤, 다과회.

그런 공부들을 하면서 마법을 배웠습니다.

마법을 배우는 방법에는 크게 두 가지가 있었습니다.

잘하는 속성의 마법을 배우고 다른 마법은 쓰지 않는다.

장점은 모든 시간을 자신이 잘하는 속성에 쏟을 수 있기 때문에 특기 마법에 강해질 수 있다는 것.

단점은 잘하는 마법이 상대에게 효과가 없었을 경우 아무것도 할 수 없다는 점입니다.

그리고 또 다른 방법은 모든 속성을 골고루 배우는 것.

장점은 응용이 가능한 마법사가 될 수 있다는 것. 만약 잘하는 마법으로 효과가 없을 경우 다른 마법으로 싸울 수 있습니다.

단점은 배우는 시간이 분산되기 때문에 하나에 집중해 마법을 배워온 사람에게는 떨어질 수밖에 없다는 것이었습니다.

하루에 쓸 수 있는 마력량은 정해져 있습니다.

하루 동안 불 마법 연습에 마력을 사용하면 불 마법을 잘 다룰 수 있게 됩니다.

하지만 기본이 되는 불, 물, 바람, 흙 마법 연습을 모두 하면 불 마법만 배울 때보다 성장은 4분의 1이 됩니다.

저는 모든 속성의 마법을 배우는 것을 선택했습니다.

이유는 어머니를 죽인 남자가 나타났을 때 대응력이 있는 편이 좋다고 생각했기 때문입니다.

저는 귀족 영애로서의 공부를 하면서 마법을 배우고, 검 실력이 무뎌지지 않게 검을 휘두르는 것도 잊지 않았습니다.

가끔씩 방해가 되지 않는 선에서 기사들과 어울려 연습도 했습니다.

시간은 흘러 15살이 되었습니다.

앞으로 1년.

정말 그 남자가 나타날지 아직 모르겠습니다.

모든 것이 앞으로 1년 안에 끝납니다.

저는 학원을 다니면서 하루하루를 보냈습니다.

■작가 후기

쿠마나노입니다. 『곰 곰 곰 베어』 21권을 읽어주셔서 감사합니다.

21권은 왕도의 학원과 다른 마을에 있는 유파리아 학원과의 마법 교류회 이야기입니다.

교류회는 서로 마법을 겨루며 기량을 높이기 위해 열리는 학원 행사입니다.

교류회 초기 구상에서는 엘레로라의 부탁으로 유나가 왕도 학생으로 참가할 예정이었습니다. 그러나 글을 쓰다 보니 유나의 곰 장비가 너무 강해서 학생들의 성장을 가로막을 우려가 있어, 마지막에 조금만 참여하는 것으로 바뀌어 학생들의 성장을 돕는 쪽으로 쓰게 되었습니다.

그리고 그 교류회 뒤에는 또 하나의 이야기가 있었습니다. 유파리아의 영주의 딸 세레이유.

세레이유는 어릴 때 어머니를 잃었고, 살인범과 16살이 되었을 때 다시 만나기로 원치 않는 약속을 했습니다. 세레이유는 가족을 지키기 위해, 어머니의 원수를 갚기 위해, 자신의 몸을 지키기 위해 강해지려고 어릴 때부터 노력해 온 소녀입니다.

그런 세레이유와 유나의 이야기를 즐겨주셨으면 좋겠습니다.

마지막으로 책을 내는 데 힘써주신 모든 분들께 감사드립니다.

029 선생님, 항상 멋진 일러스트를 그려주셔서 감사합니다.

편집자님께는 늘 폐를 끼치고 있습니다. 그리고 『곰 곰 곰 베어』 21권을 출판하는 데 관여해주신 많은 분들께 감사드립니다.

지금까지 책을 읽어주신 독자님께도 깊은 감사를 전합니다.

그럼 22권에서 뵙겠습니다.

25년 2월 길일

쿠마나노

곰 곰 곰 베어 21

초판 1쇄 발행 2026년 2월 10일

지은이_ Kumanano
일러스트_ 029
옮긴이_ 이소정

발행인_ 최원영
본부장_ 장혜경
편집장_ 김승신
편집진행_ 권세라 · 최혁수 · 김경민 · 최정민
편집디자인_ 양우연
국제업무_ 박진해 · 조은지 · 이지현 · 박지현
관리 · 영업_ 김민원 · 조은걸

펴낸곳_ (주)디앤씨미디어
등록_ 2002년 4월 25일 제20-260호
주소_ 서울시 구로구 디지털로 32길 30, 코오롱디지털타워빌란트 1301-1308호
전화_ 02-333-2513(대표)
팩시밀리_ 02-333-2514
이메일_ lnovellove@naver.com
L노벨 공식 카페_ http://cafe.naver.com/lnovel11

ISBN 979-11-278-8705-6 04830
ISBN 979-11-278-3067-0 (세트)

값 11,000원

흔해빠진 직업으로 세계최강 1~14권, 단편집

시라코메 료 지음 | 타카야Ki 일러스트 | 김장준 옮김

『왕따』를 당하던 나구모 하지메는 같은 반 아이들과 함께 이세계로 소환된다.
차례차례 사기적인 전투 능력을 발현하는 반 아이들과는 달리
연성사라는 평범한 능력을 손에 넣은 하지메.
이세계에서도 최약인 그는 어떤 반 아이의 악의 탓에
미궁의 나락으로 떨어지고 마는데—?!
탈출 방법을 찾을 수 없는 절망의 늪에서
연성사로 최강에 이르는 길을 발견한 하지메는
흡혈귀 유에와 운명적인 만남을 이루고—.
"내가 유에를, 유에가 나를 지킨다. 그럼 최강이야. 전부 쓰러뜨리고 세계를 뛰어넘자."

나락으로 떨어진 소년과 가장 깊은 곳에 잠들었던 흡혈귀가 펼치는
『최강』 이세계 판타지 개막!

라이트노벨의 새로운 빛! L노벨의 신간은 매월 10일에 발매됩니다. http://cafe.naver.com/lnovel11

NOVEL

의매생활 1~11권

미카와 고스트 지음 | Hiten 일러스트 | 박경용 옮김

고교생 아사무라 유우타는 부모의 재혼을 계기로,
학년 제일의 미소녀 아야세 사키와 남매로서 한 지붕 아래 살게 됐다.
너무 다가가지 않고, 대립하지도 않으며, 적절한 거리감을 유지하자고 약속한 두 사람.
가족의 애정에 굶주린 고독 속에서 노력을 거듭해왔기에
다른 사람에게 어리광 부리는 방법을 모르는 사키와,
그녀의 오빠로서 어떻게 대해야 할지 몰라 당황하는 유우타.
어쩐지 닮은 구석이 있는 두 사람은,
같이 생활하면서 차츰 편안함을 느끼게 되는데…….
이것은 언젠가 사랑에 빠질지도 모르는 이야기.

완전한 남이었던 남녀의 관계가 조금씩 가까워지며
천천히 변해가는 나날을 적은, 연애 생활 소설.